Kontaktadresse nach EU-Produktsicherheitsverordnung:
produktsicherheit@fischerverlage.de

In Mandelstams Essays ist eine geistige Biographie eingeschrieben, hier eröffnen sich die gedanklichen Hintergründe seiner Weltsicht und seiner Poetik. Anhand der Essays kann der Leser den Weg Mandelstams verfolgen, wie er sich von der anfänglichen Beschäftigung mit ausschließlich ästhetischen Fragen zu eindeutigen politischen Stellungnahmen bewegt, bis hin zu dem auf Stalin gemünzten Epigramm vom »Seelenverderber und Bauernschlächter«. Mandelstams Kampf um die Freiheit des Individuums endet in der Verbannung. Herzstück des zweiten Bandes der gesammelten Essays ist jene Arbeit, die diesem Band auch den Titel gab: ›Gespräch über Dante‹. Voll Bewunderung schreibt der große Europäer Mandelstam über den ersten Aufklärer in der europäischen Geschichte: »Die Lektüre Dantes ist vor allem eine nie endende Arbeit, die uns, je mehr wir fortschreiten, um so weiter vom Ziel entfernt. Bringt eine erste Lektüre nur Atemnot und eine gesunde Müdigkeit, so besorge man sich für die folgende ein Paar unverwüstliche Schweizer Nagelschuhe. Ich frage mich allen Ernstes, wie viele Sandalen Alighieri während seiner dichterischen Arbeit auf den Ziegenpfaden Italiens durchlaufen hat.«

Ossip Mandelstam wurde 1891 in Warschau als Sohn einer jüdischen Kaufmannsfamilie geboren; aufgewachsen in St. Petersburg; Studium in Paris, Heidelberg und St. Petersburg. Zusammen mit Gumiljow und Anna Achmatova gehörte Mandelstam zu einer Gruppe junger Dichter in St. Petersburg, die sich ›Akmeisten‹ nannte. 1913 erschien sein erster Gedichtband, 1928 sein letzter. Ossip Mandelstam starb im Dezember 1938 in einem sibirischen Zwangsarbeitslager in der Nähe von Wladiwostok.

Von Ossip Mandelstam im Fischer Taschenbuch Verlag: Die gesammelten Essays aus den Jahren 1913–1924 ›Über den Gesprächspartner‹ (Bd. 11862), ›Gedichte‹ (Bd. 5312), ›Das Rauschen der Zeit‹ (Bd. 9183), ›Mitternacht in Moskau‹ (Bd. 9184) sowie ›Luftgrab‹ (9187), mit Beiträgen von Paul Celan, Joseph Brodsky u. a., herausgegeben von Ralph Dutli; außerdem ›Ossip Mandelstam. Als riefe man mich bei meinem Namen‹, ein Essay über Dichtung und Kultur von Ralph Dutli (Bd. 10548).

Ossip Mandelstam

Gespräch über Dante

Gesammelte Essays II
1925–1935

Aus dem Russischen übertragen
und herausgegeben von
Ralph Dutli

Fischer Taschenbuch Verlag

3. Auflage

Lizenzausgabe mit freundlicher Genehmigung
des Ammann Verlags AG, Zürich

Printed in Germany
ISBN 978-3-596-11863-2

I

(1925-1929)

JULES ROMAINS

Jules Romains ist in der zeitgenössischen französischen Poesie kein Einzelgänger: Er ist die zentrale Figur einer ganzen literarischen Schule, die sich »Unanimismus« nennt. Deckt man den Sinn des französischen Namens auf, ergibt sich eine Dichtung des Massen-Atems, eine Poesie der Kollektivseele. Jules Romains, René Arcos, Duhamel und Vildrac sind Schriftsteller, die eine selbe Arbeit tun, in dasselbe Joch gespannt vorwärtsgehen.

Eine durch Freundschaft verbundene literarische Gruppierung, wie man sie selten findet. Es sind wirkliche literarische Brüder – die Unanimisten fürchten keine Übereinstimmungen und Ähnlichkeiten, ja sie bemühen sich fast, einander ähnlich zu sein, und arbeiten mit dem einen Material. Ihre Stimmen und ihre Gangart, der Charakter ihrer Bemühungen – sie gleichen sich alle.

In Gedichten und Prosa Jules Romains' und seiner Kollegen kommt wiederholt und beharrlich der Wunsch zum Ausdruck, in einfachen Worten von einfachen, rauhen und gewöhnlichen Dingen zu sprechen, von mittelmäßigen, durchschnittlichen Menschen, von Liebe und Arbeit des Durchschnittsmenschen. Man geht wohl nicht fehl, wenn man diesen Durchschnittsmenschen als das Material ihrer Poesie bezeichnet.

Schon Flaubert und die Goncourts haben sich dem alltäglichen menschlichen Einzelwesen zugewandt, dem schmucklosen, ungeschönten Einzelmenschen. Doch die mächtigen Romanciers des 19. Jahrhunderts vollbrachten ihre fesselnde Arbeit wie Chirurgen und Anatomen, mit einem gewissen Hochmut: artistischer Ekel, gemischt mit Neugier.

Ganz anders verhält es sich mit Jules Romains und seiner Gruppe. Das ist eine heroische Poesie des gewöhnlichen Menschen, durchdrungen von Respekt vor seinem Schicksal, seiner Persönlichkeit, seiner Freude und seinem Leid.

Der »Held« eines der letzten Werke Jules Romains' (»Tod eines Jemand«) ist ein Pariser Lokomotivführer. Jules Romains führt uns mit strenger Ehrfurcht und wirklicher Hochachtung in den Kreis der Lebensinteressen dieses Menschen.

Übrigens ist anzumerken, daß sich in den Gedichten wie in der Prosa der Unanimisten oft die formelgleiche Anrede findet: »Einer von vielen, Irgendeiner« (vgl. Duhamels »Ode an einige Menschen«).

In Jules Romains' Drama, das dem »Cromedeyre«-Stück vorausging und noch vor dem Krieg geschrieben wurde, »Die Armee in der Stadt«, wird nicht eine der handelnden Personen bei ihrem Namen genannt, nur soziale Merkmale und Gruppierungen werden angegeben: der Bürgermeister, die Frau des Bürgermeisters, Erster Bürger, Zweiter Bürger, Erster Cafébesucher, Zweiter Besucher und so fort. Doch in der Charakterisierung dieser »Nummern« geht Romains nie fehl: Noch der Dritte Bürger und der Vierte Besucher sind aufmerksam mit sparsamen und präzisen Strichen gezeichnete »dichte, bunt gemischte Menschen«.

Woher nur nahm dieser Freundeskreis noch recht junger französischer Schriftsteller am Vorabend zu einem europaweiten Krieg, in jenen Jahren, als die Menschen zur Abschlachtung bereitgestellt wurden, diesen zärtlichen Respekt, diese heroische Liebkosung des Menschen in der Menge?

Mir scheint, daß man diese eigenwillige künstlerische Neigung am ehesten als einen rassebedingten Demokratismus bezeichnen könnte. Jedem Nationalismus und Chauvinismus unendlich fernstehend, sind Jules Romains und seine Freunde Schriftsteller nicht nur französischen, sondern tiefreichender noch: romanischen, lateinischen

Blutes. Sie brachten eine eigenwillige Ästhetik der Rasse, ein Verlangen nach Gesundheit, Kraft und Gleichgewicht in die französische Literatur ein. Sie wollen eine Wiedergeburt der romanischen und der ihr brüderlich verbundenen germanischen Rasse. Sie wollen hören, wie es zum Tosen anwächst, das »vielschichtige Geräusch tausendfachen Atmens«, sie sind bereit, Städte wie auch Dörfer zu preisen, die durchdrungen sind von der freudigen menschlichen Wärme einer gesunden Rasse.

Man muß sich darüber im klaren sein, daß das ein gefährlicher und glitschiger Weg ist. Wie leicht gerät man in haltlose Rassenromantik und sentimentales Geschwätz. Und wo soll man schließlich den Kern dieser gesunden Rasse im zeitgenössischen Frankreich hernehmen?

Dennoch hat Jules Romains die Gefahr umgehen können, sein künstlerisches Gespür hat ihm den richtigen Weg eingegeben: die gesunde Rasse der *Arbeit.* Der Geist Whitmans hat in klaren und präzisen lateinischen Formeln seine Wiedergeburt erlebt. »Irgendeiner«, »Einer von vielen« wurde zum Maß aller Dinge, zum goldenen Maß der Epoche, zur Quelle von Rhythmus und Kraft.

Diese Lastpferddichter, Zugpferddichter haben noch einmal den schweren Wagen des lateinischen Genius in Bewegung gebracht.

Im zeitgenössischen Frankreich ist am allerwenigsten Platz für volkstümlerische Illusionen. Der historische Charakter des französischen Bauerntums, der recht genau umrissen ist, eignet sich nicht für irgendwelche Idealisierungen: Er ist eher ein Schreckgespenst für den sozialistisch gestimmten Städter. Die Haut des französischen Bauern ist gegerbt von einem ganzen Jahrhundert der Kleinwirtschaft, und sie poetisch auf Volkstümlergeist zu stilisieren, ist ebenso schwierig, wie einen Stein in Glacéleder zu verwandeln.

Trotz allem hat uns Jules Romains »Das alte Cromedeyre« gegeben, hat dem Bauerntum scharf ins Auge geschaut, ohne Sentimentalität, ohne »Volkstümlergeist«, mit den für ihn üblichen, dichten und typischen Verfahren. In der monumentalen Vision der Bauerngemeinschaft von Cromedeyre hat er, ohne abzurücken von einer ethnographischen Lebenswahrheit, vielleicht nur ein paar der unbewußten Möglichkeiten der traditionsgeprägten Psyche des französischen Bauern aufgedeckt.

Mit großem Takt umgeht Jules Romains Zeit und Ort der Handlung in »Das alte Cromedeyre«: Er hat sich dazu eine legendenhafte Ethnographie ausgedacht, eine sehr genaue und überzeugende, doch genauso phantastische wie Shakespeares Polen oder Moskowien. Die Endungen einiger Namen, die Landschaft und die Architektur verführen einen, Cromedeyre in den Pyrenäen anzusiedeln und seine Bewohner etwa als Basken anzusehen. Doch die knorrigen Bewohner des Bergdörfchens, das so verworren angelegt ist, als sei es »ein Sauerteig aus Roggenmehl«, und die Bewohner des Laussonne-Tals sprechen dieselbe Sprache: Man kann also den Antagonismus zwischen Cromedeyre und dem Talgrund – auf ihm beruht das ganze Drama – nicht mit simplen ethnischen Gegensätzen erklären. Man wird Jules Romains' phantastische Ethnographie mitsamt ihrer sehr überzeugenden Topographie auf Treu und Glauben annehmen müssen.

Es dürfte schwierig sein, im Weltrepertoire ein anderes Stück zu finden, in dem Topographie und Landschaft mit der Handlung so verwachsen sind wie in »Das alte Cromedeyre«. Das Erheben und Senken der Stimme, Aufschwung und Abfall, der Atem der Rede, die Gangart, die kleinste Bewegung ist an die Struktur dieses Erdbodens gebunden, wird von der Notwendigkeit diktiert, sich seinen Holprigkeiten, seinen Unebenheiten, seiner geologischen Architektur anzupassen.

Daher die plastische Überzeugungskraft, die ungewöhnliche Authentizität aller Gesten und Intonationen in diesem Cromedeyre.

Der dramatische Einfall Jules Romains' erinnert in seiner Einfachheit ans antike Drama und suggeriert gar Anleihen bei ihm. »Die Armee in der Stadt« ist von der Monumentalität eines Aischylos. Ein romanisch anmutendes Städtchen wird von einer Armee okkupiert, die ihrem Typ nach germanisch sein könnte. Die Bewohner veranstalten ein Fest der vorgetäuschten Versöhnung mit den Siegern und locken sie in ihre Häuser. Der Versuch, sie zu töten: eine blutige Verschwörung nach antikem Muster. »Cromedeyre« basiert auf dem Raub der Mädchen aus dem Laussonne-Tal, eine angeblich uralte, rituelle Tradition in Cromedeyre.

Der archaische Charakter der Cromedeyreschen Bauerngemeinschaft, die ihre eigenen Gesetze und einen urtümlichen »Kommunismus« wahrt, wird von Jules Romains mit allen Mitteln unterstrichen. Cromedeyre hat keinerlei Absicht, ins Tal hinunterzusteigen, um seinen »Kommunismus« zu predigen. Hinter ihm steht das Erstgeburtsrecht. Die geraubten Mädchen dem eigenen Blut anzuverwandeln, ist gerade noch möglich, das Tal jedoch zu sich heraufzuheben, ist offensichtlich undenkbar: Man muß als Bürger dieses steinharten Dörfchens geboren sein. Die Widersprüche zweier Schichten der bäuerlichen Psyche werden in ganz antiker Nacktheit vorgestellt.

Jules Romains' Intuition erlaubt uns nicht nur, einen Blick zu tun auf den unterbewußten Kollektivismus des französischen Bauern, sondern beleuchtet noch einen anderen, sehr dunklen Winkel seiner Psyche – den religiösen. Vielleicht ist die Säkularisierung, die Verweltlichung der Psyche des französischen Bauern weiter vorangeschritten, als es allgemein angenommen wird. Vielleicht weit entfernt von Cromedeyres fröhlichem Heidentum, ist er doch auch weit von Rom abgerückt und lebt in dumpfer Feindseligkeit mit ihm.

Was stellt »Cromedeyre« als literarisches Werk vor?

(Denn über die soziale und sogar revolutionäre Intuition hinaus ist es doch ein zutiefst literarisches Werk).

»Das alte Cromedeyre« ist eine seltene Spielart des pastoralen Dramas oder – heroische Pastorale in dramatischer Form. Nachklänge der altfranzösischen Volkspoesie und Volksmusik mildern die rauhe Einfachheit der langsam, doch beharrlich reifenden Handlung, des einen Ereignisses – des Mädchenraubs, der seinen Schatten auf alle fünf Akte wirft. Das Drama bewegt sich zwischen Pastorale und dramatischer Arie, einem Monolog für eine große Stimme, wobei die naiven und zärtlichen Details die Monumentalität der großen Linien noch betonen. Die künstlich isolierte Welt Cromedeyres lebt nach tiefreichenden, durchdachten Gesetzen, doch gerade die Isolation Cromedeyres, seine simplifizierende Tendenz deutet auf eine Ermüdung des Dichters hin, Ermüdung an den komplexen Verhältnissen der Moderne.

1925

TATARISCHE COWBOYS

Die Vorführung dieses Films im A. R. K. läßt sich mit dem eher sonderbaren Schauspiel einer Ilias vergleichen, die nur von sich selber spricht. Dank der Liebenswürdigkeit der Schöpfer dieses Werks haben wir uns mit den epischen Elementen bekannt machen dürfen, die zur Zusammenkleisterung dieses ungeheuerlichen Films geführt haben.

Die Krim mit ihren Hammelfleischklößen und Minaretten ist schon an sich ein verführerisches Objekt für kinematographische Überfälle, und ganz ungeachtet der Tatsache, daß die kühnen Forschungsreisenden von ihrer »Expedition« mit einem Beben in der Stimme sprachen und einem grimmigen Tonfall, als handle es sich um die Erforschung von Tibets tiefstem Inneren, bräuchte sie keinerlei Erklärung und Rechtfertigung.

Man muß wirklich ein Mensch aus Stein sein, um von der zauberhaft albernen Phantasie der Autoren dieser »Lieder auf Stein« nicht hell begeistert zu sein.

So von der Krim zu sprechen, von den Tataren, von einem Moment, der nun schon runde zehn bis fünfzehn Jahre zurückliegt, vermag nur ein Ausländer. Wir haben den Eindruck, das Szenario sei von einem intelligenten Paraguayaner oder Argentinier verfaßt, und der elementarste Begriff von der Krim zur Zarenzeit, ihren sozialen Verhältnissen usw., erscheint verzerrt durch eine wunderliche und unverschämte Exotik.

Die Tataren machen Jagd auf einen Kreispolizeichef und irgendwelche Indianer mit der Wut echter Indianer. Auf einer friedlichen Landstraße der Krim werfen sie dem Kreispolizeichef ein Lasso über den Hals und schleppen ihn irgendwo hinauf auf einen Felsen. Bewaffnete Reiter werden entwaffnet, als wären es kleine Kinder. All das wird ungestraft dem friedlichsten und sanftesten aller Randvölker des zaristischen Rußland angedichtet, denselben Krimtataren, deren soziale Passivität von den zaristischen Behörden massiv ausgenutzt wurde.

Im prosaischsten Kurort-Hellas der Krim hat der Autor irgendeine Höhle ausfindig gemacht und dort irgendwelche verwilderte, ein Eremitendasein führende Veteranen einer tatarischen Revolution angesiedelt, die gar nie stattgefunden hat.

»Mit dieser Pistole habe ich noch gegen die Polizeitruppe des Khans gekämpft.«

Der verblüffende Ausspruch führt uns mitten hinein ins Dickicht dieses Exotik-Films. Er prangt als großartige Losung über ihm. Mit Pistolen gegen die Polizeitruppe des Khans (?). Mit einem Lasso gegen Kreispolizeichefs. Bisons auf den Prärien der Krim!

Die Autoren verkünden, sie hätten einen Film schaffen wollen, der das Alltagsleben schildere. Die Krim bezeichnen sie beharrlich als »Orient«, und in einem muß man ihnen Gerechtigkeit widerfahren lassen, daß sie alles Menschenmögliche getan haben, um aus dem realen Bild der Krim das zu vertreiben, was diese zweifelhafte exotische Unberührtheit beeinträchtigen konnte. Versuchen Sie einmal, auf eine beliebige Landstraße der Krim hinauszugehen, ohne eine Equipage, ein Automobil, irgendwelche »Europäer« oder Datschenbewohner anzutreffen: alles, nur keine Tataren.

Wo und wann hätte man gesehen, daß die Tataren auf der Krim in patriarchalischer Abgeschlossenheit leben wie irgendwelche Bergbewohner bei Schamila in ihren kaukasischen Hütten? Die umsichtigen Schöpfer dieses seltsamen Films haben ihr Beobachtungsfeld offensichtlich auf Bachtschissaraj beschränkt und bei ihren Ausflügen an die Küste (natürlich wurden Wellen gebraucht) sorgfältig aufgepaßt, daß keinerlei Fremdkörper in diesen Hammelkloß- und Schafpelz-Stil geraten konnte.

Die auf diese Weise steril dargestellten Tataren tun kaum etwas anderes als tanzen, an Festtagen Kämpfe austragen und einander Hammelklöße verkaufen.

Laut dem Regisseur verschmähte diese Krim-Expedition jede Nachstellung und Fälschung des Alltags und verließ sich ausschließlich auf die Dienste der lokalen Bevölkerung – indem sie diese ein paar interessante Nummern aufführen ließ. Dieses Arbeitsverfahren hat aber nur armselige und falsche Früchte gebracht. Die Bevölkerung hat sich tatsächlich sehr angestrengt für die hohe Expeditionstruppe. Wenn man so an sein Material herangeht, lassen sich einzig die potentiell in jedem schlummernden Unarten schlechter Schauspieler zutagefördern.

Eine wirklich erfahrene Regie spürt man nur in der Begräbnisepisode, die einem vorzüglichen Regisseur, einem richtigen Mullah anvertraut (nach dem Ausdruck der Autoren: »verpachtet«) wurde. Der Mullah und seine Ritualsgehilfen erwiesen sich als Profis und gaben bei dem tatarischen Begräbnis ihr Bestes.

Dem eigentlichen Regisseur gelang es natürlich nicht, all die Kino-Klischees zu umgehen. Die Massenszenen verblüffen durch ihre Schlampigkeit und operettenhafte Falschheit. Das Spiel der einzelnen »Akteure« ist geschmacklos und schablonenhaft.

Von der Technik des Films möchte man lieber nicht sprechen, so sehr lenkt sein außerordentlich spaßiger kompositorischer Unsinn die ganze Aufmerksamkeit auf sich. Der Zuschauer wird seine an einen Nervenschock grenzende Verblüffung nicht so schnell wieder vergessen, die er empfand, als diese »Tataren« mir nichts, dir nichts die Hände verwarfen und sich voller Wut auf den besagten Kreispolizeichef stürzten, der auf einem Volksfest aufgetaucht war.

Der unvergeßliche Kreispolizeichef mit seinen Backenbärten von Alexander II. und die Pistole aus der Tatarenhöhle sind – leider – keine Einzelerscheinungen.

Nun wächst eine Generation heran, die sich aufgrund solcher Filme ihre Vorstellung von der Vergangenheit machen wird. Für diesen Film schämt man sich vor den Kindern. Und vor den Tataren.

1926

DAS »BERESIL«-THEATER

1

Vor ein paar Jahren noch war das ukrainische Theater ein spontanes, vom Alltagsleben geprägtes Phänomen, dem Willen des Zufalls unterworfen, der Willkür des Einzeltalents, die Routine mit lebendigem Glanz vereinend, einfach draufloslebend, auf gut Glück.

Das alte ukrainische Theater zeichnete sich durch kolossale Zählebigkeit aus – sowohl im Melodram als in der musikalischen Komödie bewahrte es die Eigenart harter und karger Formen, schmiedete die Schauspieler eng zusammen und wußte einem unverwöhnten Zuschauer gut zu gefallen. Das ukrainische Theater durchlief keine literarische Schulung, stand nie unter der mächtigen Dominanz der Literatur. Nie war es ein spießbürgerliches »Problem«-Theater und nie war es psychologisch . . .

In diesem Sinne vielleicht hat es Glück gehabt: Es war ganz Schaustück, reich an urtümlicher Theatralität. Stets sehr stark waren in ihm die Elemente der Schaubude, es hätte unter anderen Voraussetzungen leicht sowohl neue Komödien- als auch Dramen-Keime hervorbringen können, zutiefst volkstümliche, wo der Schauspieler sehr selbständig agiert, mit einem Hang zur Improvisation, mit einer fliegendleichten und schematischen Gestaltung . . .

Doch es kam so, daß in der Ukraine mit der Revolution eine Generation kolossalen, von der Tradition unbelasteten Theatertalents heranreifte – ein Theater ohne Literatur, ohne Psychologie, das über den Kopf des Autors hinweg sich direkt an den Zuschauer richtete.

Das »Beresil« hat in den vier Jahren seines Bestehens das Brachland des alten ukrainischen Theaters mit vielfältigen und provisorischen Bauten überzogen. Dieses Bauen geschah in fieberhafter Eile. Mit solcher Schnelligkeit werden vor einem Krieg Werften gebaut, Barrikaden errichtet und Schützengräben ausgehoben. In der Arbeit des »Beresil« ist etwas von der Arbeit jedes Initiators: Es bemühte sich, innert kürzester Frist Modelle verschiedenster Genres zu entwerfen, alle Möglichkeiten zu umreißen, alle Formen zu fixieren.

Das Theater der »Jacquerie«, der »Kommune in den Steppen«, der »Gajdamaken« und der »Gaunerbande« ist durchaus kein einheitliches Theater, sondern mehrere sich bekämpfende Richtungen. Dem »Beresil« steht ein ehrenvoller und fruchtbarer Abgang bevor: Aus ihm werden die Grundtypen des künftigen ukrainischen Theaters hervorgehen und in ihren gesonderten Arbeiten sein Anliegen weiterführen.

Sehr wichtig für dieses Theater war der geschichtliche Augenblick seines Entstehens. Es entstand in einer Epoche fliegender, wie Schießpulver explodierender Inszenierungen auf einem Frontabschnitt, der von Armee- und Klubtheatern umzingelt war. Es entstand in einer Epoche unfreiwilliger Theatralität, kriegsgeprägter und revolutionärer Theaterpflicht, als die Lebensmittelration Regie führte und manchmal gar nicht so schlecht!

Den kleinen Theaterformen der Revolution gegenüber verhielt sich das »Beresil« ohne jede Überheblichkeit. Von ihnen hat es die partisanenhafte Beweglichkeit übernommen, die Leichtigkeit der Einigelung und der Entfaltung, die Kunst, sich mit dem Zuschauer durch ein Augenzwinkern zu verständigen, ihn für sich einzunehmen und einen Monat später bereits als etwas ganz anderes dazustehen.

In der Arbeit des »Beresil« gibt es eine Tendenz, die direkt vom nicht-professionellen Klubtheater herkommt: stark zu spüren ist sie in der »Kommune in den Steppen« und im »Jimmy Higgins«. Da ist das »Beresil« der ältere Bruder des »Klubs«.

Selbst in den festlichsten und prächtigsten Inszenierungen des »Beresil« fühlt man das »lebendige Bild«, diese urtümlichste Leistung des Revolutionstheaters. In den »Gajdamaken« gibt es »lebendige Bilder«, die großartig sind wie die ukrainische Holzschnittkunst. Und diese Inszenierung stammt von einem Theater, das in der »Gaunerbande« gezeigt hat, wie man mit theaterbewußter Beweglichkeit eine simple Chaplin-Manie in eine triumphale neue Komödienform verwandeln kann!

Ein anderer mächtiger Einfluß, der zum »Beresil« beigetragen hat, war der Einfluß des Moskauer Theaters. Im »Beresil« liegen das Theater Meyerholds und das Kammertheater im Kampf. Von fern hört man auch Echos von allerlei »altertümlichen« Theatern, die noch vor dem Krieg ihre Blüte hatten und in der Gestalt des »Kammertheaters« und vieler anderer Studiotheater die Revolution überstanden.

Skelettartige Gerüstkonstruktionen und blühende Malpracht – das sind die beiden Pole des Regie-Stils im »Beresil«. Inmitten der Gerüste sind festlich gekleidete, bunte Schachfiguren in ständiger Bewegung – als handelnde Personen. In einem abstrakten Käfig jagen sich lebendige Figuren, die einmal direkt aus einem ukrainischen Holzschnitt kommen, ein andermal aus einem westlichen Graphikblatt oder einer englischen Karikatur.

Schließlich brechen im »Beresil« auch Erinnerungen ans »Innenwelt«-Theater durch (die Rollenprobe in der »Jacquerie« etwa), und dauern ungeachtet aller Veränderungen noch immer einige Verfahren der alten ukrainischen Operette und des Melodrams fort.

Einmal gab es im selben »ehemaligen Solowzow-Theater« »Fuente Ovejuna« zu sehen: Dieses Spektakel stammte in direkter Linie vom »altertümlichen Theater« des Baron Drisen ab! Doch die »Jacquerie« des »Beresil« könnte man auf Lastwagen setzen und so durch die Stadt führen.

Noch eine Eigenart des »Beresil«: Keinen Moment lang

verliert es den Kontakt zum revolutionären Straßenkarneval. Wir haben uns an die Wagen schon gewöhnt, auf denen naiv modellierte Kapitalisten in glänzenden Zylindern stehen, Generäle mit Epauletten zum Ersten Mai usw. Und doch ist ihnen bestimmt, auf das Schicksal des Theaters einzuwirken ...

Alles, was hier über das »Beresil« gesagt wurde, zeugt von seinem Drang zu breiten Zuschauermassen. Dieses Theater – ein Grundsteinsetzer ukrainischer Theater-Kultur – bleibt seiner Bestimmung sowohl in »Macbeth« als auch in der »Gaunerbande« treu.

2

Ich habe nur die Abschiedsvorstellung des »Beresil«-Theaters gesehen, ein mosaikartiges, aus Fragmenten zusammengesetztes Festspektakel. Das ist furchtbar wenig, um sich ein Urteil über ein Theater zu bilden, doch mehr als genug, um seinen Geschmack zu spüren.

Das kleine Solowzow-Theater war wie elektrisiert. Jedes Fragment und der ausgerufene Name des Regisseurs wurde mit Beifallsstürmen begrüßt. Ich kam zum Schluß des Festes, weshalb es schwierig war, die Begeisterung und den Rausch des Stammpublikums im »Beresil« noch einzuholen.

Alle Fragmente sprachen davon, daß das ein zutiefst demokratisches Theater ist, ein Theater eines Landes, wo kein Raum ist für Snobismus und Dandys, wo jeder Ästhet dazu verurteilt ist, Zielscheibe des Spottes zu werden.

Ein paar Worte zu den technischen Mitteln des »Beresil«. Laut einigen dem Theater nahestehenden Personen hat die teuerste Inszenierung des »Beresil« nur eineinhalbtausend Rubel (!) gekostet. Betrachtet man die Leistungen des »Beresil«, so braucht es dazu schon fast Genialität.

Die »Jacquerie« nach Mérimée mit ihrer gotischen

Konstruktion und üppigen Kostümen erweckt den Eindruck von Opernpracht. Das Stück selber ist nicht wiederzuerkennen: Die Schauspieler spielen es so, wie man bei uns »Zar Maximilian« spielen würde. Natürlich ist das Absicht, wie alles im »Beresil« bewußt und absichtlich ist.

Der Hauptakzent des Theaters liegt auf dem Kollektiv, auf der Massenszene. Die ganze Autokratie, der ganze unumschränkte Despotismus eines modernen Regisseurs kam in »Jimmy Higgins« zum Ausdruck. Der gewöhnliche Schauspieler wird unterworfen und zum Schlafwandler gemacht. Die Schlafwandler in Berufskleidung sprechen in singendem Tonfall, strecken die Arme vor, springen jäh zurück, laufen hin und her, kraxeln auf Kisten, die Amerika darstellen, und auf Leitern: alles nach streng durchdachtem Plan.

In diesen Tollerschen und Kaiserschen Käfigen, wie auch in dem à la Toller aufgemachten Sinclair, geraten die ukrainischen Schauspieler in Atemnot wie vergiftete Mäuse. Da helfen keinerlei Schemel und Leitern, weil überall dieses grüne Pulver eines literarischen Giftes ausgestreut ist. Der ukrainische Schauspieler will leben und haßt mit seinem ganzen Wesen diesen konstruierten Käfig, die numerierte Mausefalle und diese Durowsche Dressur.

Das »Beresil« ist ja nicht das einzige Theater der Ukraine. Gleich nebenan betätigt sich eine undisziplinierte, »anarchische« Truppe mit dem Nationalschauspieler Saksaganskij. Und im »Beresil« selber sind so ungestüme individuelle Größen wie der Tragödiendarsteller Butschma großgeworden, der so spielt, daß einem Frostschauder über die Haut laufen, als wärs im guten alten Melodram, und der Komiker Kruschelnizkij, der wohl schon bald wie Warlamow auf Zigarettenschachteln abgebildet sein wird.

Den Theaternachwuchs zwingt man hier unaufhörlich zu Massenmeetings auf die Bühne, in pseudo-kollektivistischen Stücken, wo die wellengleichen Bewegungen einer Menschenmenge, ihre organischen Ebben und Fluten, ersetzt sind durch einen vernünftigen Abstimmungsvorgang auf der Bühne, wo anstatt eines Chores, der das Gesetz der Handlung verkündet, und eines raunenden Menschenmeeres auf der Bühne ein stets vernünftiges, sprechendes Quorum sich abspult.

Die zum Meeting versammelte Theatermenge, wie das »Beresil« und viele andere revolutionäre Theater sie verstehen, ist letzten Endes nicht einmal ein Abstimmungsmeeting, sondern eine simple »Sitzung«, und hat ihren Ursprung nicht in der Revolution, sondern in deren Bürokratie.

Das kunstreiche und nüchterne »Beresil« häufte seine rationale Meisterschaft auf und schritt die sacktuchleinenen Höhen der revolutionären Dramatik ab – all die »Gase«, Tollers und »Jimmys« –, bis es plötzlich zum Durchbruch kam: Da brüllte das Bessarabische Viertel, da kamen Juden aus dem Podol-Viertel in die Theater gestürzt: Wir wollen nichts von alledem, wir wollen das »Gauner«-Stück!

»Die Gaunerbande« war aber zufällig entstanden, außerhalb des Spielplans, wie man so schön sagt, keinerlei Hoffnungen ruhten auf ihr, auf die schnelle wurde sie produziert, fast nur als Lückenbüßerin. Die »Ideologie« darin hinkt ein wenig, der Gehalt ist eher leichtgewichtig: irgendein Unsinn über Geldveruntreuer, doch sei dem, wie es wolle, die Kiewer hoben die »Gaunerbande« hoch und transportierten sie in den Zirkus, wälzen sich zu Zehntausenden auf sie los und wollen sie um keinen Preis aus der Stadt lassen.

Eine allgemeine Anerkennung krönte die »Gaunerbande». Aus ihr wurde eine Komödie großen Stils. Das »Beresil« hatte einen neuen, spannenden Weg beschritten.

Dieses junge und tief rationale Theater, das sich vorsichtig für die Biomechanik begeistert, kann sich trotz allem nicht aus den Affenpfoten des Expressionismus und des theatralischen Pseudosymbolismus, aus der Toller-Manie befreien. Ich sah einen in seiner ganzen Rationalität schlimmen Trick: Der Schauspieler Butschma (Jimmy) geht auf einem Seil aus der amerikanischen Folterkammer in eine Menschenmenge hinein, die das Kollektiv darstellt. Nur ein Gang übers Seil, Jimmy schöpft Trost aus dem Kollektiv und kehrt in die Folterkammer zurück. Wahnsinnig genau, und deshalb auch wahnsinnig langweilig.

Der ukrainische Schauspieler wird aufgrund seines Charakters und seiner Tradition nie eine Entpersönlichung dulden können. Der Despotismus des Regisseurs ist ihm zuwider. In seinen Adern fließt rationales, doch sonnendurchflutetes Molièresches Blut. Er sollte selber Stücke schreiben, und sich zur Beraterin nur ein Laufmädchen, eine Gemüsehändlerin aus dem Bessarabischen Viertel holen.

Es braucht keine Greuel, es braucht kein ukrainisches Amerika auf einem Schemel, es braucht keine Mystik, und sei es Sozialmystik, keine symbolischen Gruppen und Hochseilakte ins Kollektiv.

Das ukrainische Theater will rational und transparent sein, damit Molières rote Sonne sich auf es ergieße.

Unsere sowjetische Komödie – »Mandat« und »Luftkuchen« – geht über Ostrowskij hinweg auf Gogol zurück. Die ukrainische Komödie aber dreht sich um die Sonne Molières. Die Tragödie und alle hohen Genres sind vorläufig noch von Wolken verdeckt.

1926

JACQUES WURDE GEBOREN UND STARB

Die Erklärung eines Satzes in direkter Rede wird durch gewisse Zeichen von diesem abgetrennt, durch Anführungsstriche und Komma.

»Einen herrlichen Tag haben wir heute«, sagte er und schmunzelte in seinen Bart hinein.

So ist das in allen Büchern üblich, auch wenn keiner je so spricht und erzählt. Ich weiß nicht, weshalb das in gewöhnlichen Büchern, d. h. in Originalwerken, kaum bemerkbar ist, doch in Übersetzungen summt und surrt das wie eine lästige Spindel.

Auch weiß ich nicht, weshalb mich in diesen Tagen eine monumental unsinnige syntaktische Konstruktion verfolgt, die eine Art Synthese darstellt, das Kartenhaus dieser Wortwelt aus Pappe: »Jacques wurde geboren, lebte und starb.« Wer ist er, dieser Jacques? Wurde er in der Champagne geboren, in der Touraine oder im Elsaß? Wurde er vom Autor eines Romans mit gelbem Umschlag durch den Fleischwolf des Krieges gelassen, oder von irgendeinem flinken Nachbeter von Benoit nach Tunis gejagt, zu den Arabern? Warum hat er seiner Braut eine Absage gegeben? Hat er sein Erbe bekommen, hat er irgendwelchen Arbeitern in mustergültigen Steinbrüchen seine Wohltaten angedeihen lassen?

Ist das nicht alles völlig egal? Solche Übersetzungen sind das Buch des Predigers: Es ist alles eitel. Lange noch, lange wird dieses schreckliche Kartenhaus dastehen.

»Jacques wurde geboren, lebte und starb.«

Eine schlimme, mörderische Zweideutigkeit liegt in diesem Wort »Übersetzung« selber, ähnlich derjenigen, die im russischen Wort für »jemandem den Hof machen« liegt, das auch die Bedeutung »jemanden ins Jenseits befördern« annehmen kann.

Die Übersetzung ausländischer Autoren, die eine ganze Epoche in der Geschichte des russischen Buches überschwemmte und verwüstete, sich als dichter Heuschrekkenschwarm auf die Felder der Sprache und des Denkens niederließ, war tatsächlich »übersetzt«: die Vergeudung einer unerhörten Masse an Arbeit, Energie, Zeit, Beharrlichkeit, Papier und lebendigem menschlichen Blut.

Als in Moskau eine Seuche ausbrach, befahl Godunow, den Sucharew-Turm zu bauen. Und den Arbeitslosen des 17. Jahrhunderts kam gewiß die herrschaftliche Verpflegungsration und eine gute Kupfermünze sehr gelegen. Die Reihe »Weltliteratur« war der Sucharew-Turm der hungernden Intellektuellen des Jahres 1919. Ich weiß nicht, soll ich deiner im guten gedenken oder dich verfluchen? Beinah auf Velin-Papier, in grandioser Jubiläumspracht wurden die Namen der Autoren des Welt-Pantheons abgedruckt, die man sich zu übersetzen vornahm. In den Speichern der »Weltliteratur« wurde das Korn knapp: Sie waren schließlich völlig ausgepickt, und die Packen ungedruckter Manuskripte quollen bis zur Decke.

Auf dem Weg des geringsten Widerstandes dorthin, wo es etwas zu holen gab! Und da knatterten sie los, die Schreibmaschinen, da knirschten die Federn in rosigen und gichtgeplagten Fingern. Zweitausend neue, geschmeidigere syntaktische Schablonen fügten sich zu den Verfahren Irinarch Wwedenskijs, und keiner fragte sich je, ob er tatsächlich Stendhal übersetzen wolle oder irgendwer seine Übersetzung auch lesen möchte. Buddhistische Gebetsmühlen drehten sich, und die Buchhaltung summierte die Druckbogen.

Es gab einmal eine Zeit, als die Übersetzung eines fremdsprachigen Buches ins Russische ein Ereignis war, eine Ehre für den fremden Autor und ein Fest für den Leser. Es gab eine Zeit, als Gleichrangige ihresgleichen übersetzten und um den Glanz der Sprache wetteiferten, als eine Übersetzung die Anverwandlung fremder Früchte war und eine gesunde Gymnastik für geistige Muskeln. Der gute Geist der russischen Übersetzer, Schukowskij, und auch Puschkin nahmen das Übersetzen sehr ernst.

Der Verfall begann etwa mit den sechziger Jahren, als der durch und durch falsche Begriff geistiger Schmutzarbeit, intellektueller Tagelöhnerei aufkam und die zersetzende Krankheit der russischen Kultur ihren Anfang nahm: als das Gehirn billig veranschlagt zu werden begann. Eine Arbeit kann schwer sein oder mühselig, doch »schmutzig« ist sie nie und nimmer, sei es die Arbeit eines Hafenarbeiters oder eines Übersetzers ... Damals fuhren Studentenmädchen nach Moskau, um irgendeine Verdienstmöglichkeit oder eine Übersetzung zu kriegen, damals kamen die Spinnen in den Buchläden dahinter, daß sich mit billigem Gehirn Geld machen ließ, und die Fabrikation von Leseschund begann. All die Stassjulewitschs, die Angst hatten, in ihren »Boten«-Blättchen Leskow zu drucken, und sich dumpf über die Verarmung der Literatur beklagten, stopften die dicken Zeitschriften mit dem üblichen »Jacques« voll, und ein aufgedunsenes Damenhändchen verstümmelte für sie Edgar Poe, in dessen Erzählungen seinerzeit gewisse Greuelstellen gestrichen wurden, weil sie der Übersetzerin »allzu schrecklich« erschienen waren.

In einem Genrebüchlein der siebziger Jahre beschreibt ein Autor eine damalige Neuheit, die Pferdebahn, und gibt ein aufgeschnapptes Gespräch wieder: Irgendeine arme Nastenka, die von den Händlern der Apraksin-Arkaden, für die sie Hemden nähte, betrogen worden war, erzählt, wie sie in ein »Geschäft« habe gehen müssen, wo man ihr eine Übersetzung zu fünf Rubel pro Bogen und zwei Rubel Vorschuß verpaßte.

Damals lief das wenigstens in aller Öffentlichkeit ab, und auch wenn es für Nastenka ein Jammer war: Es war ein »Geschäft« wie jedes andere auch.

Die höchste Auszeichnung eines Übersetzers ist es, wenn die von ihm übersetzte Sache zum *Eigentum* der russischen Literatur wird. Wieviele Beispiele lassen sich denn nennen nach Balmont, Brjussow und den *russischen* »Emails und Kameen« Théophile Gautiers?

Allzuviel von der Übersetzungsliteratur der letzten Jahre war, ungeachtet der höheren Schulbildung, Raffinesse, Genauigkeit und Gelehrsamkeit, die von der Spitzentruppe der Übersetzer an den Tag gelegt wurde, höchst erzwungen, zufällig und letzten Endes sogar unnötig. Selbst die sorgfältigste Übersetzung eines fremdsprachigen Autors ist, wenn sie nicht einer inneren Notwendigkeit entspringt, kein lebendiger Austausch zwischen den Kulturen der Völker und hinterläßt eine sehr schädliche Spur in der unterbewußten Werkstatt einer Sprache, verstellt ihr Wege, verdirbt ihr Gewissen, macht sie nachgiebig, ausweichend, versöhnlich, gesichtslos.

Auf dem Weg des geringsten Widerstandes führt man kiloweise »billiges Gehirn« auf die Mehlwaagen der Kaufhäuser.

Als Ergebnis eines komplexen und nicht zufälligen Zusammentreffens gewisser Umstände finden wir uns mit einer bitteren und demütigenden Krankheit konfrontiert: Das Buch hat bei uns aufgehört, Ereignis zu sein. Ja, jede Zeitungsnummer ist auf ihre Art Ereignis, Pulsschlag, lebendiges Blut, das wir hochachten, doch ein Buch ist nun ein halbes Pfund von irgendwas: ganz egal, ob es Wsewolod Iwanow, Pilnjak oder irgendein »Jacques« ist.

Das Buch erträgt eine solche Demoralisierung nicht, und seine Krankheiten sind ansteckend. Man kann nicht ungestraft Hunderttausende von nichtgeachteten, nichtrespektierten oder halbrespektierten Büchern auf den Markt werfen, und seien sie noch so gut verkäuflich und auflagestark.

Alle Bücher, die guten wie die schlechten, sind Brüder, und unter der Nachbarschaft mit einem »Jacques« leidet sein Bruder, das russische Buch. Wenn ein Teil des kostbaren Gehirns eines Landes in den gefräßigen Öfen der Übersetzungsküche verbraten wird, wenn ein Teil unserer intellektuellen Goldreserve bewußt und hartnäckig zu einer Fremdwährung umgeschmolzen wird, muß es dafür ernsthafte Gründe und Rechtfertigungen geben. Gründe sehe ich eine ganze Menge, doch eine Rechtfertigung kann und wird es dafür nicht geben.

Durch »Jacques« hindurch schimmert eine ekelhafte Tschitschikow-Fratze, einer macht eine obszöne Handbewegung und fragt mit widerlicher Fistelstimme: »Was denn, Bruder, in Rußland lebt sich's langweilig? Wir werden dir zeigen, wie die Herrschaften in einem Lyoner Expreß sich unterhalten, wie ein armes Mädchen darunter leidet, daß es nur hunderttausend Francs hat. Wir werden dich mit einem solchen Zigarrendunst umnebeln und ein solches Likörchen heranschaffen, daß du aufhören wirst, von einem ausländischen Paß zu träumen!«

Es ist noch gar nichts, wenn ein Fräulein mit mittlerer Schulbildung Blasko Ibanez liest und nicht weiß, was »Andalusia« sein könnte – weiblicher Vorname oder Fluß in Südamerika. Schlimm ist, daß das Buch so etwas wie das Wetter geworden ist – feucht oder neblig – und daß es ein Gewitter braucht, damit das Buch wieder zu dröhnen anfängt.

Als anspruchsvolle und strenge Schwester müßte die russische Literatur zur Literatur des Westens hingehen und ohne scheinheilig-wählerisches Getue, doch mit größter, für die westlichen Schriftsteller vielleicht kränkender Vorsicht unter den vielen Steinen das Brot finden.

Die Nichtigkeit des zeitgenössischen deutschen »Gesellschaftsromans« und das stecknadelkleine, mit Leichengift getränkte Gehirn eines französischen Durchschnittsbuches – all das geben wir dankbar zurück.

Lieber soll in Rußland, was Bücher betrifft, eine Hungersnot ausbrechen, lieber soll sich über uns ein leerer

Azur der Bücherlosigkeit entrollen, als dieser abstoßende Mischmasch, diese matschige Gleichgültigkeit: »Ja, ja, habe ich gelesen, doch der Name des Autors fällt mir nicht ein.«

Jacques wurde geboren, lebte und starb.

1926

Über die Bretterwege eines reizlosen belorussischen Provinzfleckens, eines größeren Dorfes mit Ziegelfabrik, Bierschenke, Lattenzaun und Ziehbrunnen, kam mit langen Schößen eine seltsame Figur gegangen, die aus ganz anderem Lehm gemacht war als diese Landschaft. Ich sah aus dem Waggonfenster, wie dieser einzige Fußgänger gleich einem schwarzen Käfer durch den glucksenden Dreck zwischen den Häuschen sich vorarbeitete, mit auseinandergespreizten Armen und den rötlichgolden schillernden Schößen seines Gehrocks. In seinen Bewegungen lag eine solche Abgehobenheit von der ganzen Umgebung, und gleichzeitig eine solche Kenntnis seines Weges, als müsse er genau »von da bis da« gehen, wie eine Aufziehpuppe.

Was soll daran schon ungewöhnlich sein, wird man denken – ein langschößiger Jude auf einer Dorfstraße! Und doch ist mir dieser laufende Rebbe so stark im Gedächtnis geblieben, weil ohne ihn diese bescheidene Landschaft ohne Rechtfertigung geblieben wäre. Der Zufall, der genau in dieser Minute diesen verrückten, bezaubernd albernen, unendlich eleganten porzellanenen Fußgänger genau da hinschubste, half mir, meinen Eindruck vom Jüdischen Staatstheater zu verarbeiten, das ich kurz zuvor zum erstenmal gesehen hatte.

Ja, nur kurze Zeit zuvor wäre ich beinahe auf einer Straße in Kiew zu einem ebenso ehrwürdigen Bartträger hingegangen und hätte ihn gefragt: »Hat nicht etwa Altman Ihnen das Kostüm geschneidert?« Ohne jeden Spott hätte ich ihn das gefragt, und ganz aufrichtig – alle Wirklichkeiten gerieten mir durcheinander. Wie glücklich ist doch Granowskij! Der braucht nur zwei bis drei Synagogendiener und einen Vorsänger zu versammeln, einen Brautwerber herbeizurufen und auf der Straße einen älteren Geschäftsvermittler einzufangen – und fertig ist die Inszenierung, und im Grunde braucht es dazu auch keinen Altman.

Ist das denn so einfach? Natürlich nicht so ganz. Das jüdische Theater bekennt und rechtfertigt die Überzeugung, daß ein Jude nie und nirgendwo aufhören kann, zerbrechliches Porzellan zu sein, daß er seinen feinen und durchgeistigten *Lapserdak*-Gehrock nie abwerfen kann.

Dieses paradoxe Theater, das nach Meinung einiger tiefsinniger Kritiker à la Dobroljubow dem jüdischen Spießbürgertum den Krieg erklärt hat und nur darum existiert, Vorurteile und Aberglauben auszumerzen, ist wie eine Frau gleich berauscht beim Anblick eines beliebigen Juden und lockt ihn sofort zu sich in die Werkstatt – in die Porzellanfabrik, brennt und härtet ihn zu wunderbarem Biskuit, zur bunt bemalten Statuette eines grünen Brautwerbers und Grashüpfers, der braunlasierten Musikantengruppe auf Radlows jüdischer Hochzeit, den Bankiers mit dem aufgeklebten falschen Haar auf den Hinterköpfen, die tanzen wie keusche junge Mädchen, sich bei den Händen genommen haben und einen Kreis bilden.

Die grundlegende Plastizität und Kraft des Judentums liegt darin, daß es ein Gefühl für Form und Bewegung herausgebildet und durch die Jahrhunderte hindurch weitergetragen hat, dem alle Züge einer unvergänglichen, tausendjährigen Mode anhaften ... Ich spreche nicht etwa vom Schnitt der Kleidung, der sich verändert und den man nicht allzu hoch einschätzen sollte, und es kommt mir auch nicht in den Sinn, das Ghetto oder den Schtetl-Stil ästhetisch zu rechtfertigen. Ich meine die *innere* Plastik des Ghettos, die gewaltige künstlerische Kraft, die seine Zerstörung überlebt und endgültig erst dann aufblühen wird, wenn das Ghetto abgeschafft ist.

Geigen begleiten leise einen Hochzeitstanz. Michoëls tritt zur Rampe und lauscht verstohlen, mit den behutsamen Bewegungen eines Fauns, auf die Musik in Moll. Es ist ein Faun, der auf eine jüdische Hochzeit geraten ist, noch unentschlossen, noch nicht berauscht, doch bereits erregt von der Katzenmusik dieses jüdischen Menuetts. Dieser Moment der Unentschlossenheit ist vielleicht expressiver als der ganze folgende Tanz. Ein kleiner Wirbel an Ort, und dann ist der Rausch schon da, das leichte Berauschtsein von zwei, drei Schlucken Rosinenwein, doch ist das schon genug, um den Kopf des Juden schwindelig zu machen: Der jüdische Dionysos verlangt nicht viel und schenkt sofortige Fröhlichkeit.

Im Verlauf des Tanzes bekommt Michoëls' Gesicht den Ausdruck wissender Müdigkeit und traurigen Entzücktseins, als sei es die Maske des jüdischen Volkes, die sich der klassischen Antike annähert und fast nicht mehr von ihr zu trennen ist.

Nun gleicht der tanzende Jude dem Anführer des antiken Chores. Die ganze Kraft des Judentums, der ganze Rhythmus abstrakten tanzenden Denkens, der ganze Stolz eines Tanzes, dessen einziger Antrieb letztlich das Mitleiden mit der Erde ist – all das geht über in das Beben der Hände, in das Vibrieren denkender Finger, die durchgeistigt sind wie eine klar artikulierte Rede.

Michoëls ist der Höhepunkt des typischen jüdischen Dandyismus – der tanzende Michoëls, der Schneider Soroker, ein vierzigjähriges Kind, ein seliger Pechvogel, ein weiser und zärtlicher Schneider . . .

Und gestern abend auf derselben Bühne: schlanke Tanzmädchen in Lapserdak-Gehröcken, die englischen Jokkeymänteln gleichsahen, Patriarchen, die in den Wolken oben Tee tranken wie alte Männer auf einem Balkon in Gomel . . .

*

. . . und dieses windzerzauste Männlein ist doch wie alles andere wahrhaftiger Unsinn: diese verpaßte Dienstreise und die fünf Stück Zucker. Woher nur rührte diese dämonische Herrschaft über uns, diese glühende Überzeugungskraft? Schindel hypnotisiert uns, läßt uns wünschen, daß er endlich Zucker bekomme und eine richtige Dienstreise.

Die Temperatur von Michoëls' Spiel ist real wie physische Wärme und Kälte. Doch ebenso real gibt er die Temperatur des historischen Augenblicks wieder, und in Schindels Mund klingt dieses »Narkompros! Narkompros!« wie die Seufzer der Äolsharfe.

Wenn Schindel von dem konstruierten kleinen Podium, das sein Zimmer darstellt, auf die Straße tritt, schauert die ganze Figur dieses von Lebensmittelrationen zehrenden Teufelchens zusammen, und man hört, wie der Schnee knirscht unter den vom Volksbildungskommissariat verabreichten Filzstiefeln. So einen Schauspieler darf man nie und nimmer auf eine realistische Bühne lassen – die Dinge würden schmelzen von seinen Berührungen! Er *schafft* sich die Gegenstände: Nadel und Faden, ein Gläschen Pfefferwodka, einen Spiegel, einen Alltag, den er sich gerade ausdenkt. Bitte stören Sie ihn nicht dabei, das ist sein gutes Recht, lassen Sie ihm diese Schöpferfreude! Manchmal, wenn er müde ist von seinen Sprüngen, müde von seinem weisen Herumtoben auf einer dekorlosen Bühne, setzt sich Michoëls einfach auf den Boden: »Genug jetzt! Hören wir auf mit dem Spiel!« . . . Er ist ein Uhrmacher, der durch eine Lupe seine Zahnrädchen betrachtet, ein Jude, der seine Innenwelt betrachtet – ein völlig Einsamer, mit einer brennenden Kerze in der Hand und dem Gesichtsausdruck dulderischen Entzücktseins, wie in der »Hexe«.

Michoëls ist epileptischen Extremsituationen sehr nah: Manchmal bewegt er sich an der Grenze zu einem epileptischen Anfall (»Nachts auf dem Alten Markt«), doch da rettet ihn wahrhaftig . . .

Michoëls hat einmal gesagt: »Ich beschwöre die Künstler, mir mein Gesicht zu lassen«. Sämtliche Stücke des Jüdischen Staatstheaters basieren auf der Enthüllung von Michoëls' Maske, und in jedem von ihnen schreitet er von neuem den unendlich schwierigen und ruhmreichen Weg ab von jüdischer Beschaulichkeit zu dithyrambischer Ekstase, zur Befreiung, zur Entfesselung eines weisen Tanzes.

. . . .

Dieser Tage trafen sich in Kiew zwei bemerkenswerte Theater, das ukrainische »Beresil« und das Jüdische Kammertheater aus Moskau. Der große jüdische Schauspieler Michoëls sagte auf der Abschiedsvorstellung des »Beresil«, das nach Charkow umzieht, an den ukrainischen Regisseur Les Kurbas gewandt: »Wir sind Blutsbrüder« . . . Geheimnisvolle Worte, mit denen mehr gesagt ist als mit den Phrasen von friedlicher Zusammenarbeit und dem Zusammenleben der Völker.

Allerdings gleichen sich die beiden Theater kaum, ja sie sind sogar Antipoden. Das Jüdische Kammertheater, das zu einem sechswöchigen Gastspiel nach Kiew gereist ist, hat hier Heimatboden berührt: Hier ist es bei sich zu Hause, und es ist für dieses Theater ein unermeßlicher Gewinn, wenn ringsum eine jüdische Menschenmenge brodelt, jüdische Stimmen erklingen, jüdischer Geschmack herrscht, der Schnitt der Kleidung, die Gesten . . .

Das »Beresil« hat nur in der Ukraine entstehen können. Seine jugendliche Rationalität, die Nüchternheit seines theaterbewußten Denkens, seine schaubudenhafte Lebendigkeit, die ihre Apotheose erreicht hat in der ukrainischen . . .

1926

KINDERLITERATUR

Kinderliteratur zu schreiben, ist eine schwierige Sache. Einerseits darf man Tiere und Gegenstände nicht vermenschlichen, andererseits muß ein Kind doch spielen dürfen, und das durchtriebene Kerlchen, kaum hat es zu spielen angefangen, platzt heraus damit und vermenschlicht irgendwas. Die Kinderliteratur muß streng überwacht werden! Da braucht es einen wissenschaftlichen Zugriff und gutvorbereitete, erfahrene ältere Damen. Eine mir bekannte, wissenschaftlich gerüstete alte Dame hatte die Ideologie derart intus, daß man sie förmlich in Stücke riß, so begehrt war sie. Nun ist sie Konsultantin und weilt, vom Staatlichen Wissenschaftsrat abgesegnet, allenthalben auf Sitzungen. Sie hat sich aber nicht sofort durchsetzen können, obwohl ihre Voraussetzungen erfolgversprechend waren: Erstens war sie selber irgendwann einmal ein Kind gewesen, zweitens zeichnete sie sich durch eine für ihr Alter überdurchschnittliche geistige Beweglichkeit aus. Die alte Dame war von ganz gewöhnlichem Aussehen, ziemlich adrett gekleidet, sorgte selber für ihren Lebensunterhalt und lebte, seit sie sechzig war, von literarischer Arbeit.

Doch selbst sie traf nicht sofort ins Schwarze und schlich lange wie die Katze um den heißen Brei. Zuerst dachte sie, man könne weiterhin auf die alte Art sein Süppchen kochen, und brachte ihrer Zeitschrift ein völlig untaugliches und sogar schädliches Märchen. Buchstäblich alle Insekten und sonstigen Tiere in diesem kleinen Märchen sagten irgendwas, Grashüpfer in Fräcken bedienten irgendeinen Prinzen, und ein Hase schlug die Trommel. Wer immer das Märchen las, dem wurde flau, als hätte man ihm Kamillentee eingeflößt. Ehrlich gesagt, es war der Teufel weiß was.

Der alten Dame half der Hase aus der Patsche. Diesem Hasen müßte sie ein Denkmal setzen.

»Der Hase bei Ihnen geht so einigermaßen«, sagte der übermüdete Sekretär. »Beim Trommeln handelt es sich immerhin um einen Arbeitsprozeß . . .«

Die alte Dame ging nach Hause und startete sofort ihre Umerziehung. Beim nächsten Mal brachte sie ein Märchen mit, in welchem die Schafe und Hammel Hemmungen hatten, »Bäh« und »Mäh« zu sagen.

In dem Märchen ließ ein Schaf – zu nützlichem Gebrauch – *schweigend* seine Wolle wachsen. Angesichts einer solchen Wendung des Geschehens kam der Redakteur höchstpersönlich zur alten Dame heraus und drückte sich eher unbestimmt aus:

– »Für den Produktionsprozeß gewiß förderlich, doch etwas langweilig . . .«

In jener Nacht hatte die alte Dame einen Traum. Sie sah den Trommlerhasen, der ein Schaf scherte, die Wolle auf seiner Trommel sammelte und dann zu irgendeiner Kommission trug, wo man lange Gespräche führte, an der Wolle roch und spätabends auseinanderging . . .

1927

ICH SCHREIBE EIN SZENARIO

Schklowskij hat mir geraten, ein Szenario zu schreiben, und hat sich, kaum war sein Gurkenkopf hier aufgetaucht, gleich wieder aus dem Staub gemacht. Ich habe ihn nicht mehr gesehen, doch was dabei rauskam, ist das folgende: Ich habe Schklowskij in Grund und Boden verflucht.

Ich entschloß mich, etwas aus dem Leben der Feuerwehr zu schreiben. Sofort hat mir eine großartige Einstellung à la Eisenstein vorgeschwebt: eine weitoffene Garage und Löschzüge, die wie gigantische Schuppentiere auf den Zuschauer losrasen.

Oder ein Alarm zum Beispiel, die schwankende Glocke, der Diensthabende am Telefon, die Feuerwehrmänner springen von ihren Kojen auf . . .

Man könnte aber durchaus auch mit dem friedlichen Leben beginnen: Die Feuerwehrmänner sitzen auf den Kojen und lesen Zeitung, oder dann den Alltagsaspekt noch weiter vertiefen: Die Feuerwehrmänner berufen irgendeine Versammlung ein zur Wahl ihrer Abgeordneten oder zum Kampf gegen irgendwas. Dann spielen sie auch Schach . . . Und plötzlich kommt eine Frau rein, die Gattin eines Feuerwehrmannes, und da ist sie auch schon: die Kollision.

Ja, ja, eine Kollision, das ist leicht gesagt – eine Kollision! Weshalb kommt sie denn hierher, was will sie bloß?

Nein, es ist viel besser, von der Seite her aufs Thema zu kommen. Irgendwo im Samoskworetschje-Viertel sitzt die Familie eines Buchhalters beim Tee und ist völlig ahnungslos, daß das ganze Mobiliar samt Nußbaumbüfett in einer halben Stunde abbrennen wird, wobei zur selben Zeit in der Küche der Primuskocher aufflammt, und gleich daneben spielt ein Kleinkind.

Der Kern der Sache liegt natürlich in der Komposition

der Einstellungen und in der Montage. Auch die Dinge sollen ihre Rolle spielen. Der Primuskocher könnte riesengroß gezeigt werden.

Also, Primuskocher in Großaufnahme. Zum Teufel mit dem Kind. Alles fängt mit der verbogenen Nadel des Primuskochers an (kleinstes Detail). Nadel ebenfalls in Großaufnahme. Schreckgeweitete Augen der Frau.

Übrigens ist es vielleicht besser, mit dem Chinesen zu beginnen, der beim Moskauer Buchdruckerdenkmal Primusnadeln verkauft. Das wird den Rahmen abgeben. Ein Film ohne Held – das ist ganz gut, doch muß da immerhin irgendein Feuerwehrhauptmann sein. Der soll also immer noch mit ganzem Herzen an seinem Heimatdorf hängen. Einerseits liebt er die dörfliche Lebenswelt, andererseits fühlt er sich sehr zu Löschgeräten hingezogen. Da liegt der Konflikt. Der Feuerwehrhauptmann schleicht sich also nachts und unbeobachtet in die Garage und erfindet da irgendwas.

So weit, so gut: als ob da endlich etwas aufschimmern würde. Eine Kollision brauchen wir, eine Kollision! Für eine Kollision gibts Geldscheinchen. Eine Kollision ist kein Pappenstiel.

Die Kollision soll also folgendermaßen ausschauen:

Irgendwann, noch vor dem Krieg, hatte der Feuerwehrhauptmann bei einem Privatkapitalisten in der Fabrik gearbeitet. Der Kapitalist hat, bevor er im Siebzehner Jahr ins Ausland flüchtete, verschiedene Wertsachen in einem Geheimsafe eingemauert . . .

Allerdings muß man den Feuerwehrhauptmann mit dem Buchhalter zusammenstoßen lassen. Was haben die gemeinsam? Da liegt der Knoten des ganzen Films. Eine Antwort auf diese Frage läßt uns augenblicklich aus der Sackgasse rauskommen.

Ein einziger Feuerwehrmann ist zuwenig, weil nichts dabei rausschaut, wenn man ihm alles mögliche anhängt. Man müßte ihn irgendwem gegenüberstellen . . . Doch was wissen wir von ihm? Gar nichts, außer daß er sich noch nicht richtig von seinem Heimatdorf hat losreißen können, doch das wiederum hat nichts damit zu tun, daß er bei dem Privatkapitalisten gearbeitet hat.

Gut, soll also einer bei einem Privatkapitalisten gearbeitet haben, und der andere noch immer an seinem Heimatdorf hängen. Doch diese beiden, was haben die denn gemeinsam?

Sollen also die Dinge ihre eigene Rolle spielen, und die Feuerwehr völlig getrennt davon die ihrige. In den Dingen liegt das Pathos der Ereignisse, in den Leuten: der soziale Sprengstoff. Die Löschgeräte, Pumpen und Leitern, erziehen den Feuerwehrmann. Seine Frau hat hier nichts zu schaffen, sie hat keinen Platz in dieser Kollision.

Kino ist nicht Literatur. Man muß in Einstellungen denken.

Soll also der Feuerwehrhauptmann in einem Theaterfoyer Dienst tun, während sein Kollege zur selben Zeit einer völlig fremden Frau Plätzchen anbietet.

Nein, so ein Unsinn.

Das Thema ist im Verlauf des Arbeitsprozesses *durchgebrannt*. Gar nichts schimmert mehr auf. Nun muß ich aber schleunigst diesen Schklowskij sprechen.

1927

JACHONTOW

Jachontow ist ein junger Schauspieler. Gelernt hat er bei Meyerhold, Stanislawskij und Wachtangow und sich nirgendwo festgesetzt. Er ist das »häßliche junge Entlein«. Er steht ganz für sich.

Jachontow arbeitet fast wie ein Zauberkünstler: Er ist ein Einmanntheater, ein Mensch-und-Theater.

Requisiten hat er so wenige, daß er sie mit einer Mietkutsche transportieren könnte: einen Kleiderbügel, so ungefähr zwei Regenschirme, eine alte karierte Wolldecke, eine ausgeklügelte Schneiderschere, einen Zylinder, der sich für Onegin ebensogut eignet wie für einen jüdischen Totengräber.

Doch da ist noch ein Objekt, von dem sich Jachontow um keinen Preis trennen will: der Raum, der dem Schauspieler Notwendigkeit ist, der Raum, den er mit sich trägt, als sei er ins Taschentuch des Schneiders Petrowitsch gepackt, oder dann hervorzieht wie der Zauberkünstler ein Ei aus dem Zylinder.

Nicht zufällig haben sich Jachontow und sein Regisseur Wladimirskij mit Vorliebe Gogol und Dostojewskij ausgewählt, d. h. solche Schriftsteller, die am meisten Sinn für das Ereignis, für den Vorfall haben.

Jachontows Spiel, von Wladimirskij zu hoher graphischer Vollendung geführt, ist ganz durchdrungen von Unruhe und der Erwartung einer Katastrophe, vom Vorgefühl eines Ereignisses, eines Gewitters.

Unsere Klassiker sind ein Pulverkeller, der noch nicht explodiert ist. Der Sonderling Jewgenij feiert nicht umsonst in Jachontow seine Auferstehung; von neuem hat er sich verirrt, von neuem ist er aufgewacht und um den Verstand gekommen in unserer Zeit.

Jachontows Beispiel zeigt uns ein seltenes Phänomen:

Ein Schauspieler, der sich von jeder Deklamation losgesagt hat und auf der Suche nach dem brauchbaren Stück verzweifelt ist, geht bei allgemein anerkannten literarischen Vorbildern in die Lehre, bei den großen Meistern der Sprache, um den Zuschauern eine graphisch präzise und karge Zeichnung zu liefern: die Bewegungs- und Zeichenmuster der Sprache.

Da ist nichts Überflüssiges. Nur das Allernotwendigste. Intensität und Reinheit von Jachontows Arbeit erinnern an einen Trapezkünstler. Eine Arbeit »ohne Netz«. Er kann nirgendwo hinfallen und abstürzen.

Der kauzige Schneider Petrowitsch schneidet die Luft mit seiner Schere so zu, daß man die Stoffschnipsel zu sehen glaubt, der kleine Beamte in seinem altersschwachen Mäntelchen trippelt so über den Gehsteig, daß man das Frostknirschen unter seinen Füßen hören kann, die Kutscher an den Feuerstellen klopfen ihre Fausthandschuhe aufeinander, und plötzlich wälzt sich wie ein Bär ein Wachmann aus Nikolajs Zeiten mit der Hellebarde auf dich los oder schimmert in der Ferne samt Schirm und Kattunkleid Maschenka aus den »Weißen Nächten« auf, wie sie der Granitbrüstung an der Fontanka entlanggeht.

Und all das hat ein einziger Mensch zu zeigen vermocht, all das fließt ununterbrochen und organisch hervor, ohne Kinogeflimmer, weil es von der Sprache zusammengeschlossen wird und auf ihr sich hält. Das Wort ist für Jachontow ein zweiter Raum.

Die Suche nach einer sprachlichen Grundlage ihrer Inszenierungen ließ Jachontow und Wladimirskij bei der literarischen Montage Zuflucht nehmen, bei der künstlichen Vereinigung von ungleichartigem Material. In einigen Fällen war es eine Epochen-Montage (etwa »Lenin«), wo der Eindruck des Grandiosen durch die Vereinigung von politischen Reden, Fragmenten aus dem Kommunistischen Manifest, der Zeitungsaktualität usw. erreicht wird. In andern Fällen ist Jachontows Montage ein harmonisches literarisches Ganzes, das sehr genau die Innenwelt eines Lesers widerspiegelt, in der verschiedene literarische Werke nebeneinander existieren, aufeinanderstoßen und sich gegenseitig in den Schatten stellen wollen. So ist etwa »Petersburg« – Jachontows beste Arbeit – ein Geflecht aus Gogols »Mantel«, Dostojewskijs »Weißen Nächten« und Puschkins »Ehernem Reiter«.

Das Grundthema von »Petersburg« ist die Angst der »kleinen Leute« vor der großen und feindlichen Stadt. In den Bewegungen des Schauspielers spürt man ständig die Angst vor weiten Räumen, das Verlangen, sich vor der anstürmenden Leere in Sicherheit zu bringen.

Auf der großen Bühnenfläche spielt Jachontow in einer einfachen Joppe und benutzt die bereits erwähnten Requisiten (die Wolldecke, den Kleiderbügel usw.).

Wenn er vorführt, wie der Schneider Petrowitsch dem Akakij Akakijewitsch den neuen Mantel anprobiert, zitiert Jachontow Puschkins Ball-Verse »In schwarzen Zobel hüllte ich die glänzend-weißen Schultern« und unterstreicht damit die Ärmlichkeit dieses lyrischen Augenblicks. Im Text klatscht die Galerie noch Beifall, doch Jachontow zeigt bereits die Lakaien mit ihren Pelzen oder die frierenden Kutscher, weitet so das Bild zum Theater in seiner Ganzheit, samt Vorplatz und Frostnacht. In jedem Moment zeigt er ein weit geöffnetes, perspektivisch tiefes Bild. Einem Schauspielensemble gelingt es nur selten, derart stark eine leere Bühne auszufüllen und zu bevölkern.

Jachontow mit seinem außergewöhnlichen Gespür für die Zeichnung eines Prosasatzes führt völlig selbständig die Solopartie des Rezitators, während Wladimirskij, der Regisseur, scharfsichtig das Spiel mit den Objekten verfolgt und Jachontow die Zeichengraphik dieses Spiels einflüstert, die derart klar und mathematisch streng ist, als sei sie mit Kohle vorgezeichnet.

Jachontow ist der einzige zeitgenössische russische

Schauspieler, der sich ganz in der Sprache wie in einem Raum bewegt. Er spielt »den Leser«.

Doch Jachontow ist kein Rezitator und kein Kommentator des Textes. Er ist ein lebendiger Leser, der dem Autor gleichberechtigt gegenübergestellt ist, der mit ihm streitet, mit ihm uneinig ist, mit ihm kämpft.

In Jachontows und Wladimirskijs Arbeit liegt etwas für das ganze russische Theater Verbindliches. Es ist die Rückkehr zum Wort, die Auferweckung seiner eigenständigen Kraft und Behendigkeit.

Es brauchte die Revolution, um das Wort im Theater aus seiner Versklavung zu befreien. Und doch hat auch sie noch nicht genügt . . . Jachontow ist ein Schauspieler der Zukunft, seine Arbeit muß den breiten Massen vorgeführt werden.

1927

VICTOR HUGO
»DAS JAHR DREIUNDNEUNZIG«

»Das Jahr Dreiundneunzig« ist für uns interessant als Versuch Hugos, die widersprüchlichen und etwas unbeständigen Elemente seiner politischen Weltanschauung in ein System zu bringen. Das Buch zeichnet sich durch unzweifelhaftes politisches Temperament aus. Darüber hinaus erinnern viele seiner Seiten ihrem Stil nach an Hugos parlamentarische Redekunst. In diesem Roman kommt der Parlamentarier und Redner Hugo nicht weniger zum Ausdruck als der Künstler. Hugo verfolgte aufmerksam die sozialen Stürme seines Jahrhunderts. Dieser kraftvolle Schriftsteller hat alle Hoffnungen und Träume des vernünftigen und radikalen Kleinbürgers zu einem einzigen Brennpunkt versammelt und reflektiert, und bietet uns neben der Schilderung des heroischen Kampfes der aufsteigenden Bourgeoisie und Kleinbourgeoisie einen ganzen Schwarm sozialer und politischer Verhaltensmuster.

Im Mittelpunkt der Weltanschauung eines französischen und in gewisser Hinsicht auch europäischen Bourgeois wie Hugo steht der Glaube an Fortschritt und Zivilisation. Doch bei Hugo mischen sich auch Echos einer halbreligiösen Moral bei, die auf den Deismus der Philosophen zurückgeht, welche der Großen Revolution den Boden bereitet und den Kult des »vernünftigen höchsten Wesens« begründet haben. Nicht umsonst verkündet Hugo durch den Mund Cimourdains, in dem er den theoretischen Anstifter des Jahres Dreiundneunzig sieht, daß die Revolution Gottes Sache sei, daß all ihre Widersprüche nur scheinbare Widersprüche und die Klassen, Parteien und Menschen nur Marionetten in der Hand der »Vorsehung« seien ... »Wir alle sind Kinder der einen Heimat«, sinniert Cimourdain, »und die Revolution ist gekommen, um eine Familie von Weltmaßstab zu gründen als die höchste Form menschlichen Zusammenlebens«. »Der Konvent«, sagt Hugo, »hat sich immer dem Willen des Volkes gebeugt, doch dieser Wind kam nicht aus dem Munde des Volkes, es war ein Lufthauch aus göttlichem Munde.«

Hugo versucht im weiteren mit allen Verfahren seiner romantischen Dialektik zu zeigen, daß die Revolution nur ein mächtiges Hell-Dunkel-Spiel sei, daß ihre Kontraste vom Gesamtbild gerechtfertigt würden und notwendig seien, um den stärksten Effekt zu erzielen. Schließlich betrachtet er in völliger Übereinstimmung mit wohlmeinenden bürgerlichen Historikern die Revolution als besondere Art der »heiligen Raserei des Volkes«, dieses entfesselten Elements, das eines Tages über die Ufer trat, um den Weg des Fortschritts von den Überresten des Feudalismus freizumachen. Er verzeiht der Großen Revolution sogar den Terror und die Raserei des Jahres Dreiundneunzig unter der einen Bedingung, daß sie nie wiederkehren sollten. In der festen Überzeugung, daß die Sache der Revolution bereits getan sei, daß sie nurmehr ruhmreiche theatralische Vergangenheit sei, hat Hugo auch keine Angst, sie nach allen Regeln der romantischen Poetik zu preisen.

Doch statt Hugo, wie um seine Irrtümer zu korrigieren, denken die Metaphern für ihn, die Vergleiche, die glänzenden Formulierungen, die Antithesen und die eigentliche Methode der Romantik, die Extreme aufeinanderstoßen läßt und in Widersprüche verliebt ist. Uns scheint weniger wichtig, daß Hugo die enorme Komplexität des historischen Jahres Dreiundneunzig auf die nach Theaterpappe riechende Belagerung eines feudalen Schloßturms in der Vendée reduziert hat, wo neunzehn Menschen einem Heer von fünftausend gegenüberstehen, wo die Gegner sich zuerst einmal gegenseitig beschimpfen und dann wie zu Rolands epischen Zeiten fast noch im persönlichen Zweikampf der Gang der Ereignisse vorausbestimmt wird. Uns scheint eher wichtig, daß er die Temperatur der für das Jahr Dreiundneunzig so typischen höchsten Glut ausgezeichnet wiedergegeben hat, daß er uns die »Klimagürtel der Revolution« – so seine Formulierung – in einer nach Klassen abgestuften Steigerung der Ereignisse vorführt und selbst in der Beschränktheit der handelnden Personen die authentischen Argumente der Epoche aufklingen läßt, jene Argumentationsweisen, die in den Klubs der Montagnards und der Girondisten vorherrschend waren. Diese linearen und extrem vereinfachten Revolutionsskizzen haben einiges mit den Bildern von David gemeinsam: den theatralischen Zorn des Pseudo-Historikers und Galle und Schmerz, als wäre er ein Zeitgenosse . . .

1927

GEORGES DUHAMEL
»HERZENSGEOGRAPHIE EUROPAS«

Duhamel will kein »Staatsbürger« und kein Politiker sein, weder Publizist noch Wähler – Tourist will er sein, selbst im eigenen Land. Holland, Griechenland oder Finnland sind drei »wenig ernsthafte« Länder, und ihre Auswahl ist bereits Demonstration: Nieder mit der Politik, es leben die holländischen Tulpen und finnischen Skier!

Der Dichter der sozialen Sympathie und des Respekts für den kleinen Mann hat sich als Freund der Ordnung entpuppt. Das Buch ist unterhaltsam. Duhamel akzeptiert den Sieg und nennt ihn »unseren bitteren Sieg«. In Griechenland jagt er über eine Chaussee, die in Kriegszeiten von Franzosen angelegt worden war, und sein Herz erfüllt sich unter der Flanelljacke mit Stolz. Im übrigen ist der Chauvinismus eine leidige Sache, doch das alte schmuddelige Frankreich mit seinen verspäteten Zügen, Kastanienbäumen, Präfekturen und seiner provinziellen Gemütlichkeit ist trotzdem schön, und dahin kommt man immer wieder gern zurück . . . Europa lebt, weil es ein Konglomerat von Ländern ist, die den Krieg überstanden haben und dank ihm sogar aufgeblüht sind.

Eine ausgedehnte Einführung ist Amerika gewidmet. Der Autor entschuldigt sich Frankreich gegenüber, daß ihm jenes Retterland nicht gefallen habe. Sein plumpes französisches Köfferchen wurde mit einem amerikanischen Standardmodell vertauscht, und Duhamel gerät auf dem Bahnsteig völlig aus der Fassung. Amerika ist ein Seuchenherd, der Europas organische Kultur zersetzt. Wir leben inmitten von Dingen, die von Maschinen gemacht wurden, die Auserwählten des Geistes aber müssen alle maschinelle Technik hassen. In diesem banalen Konflikt stößt Duhamels Tiefsinn an seine Grenzen.

Um seinem Geist Auslauf zu gewähren, greift Duhamel poetische Legenden auf und denkt sich neue hinzu: für Finnland ein wenig aus dem *Kalevala*, über den alten Barden Väinämöinen; für Holland ein Histörchen mit Zebaoth und seinen Erzengeln, und für Griechenland ein kleines bißchen Archäologie. Griechenland gibt ihm Anlaß zu Betrachtungen darüber, wie doch die Franzosen wahrhaftige Fortsetzer des hellenischen Geistes seien; gerührt ist er über die französischen Buchrücken in der Bibliothek eines neugriechischen Dichters: Wohin du auch fährst, Racine und Molière sind überall!

Wenn man die süßliche Jagd nach Poesie und Lokalkolorit einmal beiseite läßt, bleibt doch in Duhamels Buch viel haltbares, sinnlich-dichtes Material: Die holländischen Schleusen und das Porzellan, die auf der soliden Basis der Schweinezucht ruhen, werden bei ihm zur Perle der Schöpfung gekrönt.

Wenn sich die Holländerinnen nur nicht von der Nationaltracht mit ihren vierzehn Röcken losgesagt hätten! In seiner Darstellung sind die Holländer häusliche und adrette Tierchen, deren Besitzer nachts, vom Bett aus, mittels einer optischen Vorrichtung den ganzen, in elektrischem Licht gleißenden Stall überblicken kann. Duhamel versteigt sich auch zur Annahme, daß dem heutigen Finnland jede Heuchelei fremd sei: Das kleine Land genieße seine Unabhängigkeit und Eigenart, die Liebe, die Arbeit und die Lieder des *Kalevala*.

Das ganze Buch ist das traurige Schauspiel einer sozialen Verfettung bei einem unbestrittenen, wenn auch nicht sehr bedeutenden Künstler. Es besitzt ein markantes politisches Timbre: Wahrhafte Zivilisation lasse die Gegensätze sich annähern und verwische soziale Antagonismen. Holland sei das klassische Land des Individualismus: Dort gebe es, Gott sei Dank, 146 Parteien, und in Amsterdam ebensoviele Autobusunternehmen. Die Gattin des Bürgermeisters gehe mit ihrer Magd eislaufen, und der Direktor der Niederländischen Bank plaudere ungezwungen mit dem letzten seiner Schreibgehilfen.

Duhamel ist als Schriftsteller immer am Gängelband erstrangiger Schöpferpersönlichkeiten und Gesetzgeber der französischen Literatur gegangen. Ständig hat er Anatole France, Romain Rolland und sogar Jules Romains auf das goldene Mittelmaß heruntergeholt. Unsere Kritik hat das nie bemerkt und war Duhamel gegenüber zu kurzsichtig und nachsichtig. In seinem neuen Buch aber tritt Duhamel seine eigenen Lehrer mit dem eisenbeschlagenen Stiefel des – Touristen.

DER FÄCHER DER HERZOGIN

Marcel Proust erzählt, wie eine Herzogin einmal Musik hörte. Die Herzogin war sehr stolz und von unwahrscheinlich blauem Blut, Bourbonenblut, Brabant oder noch nobler. Irgendwie zufällig gerät sie auf eine Abendgesellschaft bei einer armen Verwandten, einer heruntergekommenen Vicomtesse mit irgendeinem Makel im Familienwappen. Das Konzert war trotzdem gut. Die Damen hörten Chopin und wiegten ihre Frisuren und Fächer im Takt. Die Herzogin stand nun vor einem Problem: Sollte sie wie ihre Nachbarinnen mit dem Fächer den Takt schlagen oder nicht? War eine so ungezügelte Zustimmung ihrerseits für den Musiker nicht zuviel des Guten? Und so hat sich die blaublütige Person brillant aus der Affäre gezogen: Sie setzte ihr Schildpattding in Bewegung, doch nicht etwa im Takt der gespielten Musik, sondern *gegen* den Takt – um ihre Unabhängigkeit zu zeigen.

Unsere Literaturkritik erinnert – leider! – in mehrerer Hinsicht an diese Herzogin: Sie ist überheblich, herablassend, gönnerhaft. Ein Kritiker, das versteht sich, ist kein Schullehrer. Er hat keine Noten zu setzen, Auszeichnungen zu verteilen, zu prämiieren und Namen an die Wandtafel zu schreiben. Ein wirklicher Kritiker ist allem voran ein Kundschafter, ein Informator der öffentlichen Meinung. Er hat ein Buch zu beschreiben wie der Botaniker eine neue Pflanzenart beschreibt, es zu klassifizieren, seinen Platz unter den andern Büchern zu bezeichnen. Dabei stellt sich unweigerlich die Frage nach dem Maßstab des Buches, nach der Bedeutung seines Erscheinens, nach der geistigen Kraft des Autors, nach allem, was ihm das Recht gibt, mit dem Leser ins Gespräch zu treten. Ich sehe keinen wesentlichen Unterschied zwischen dem großen kritischen Entwurf in Form eines Artikels und der kleinen Form der Kritik, der Rezension. Die Dürftigkeit der Verfahren ist allerdings augenfälliger in der kleinen Form, in der Rezension.

Ich greife aufs Geratewohl ein Beispiel heraus: die Leningrader »Rote Abendzeitung« vom 12. Januar. Eine Rezension von Alexej Lipezkijs Roman »Allem zum Trotz«, unterschrieben mit: Gelstein.

»Heldin des Romans ist ein junges Bauernmädchen namens Mascha, das in den Lebensverhältnissen des Großbauerntums aufgezogen wurde, den Despotismus seines Vaters nicht mehr aushält und ›gegen sein Schicksal‹ sich auflehnt. Sie verläßt ihr Zuhause, arbeitet in einer Dorflesestube, heiratet einen der aktiven Parteimänner des Dorfes und wird in vorbildlicher Weise selber gesellschaftlich tätig, setzt all ihre Kräfte in den Kampf gegen die Trägheit der Dorfbewohner. Soweit in aller Kürze die Fabel des Romans.«

Eine solche Fabel könnte man, mit Verlaub gesagt, auch in der Trambahn erfinden oder beim Zuschnüren seiner Schuhe. Der Rezensent präsentiert sie nichtsdestoweniger ernsthaft: Ihm kam gerade das Schablönchen der »wohlwollenden Rezension« unter die Hand. Der Autor spielt hier gar keine Rolle. Der Fächer der Herzogin setzte sich mechanisch in Bewegung.

Wir wissen noch nichts darüber, wie denn Lipezkij schreibt, und über die besagte Mascha erfahren wir auch nicht viel. Kein Gerichtsreporter hätte sich je eine so inhaltslose Nacherzählung der bei der Verhandlung zum Vorschein kommenden Umstände erlaubt. Wir haben keinerlei Garantie dafür, daß diese Mascha »unter dem Druck eines despotischen Vaters« sich nicht morgen schon von diesem klassenbewußten Lesestubenleiter scheiden lassen wird, um erneut ins Großbauernmilieu einzutauchen.

»Lipezkijs Roman ist interessant als ein Versuch, einen neuen literarischen Helden zu konstruieren« . . . Aha, jetzt fängt es an, denkt der naive Leser. Ich werde etwas über Lipezkij und über Mascha erfahren. Macht nichts, daß die Fabel ein wenig simpel ist. Flaubert, Henri de Régnier und Bunin haben auf eine noch primitivere Grundlage ihre Muster gestickt. Das Wort gehört dem Rezensenten ... Warum also wird da ein neuer Typus konstruiert?

Die Sache ist die, daß »die Genealogie Maschas, dieser progressiven Frau, die in einer gesellschaftlich nützlichen Arbeit Befriedigung sucht und auch findet, in literarischer Hinsicht unzweifelhaft auf Turgenjews aktive Heldinnen zurückgeht (Jelena in ›Am Vorabend‹, Marianna in ›Neuland‹).«

Erlauben Sie, bitte! (Der Leser nimmt den Rezensenten beim Ärmel). Da stimmt doch etwas nicht. Stop jetzt, Fächer! Träume ich, oder faselt er? Das ist doch genau das Gegenteil. Einen *alten* literarischen Typus nennt man so etwas doch. Was für ein seltsamer Versprecher!

Dem Rezensenten bleiben noch zwanzig Zeilen. Es ist noch nicht zu spät, er kann sich noch verbessern ...

»Man muß sich eingestehen, daß der Alltagsrealismus, auch wenn er im Aufbau des Romans in den Hintergrund tritt vor der Zeichnung der Helden, nichtsdestoweniger gelungener erscheint als die Helden selber« ...

Das Schlimmste ist, daß das nicht ein einfacher Blödsinn ist, sondern ein ritueller. Das ist Schamanengehabe in wildem, hochtrabendem Jargon. »Der Alltagsrealismus erscheint gelungener als die Helden« ... Ich versuche eine Übersetzung dieses Humbugs: der Alltag ist besser dargestellt als die Charaktere. Doch das ist nicht nur nichtssagend, sondern auch unsinnig, weil die Charaktere selber Alltagsgestalten sind.

Im weiteren wird dargetan, daß dem Autor besonders der »kraftlose, mit politischem Elementarwissen vollgestopfte Parteimann und die gleichermaßen leblose Dorflehrerin« nicht gelungen seien.

Was aber ist dem Autor eigentlich gelungen? Wo ist das

Buch? Worüber hat der Rezensent geschrieben? Ein simples Geheimnis: das »Schablönchen« hat ihn genasführt. Er hätte sagen müssen, daß Lipezkij ein sehr schlechtes, völlig untaugliches Buch geschrieben habe (natürlich äußere ich da eine Mutmaßung, aufgrund der zaghaften Anspielungen des Rezensenten, ähnlich wie Cuvier nach einem Knöchelchen den Ichthyosaurier rekonstruiert hat). Nachdem man an ein paar Beispielen gezeigt hätte, warum Lipezkijs Buch schlecht sei, hätte man darauf hinweisen müssen, daß es ein typisches Phänomen darstelle, das von einer vorgetäuschten Nachfrage nach solchen Büchern hervorgerufen wurde; man hätte es seinen Unglücksbrüdern gegenüberstellen und die literarischen und gesellschaftsbezogenen Schlüsse daraus ziehen müssen, denn so ganz mir nichts, dir nichts schreibt man nicht über schlechte Bücher.

In derselben Zeitungsnummer findet man neben dem Bericht über Lipezkijs Buch auch eine Rezension über Kawerins interessanten, in mancher Hinsicht sogar bemerkenswerten Kurzroman »Der Skandalmacher, oder die Abende auf der Wassilij-Insel«. Und so fängt sie an: »Über die Symbolisten hat Sinaida Gippius einen Roman geschrieben, ›Die Teufelspuppe‹. Über die Formalisten und andere schreibt nun Wenjamin Kawerin. Jede literarische Epoche hinterläßt ihren Dung in einem Spottroman« ...

Gleich zu Beginn schon wird das Buch eines ernsthaft arbeitenden Prosaisten von großer Sprachkultur und so bedeutenden Leistungen wie »Das Ende einer Bande« schändlich als der »literarische Dung einer Epoche« bezeichnet. Der Ton ist aus irgendeinem Grunde überheblich und geringschätzig, der Rezensent preßt die Lippen zusammen und macht, ohne es selber zu merken, ein mäkeliges Gesicht. Auch wenn dieser zweite Rezensent (N. Berkowskij) über Kawerin sehr schmeichelhafte Dinge sagt, bleibt doch der etwas verächtliche Ton bis zum

Schluß durchgehalten. Statt einer aufmerksamen und spannenden Buchkritik, die beim Reiz dieses Genres und der dazu erforderlichen Meisterschaft zweifellos als Literatur zu gelten hätte, haben wir hier nur ein Auf-die-Schulter-Klopfen, ein eher unbegründetes Ironisieren. Der Leser bekommt den Eindruck, Kawerin sei da in eine dumme Geschichte hineingeschlittert.

Im weiteren wird auf »wissenschaftlich-formale« Rezension gemacht – reines Falschgeld, eine wirkliche »Blüte«. »In dem Buch ist das literarische Leningrad dokumentiert.« Und das, nachdem es Spottroman und Dung genannt wurde! »Kawerin führt eine neue, anregende Typenzeichnung in die russische Literatur ein.« Wodurch unterscheidet sich das von der bereits erwähnten Lipezkij-Turgenjewschen Mascha? »Beim Bau der Intrige zeigt Kawerin eine gewisse Kurzsichtigkeit: Dem interessanten Helden Nekrylow hat er alltäglich-gewöhnliche Abenteuer zubestimmt, dem farblosen Professor Loschkin aber interessante.«

Es ist genau umgekehrt: Das nennt man Weitblick und Kunst, eine Fabel zu bauen.

Noch das Volksmärchen vom Dummkopf Iwan kann uns einen solchen Aufbau lehren.

In der Rezension über ein Buch Peregudows, die dieser Tage in »Iswestija« erschien, wird gesagt, daß »die Nähe zu smaragdgrünen Waldparzellen und Birkenhainen ihn vor grübelnder Kritik à la Wsewolod Iwanow rettet«, welch letzteren offenbar keinerlei Waldparzellen haben retten können.

Soweit eine Handvoll Rezensionen aus verschiedenen Zeitungen desselben Tages . . .

Liest man hintereinander hundert Rezensionen und kritische Artikel aus unserem Blätterwald, bekommt man den Eindruck, ein Autor sei irgendein Parasit, der sich an seinen Helden festgesaugt habe.

Die Kritiker wollen von einem Autor nichts wissen,

stellen über seinen Kopf hinweg den direkten Kontakt zu den Helden her und geben ihnen den Rat, auf den Autor zu pfeifen, ihn aufzugeben, ein für allemal mit ihm Schluß zu machen. So rät etwa der Kritiker Talnikow und noch irgendeiner dem guten Polujarow, auf Selwinskij zu pfeifen, sie wollen ihn, wie Kosma Prutkow den Junker Schmidt, überreden, sich nicht zu erschießen, und vergessen dabei, daß es ohne Selwinskij gar keinen Polujarow gäbe.

Fast die ganze Arbeit an der Kritikfront in Zeitungen wie in Zeitschriften wird in der falschen Tonart ausgeführt. Was soll dieser einzige Ausdruck »verdient Aufmerksamkeit« mit seinem Hauch von pädagogischer Empfehlung, wie sie im Gymnasium der neunziger Jahre üblich war? Es gibt Lob, das unangenehm berührt, Ermunterung, die einen entmutigt die Hände senken läßt. Einem Menschen, der ein gewissenhaftes und gutes Buch geschrieben hat, zu sagen, daß es Aufmerksamkeit verdiene oder daß man an ihm nicht vorbeigehen dürfe, sich also in dieser tödlich bürokratischen Sprache an ihn zu wenden, kommt einer Beleidigung gleich. Woher nur stammt dieses »verdient Aufmerksamkeit«, und was nur bedeutet dieses »beachtenswürdig«? Denn ein Schriftsteller, selbst ein noch junger, hat doch nicht in einem Amt gedient, sondern gearbeitet und gar nicht nach der Ehre geschielt, irgendeiner Belobigung für würdig befunden zu werden.

Es ist noch nicht lange her, daß Jurij Oleschas Buch »Die drei Dicken« erschienen ist. Olescha ist ein wichtiger Schriftsteller. Seinem Roman »Neid« hat er die »Dicken« folgen lassen. Wäre Oleschas »Die drei Dicken« ein übersetztes Buch, hätte jeder aufmerksame Leser gesagt: Seltsam, daß ich diesen bemerkenswerten ausländischen Autor bisher nicht kannte, wahrscheinlich gilt er in seiner Heimat als Klassiker, schön, daß man ihn, wenn auch spät, endlich übersetzt hat. Indessen war bei uns das praktisch einzige Echo auf die »Dicken« jene Rezension in »Leser und Schriftsteller« unter dem Titel: »Wie man Kinderbücher nicht machen sollte«, mit überheblicher und dümmlicher Mäkelei und voller Ängstlichkeit, einen jungen Autor mit Lob zu verwöhnen. Inzwischen verschlingen sowohl Kinder wie Erwachsene »Die drei Dicken« und werden es auch in Zukunft immer wieder tun. Das ist kristallklare, vom Feuer der Revolution durchdrungene Prosa, ein Buch von europäischem Maßstab.

Fälle, wo Rezensenten und Kritiker hinter den Lesern zurückbleiben, sind bei uns nicht selten. Manchmal sind sie schlechthin traurig und führen zu großen Mißverständnissen. Ich erwähne nur die himmelschreiende Unterschätzung von Katajews Roman »Die Hochstapler«, der 1926 herauskam. Der Roman ist doppelsinnig, im Ausland hat man ihn sofort aufgeschnappt und aus ihm ein antisowjetisches Pasquill gemacht. Doch gibt es in ihm so einiges, was zu fesseln vermag, und zu fürchten braucht man ihn gewiß nicht. Wie jedes bedeutende Stück Literatur läßt er mehrere Deutungen zu. Den böswillig lobenden Artikeln über die »Hochstapler« in der ausländischen Presse können wir nicht unsere Deutung entgegenstellen, weil das Buch bei uns unterschätzt, über den altbekannten einen Kamm geschoren wurde: Es wurde eines kurzen und substanzlos-überheblichen Auf-die-Schulter-Klopfens »für würdig befunden«. Statt einer Kritik von Katajews Werk wurden seinerzeit völlig unnütze, stümperhafte Gerichtsverhandlungen gegen Hochstapler geführt, gegen seine Helden. Das scharfsinnige Buch wurde übersehen.

Zum Abschluß erwähne ich ein geradezu schändliches und komisches Beispiel des »Nichtbemerkens« eines bedeutenden Buches.

Breiteste Bevölkerungsschichten sind nun förmlich außer sich vor Vergnügen an einem Buch der jungen Autoren Ilf und Petrow, das den Titel »Zwölf Stühle« trägt. Einziges Echo auf dieses vor fröhlicher Durchtriebenheit und Jugendlichkeit sprühende und von anspruchsvoller Liebe zum Sowjetland durchdrungene Pamphlet waren die paar Worte, die Bucharin auf dem Gewerkschaftskongreß sagte. Bucharin war das Buch Ilfs und Petrows zu irgend etwas nütze, die Rezensenten aber scheinen es vorläufig nicht zu brauchen. Natürlich werden sie irgendwann auch noch darauf zu sprechen kommen und ihm eine Abfuhr erteilen, wie es sich gehört.

Noch einmal erinnere ich an den »Fächer der Herzogin«. Er bewegt sich nicht im Takt und mit argwöhnischer Unabhängigkeit. Wir brauchen den Fächer der Herzogin nicht, auch wenn in ihren Adern ein ideologisch noch so unbedenkliches Blut fließt.

1929

»DER FAGOTTIST«

Der Erzählung zugrunde gelegt ist eine »Familienchronik«. Ausgangspunkt ist Kiew zur Zeit der Ermordung Stolypins. Ein Rechtsanwalt, der die Interessen von Großunternehmern vertritt, und seine Klienten, unbedeutende, rückständige Leute, sind als Marionetten gezeichnet. Auf kleinstem Raum mit höchst bunter sozialer Mischung der Helden entfaltet sich die Epochenhandlung: die spezifische Luft der »Zehner Jahre«.

Hauptperson ist ein Orchestermitglied der Kiewer Oper: der »Fagottist«. Bis zu einem gewissen Grade wiederholt sich das Verfahren der »Ägyptischen Briefmarke«: Epochenansicht durch ein »Vogelauge«. Der Unterschied zwischen dem »Fagottisten« und der »Ägyptischen Briefmarke« liegt in der streng dokumentarischen Anlage des ersteren – bis hin zur Verwendung kleinkrämerischer Geschäftsarchive. Eine zweite Handlung, die Suche nach einem verlorenen, unbekannten Schubert-Lied, erlaubt – auf der historischen Ebene – die Ausführung eines musikalischen Themas (Deutschland).

1928/1929?

Wie langweilig doch, in einer Arbeiterrepublik zu leben, ihr Bürger und Herrschaften! Ein fades Leben. Und völlig nutzlos. So eine Farblosigkeit, so eine Armseligkeit! Nur schon die Namen der Geschäfte: rechts »Der Kommunarde«, links »Werktätigen-Coop«. Einzig der Friseur, »Georges«, klingt europäisch, doch was mir dieser Georges für einer ist! Einfach eine abscheuliche Karikatur von einem Menschen: Nimmt den Kunden bei der Nase, raucht und rasiert, rasiert und raucht dem Kunden ins Gesicht und schiebt dem Besucher zwecks Verkürzung der Wartezeit eine verstaubte und speckige, vom vielen Anfassen fettig gewordene Nummer von »Ogonjok« zu, das Produkt dieser Amerikaner von der Petrowka-Straße, Kolzow und Sosulja. Wie langweilig doch, in einem gewissen Land zu leben, ihr Herrschaften – um welches Land es sich handelt, werdet ihr selber erraten können. Irgendwelche hinterletzten Bulgaren oder Tschecho-Rumänen lassen sich beim Schneider Anzüge nähen, doch wir spannen uns, als wären wir bloße Kleiderbügel, genormte Konfektionskleiderchen über, ohne Anprobe: An den Schultern beult es sich, bei den Ärmellöchern ist es zu eng.

Doch es gibt eine andere Welt, wo man dich in der Gewerkschaftsbluse nicht mal bis zur Schwelle vorläßt. Bitte sehr, streift euch diese Kopfhörerchen über und hört euch mal an, wie da die Hawaii-Gitarre sich verströmt, oder kauft euch an einem Bahnhofkiosk ein ausländisches Romänchen. Ein Pariser Stückchen! Delteil! . . . Jeanne d'Arc ohne alle Trüffel-Mystik. Da ist die Welt der Leuchtreklamen . . . »Aus einem seligen, unbekannten, fernen Land dringt nur das Krähen eines Hahns« . . . Des Hahns der Firma »Pathé und Co.«, des stimmkräftigen Liebhabers kleiner Hühnchen, des temperamentvollen Kino-Gockels ...

Doch uns, meine Freunde, gibt man ja kein Visum zur Ausreise – läßt sich da nicht vielleicht die Petrowka-Straße irgendwie auf pariserisch herrichten? Nein, nein, bestreitet es nicht, auch Moskau hat so einige Voraussetzungen, und Komsomolzenmädchen gibt es, die sind gar nicht übel ... Lacht nicht über Gymnastikübungen ... Bitte hier herein, ihr grunzenden Bürger in euren Hemdblusen, ins staatliche Kino-Theater: Eine Portion Kino gibt's wie Brot für Coupons aus dem Lebensmittelbüchlein ... Heute ist Premiere. In Kürze wird an Moskau eine harmlose kleine Operation ausgeführt, eine sehr pikante und absolut loyale ... Moskau wird von einem Zimmer des Savoy-Hotels aus gezeigt, wo jemand logiert, der mit unbekanntem Ziel und überaus großen Geldmitteln im internationalen Waggon hergereist ist.

Bitte keine Beunruhigung, ihr Mitbürger, nichts Kriminelles wird hier vorfallen. Wann bloß soll man endlich zum Leben kommen, Mitbürger? Einmal im Leben so richtig durchatmen ... Der Regisseur des Films ist Sergej Komarow, das Drehbuch hat Oleg Leonidow verfaßt, Kameramann ist K. Kusnezow, Dekorateur – Rodtschenko, und die Schauspieler Iljinskij und Fogel »machen Moskau unsicher«.

»Die millionenschwere Puppe« heißt der neue Film des Internationalen Arbeiter-Hilfsfonds und ist ein wahres Hurra, ein Saison-Schlager, eine fröhliche sowjetische Komödie. Es ist der zweite Teil eines andern bemerkenswerten Films nach einem Drehbuch Fjodor Michajlowitsch Dostojewskijs, in welchem auf einem Petersburger Friedhof frisch Verstorbene, lauter sehr junge Leute, ihr Spielchen treiben, unter Mitwirkung eines Geheimrats und eines Fräuleins, das alles andere als eine Komsomolzin ist. »Bobok« hieß jener Film. Erinnerst du dich, mein

Leser, an das Wörtchen »Bobok« – dieses sinnlose Wörtchen einer Friedhofsfröhlichkeit?

Es ist die reine Wahrheit: an gewerkschaftlichen Flüssen haben die Leute gesessen und geweint . . . Wer hätte ahnen können, daß sich an der Petrowka, gleich unter dem Zentralen Arbeits-Institut, wo Gastew lehrt, wie man nach Taylorschem System Nägel einschlägt, ein Bobok-sches Kino einrichten ließe und daß man, als ob jetzt Frühling wäre, das sowjetische Moskau, dieses Komsomolzenmädchen, ein wenig entblößen könnte – kein Problem, es ist ja noch so jung!

In Paris lag eine alte Millionärin im Sterben. Auf einem vierschläfigen Kardinalsbett grämte sich ein Äffchen, Symbol einer vergreisten Welt. Der Anfang spielt im Ausland, in der Epoche Max Linders. Die ersten, doch sehr hoffnungsfrohen Schritte des Großen Stummfilms. Iljinskij ist bei Max Linder zu Gast.

– »Nun denn, Bruder Linder, wir haben da etwas zu besprechen . . . Dich, Bruder Linder, wird bald ein Chaplin in den Schatten stellen, doch bei uns, Bruder Linder, trippelt noch munter Glupyschkin umher . . .«

– »Ich, eine französische Millionärin, vermache drei Millionen nicht meinem liederlichen Neffen, den eine virile Ballerina zu verprügeln pflegt, sondern meiner Großnichte, einem russischen Mädelchen, das eine konfuse Mutter auf einem sowjetischen Bahnhof verloren hat. Die Dokumente sind in eine Puppe eingenäht . . .«

Die Verwandten weinen und gehen fort. Die Neffen rasen schnurstracks von Paris nach Moskau (die Visaformalitäten werden von Leonidow beiseite gelassen).

Übrigens habe ich mich wahrscheinlich geirrt. »Die millionenschwere Puppe« war wohl als eine sehr feine ideologische Groteske gedacht. Der dem LEF entsprungene Rodtschenko errichtet der Epoche des Empire-Pathé-Ludwig einen Pavillon. Der Regisseur wird lange schwitzen müssen, will er Iljinskij all die Flausen austreiben.

Noch alberner, noch plumper, noch jämmerlicher, damit die Mitleidstränen zum großen Zehnjahresjubiläum Glupyschkins – dieses Charlie der Vorkriegs- und Vor-Foxtrottzeit – dem gerührten Zuschauer aus den Augen strömen.

Und Moskau hat sich zu infamster Exotik verkehrt.

Zwei Franzosen suchen in Moskau ein Komsomolzenmädchen mit Muttermal auf der Schulter, um nach einer Vermählung auf dem Standesamt und in der römisch-katholischen Kirche endlich an Tantchens Millionen heranzukommen. Am Alexandrowskij-Bahnhof stürzt sich der eine Franzose wie ein Tier auf einen Verkaufsstand und fängt an, russische Puppen auszuweiden. Lustig, lustig, Oleg Leonidow! . . . Der andere Franzmann läßt in einem Korridor des Savoy-Hotels russische Mädchen sich aufstellen, die man per Inserat aufgeboten hat (sechzehn Jahre alt müssen sie sein), um sie einzeln auf das besagte Muttermal hin zu untersuchen. Nicht sehr lustig, Oleg Leonidow . . . Ein Moskauer Schuljunge, ein unbekümmerter Lausekerl, genießt jeden Tag die wie Wandzeitungen überall aufgeklebten Aufrufe zum Modellstehen und übermalt die Sechzehn so, daß aus ihr eine Sechsundsechzig wird – und beim Franzosen melden sich scheußlich alte Frauen. Ach, nein danke . . . Schrecklich . . . Ekelhaft . . . »Sagen Sie, sind Sie denn schon sechzehn?« Die alten Frauen werden vor die Tür gesetzt. Lustig, lustig, Oleg Leonidow . . .

Der andere Franzose hat inzwischen aus ganz Moskau Puppen in sein Hotelzimmer geschleppt und hackt und schneidet und weidet wie ein Fleischer mit hochgekrempelten Ärmeln die Dinger aus. In der »Millionenschweren Puppe« gibt es viele Szenen, die geradezu physischen Brechreiz hervorrufen, doch diese hat, unabhängig vom Willen der Autoren, eine grob sadistische Färbung und ist eine der abstoßendsten. Und statt ein paar Dutzend militärisch gedrillter Girls, statt dieser langbeinigen Geschöpfe hochstehender Tanzrevues, zeigen uns die Autoren der »Millionenschweren Puppe« gymnastiktreibende Jungen und Mädchen, die zum Wohle von Semaschko und Podwojskij und zur Freude dieser »Franzosen aus Bordeaux« Arme und Beine verwerfen.

Ihr Herren Autoren der »Millionenschweren Puppe« – Filmemachen ist eine grausame, wahrhafte und sich rächende Kunst. Hier zahlt sich alles in barer Münze aus. Eure Franzosen sind von der Leinwand herabgestiegen und gehen durch die realen Straßen Moskaus. Der Schatten ist losgelassen, los, fangt ihn ein! Eure Komsomolzen aber . . .

Wir bekommen in der »Millionenschweren Puppe« Komsomolzen gezeigt. Das sind leibhaftige Brüder ihrer traurigen französischen Verwandten. Irgendwelche Hammel, die in prachtvollen Empire-Schlafsälen Gummi kauen und mit einem unsichtbaren Krückstock gegen den Granit der Wissenschaft anrennen. Diese »Komsomolzen« sind weit schlimmer als die frivolen Pariser. Genauso krasse Gecken, Apatschen und Zuhälter – nur andersrum. »Statt einen hübschen Rock: den dritten Band Bucharin« . . . Statt Kokain eine Wandzeitung mit blasphemischer Verteilung der Millionen: 500 000 Francs dem Internationalen Hilfsfonds für die Helden der Revolution, das Übrigbleibende für Aviachemie, Autodor und andere Heiligen des sowjetischen Kalenders. Statt Kußszenen: ein Hochschulstipendium namens des Herrn Swidrigajlow, in dessen graublauem Gehirn dieser ganze Quatsch einzig und allein hat entstehen können.

Nein, Glupyschkin hat damit nichts zu tun. Glupyschkin ist kein Lakai. Er ist der Begründer einer fruchtbaren Kino-Raserei, ein Großstadt-Derwisch, ein ohne Wein Berauschter, ein alberner Zarathustra der Asphaltplätze.

Vierzigtausend Helden Sostschenkos, Hosenträger in der einen Hand, in der andern den angebissenen Kuchen, grüßen diese »Millionenschwere Puppe«.

Übrigens ist der Pariser Redakteur vom selben Typ wie das Moskauer Schlitzohr in der Kneipe des »Herzen-Hauses«. Man kann ein so unverbesserlicher Lügner sein, daß selbst ein wirklicher Bart wie aufgeklebt erscheint.

Immerhin interessant ist an diesem Film der tierische Atavismus, sein hastiges Mäusegetrippel, eine säuglingshafte Auffassung des Kinotempos nicht als Schnelligkeit, sondern als unkontrollierte Hast, die an die denkwürdigen Zeiten erinnert, als in diesen Illusionslokalen Zelluloidregen fiel und die Reinemachefrau mit ihrem Besen die Wände hochkroch.

1929

EIN MAULHELD

Das Kamel ist eine neutrale Figur. Ihm sind die Weißen und die Roten gleichermaßen fremd. Trotzdem läßt Schpikowskij ein Kamel einem ehemaligen Kosakenunteroffizier ins Gesicht niesen und dieses mit Schaumfetzen besudeln – was kaum zu überzeugen vermag. Das edle Tier hätte mit seinem widerlichen Nieser einen beliebigen, auch roten Kommandanten besudeln können. Dem Kamel ist völlig egal, auf wen es niest – man sollte es nicht zu einem Instrument der Politik machen. Das Kamel ist hier als Verfremdungsobjekt wichtig. Nur schon der Gedanke, den Helden auf einem Kamel die Ukraine durchstreifen zu lassen, ist an sich ein prächtiges Szenario. Hier übrigens gilt es anzumerken, daß ein Filmszenario seine unbestreitbaren physiologischen Gesetze hat. Der Zuschauer ist diesbezüglich sehr empfindlich, er fordert die Entwicklung der im Szenario angelegten Grundelemente. Vielleicht ist das Urbild eines jeden Szenarios die Hetzjagd, die Verfolgung, die Flucht. Für den Zuschauer ist Schpikowskijs Held keineswegs ein »Eigenbrötler«, sondern ein phantastischer, fast märchenhafter »Maulheld mit Kamel«, wie ihn ein weißer Soldat, als er »Seiner Wohlgeboren« Bericht erstattet, in einem der ausgezeichneten Zwischentexte des Films treffend charakterisiert. Schpikowskij hat selber nicht gemerkt, wie er in den Bereich des Märchens geriet, während er doch offensichtlich den Weg der Folklore einschlägt mit seinem Kreisen um den einen, unbeweglichen Punkt, seinen Wiederholungen, seiner gesunden Hinterlist.

Es gibt keinen Untergang für Wanka-Stehaufmännchen, kein Leichentuch für Tartarin, keine Vernichtung eines Maulhelden mit Kamel.

Je vollendeter eine Filmsprache ist, desto näher kommt

sie jenem von keinem noch verwirklichten Denken der Zukunft, das wir Kino-Prosa nennen mit ihrer mächtigen Syntax; desto größere Bedeutung kommt im Film der Arbeit des Kameramannes zu. Von diesem Blickpunkt aus ist Schpikowskijs Arbeit, ungeachtet ihres bescheidenen realistischen Äußeren, eine Leistung sehr hohen Niveaus.

Dieser Künstler setzt keine übermäßigen Hoffnungen auf das Spiel seiner Akteure und erzählt in echt visuellen Bildern, ohne die Stimme zu erheben, ohne Geschrei, ohne hohe Töne, ohne heisere Stimme, die noch schlimmer ist als alles Geschrei. Man kann es kaum glauben, daß da eine Sache von Anfang bis Ende durchgehalten wird, ohne eine einzige Großaufnahme durchgehalten wird. Wir hören die ganze Zeit über die gleichmäßige, mit logischen Betonungen und kurzen Pausen auskommende Stimme des Sprechers. Schpikowskij, so denke ich mir, wäre außerstande, ein Stilleben zu inszenieren. Er sieht die Welt von der Höhe eines Sattels aus, der Plattform eines Waggons oder einer Kanonenkarre – mit den Augen eines gewöhnlichen Menschen, ohne überspannte symbolistische Launen. Gleich zu Beginn des Films zeigt er die Erde, den aufgelockerten Boden, irgendwelche Schwarzerdehügel, doch wendet er die Bildflächen mit so liebevoller Meisterschaft, daß der Zuschauer tatsächlich staunen kann: Wie viel gute Erde es doch auf der Welt gibt, wie sehr gleicht sie einem Meer!

In die gewöhnliche ukrainische Landschaft verliebt, verfällt er nie ins Malerische. Eine armselige Artillerie zum Beispiel schleppt sich durch die engen Straßen eines Städtchens, zwischen den Vorgärten hindurch. Betrachtet man die Einstellungen einzeln, könnte man meinen, hier seien irgendwelche Manöver auf der Schuljawka aufgenommen worden. Ein Stück Wochenschau. Nur die bemerkenswerte Verwendung des Helldunkels, wie sie Schpikowskij eigen ist, und der besondere »Blickwinkel« heben solche Stücke auf das Niveau einer Kino-Prosa.

Schpikowskij versteht mit mittlerer Beleuchtung zu arbeiten. Sein Kameramann müßte großartige Wochenschauen drehen können.

Hätte sich die Arbeit des Regisseurs und des Kameramannes normal nach inneren Gesetzlichkeiten entfaltet, hätte der Szenarist keine Angst gehabt vor einer folkloregeprägten, märchenhaften Grundlage mit ihrer fröhlichen Ungezogenheit, so hätten wir einen wirklichen »Maulhelden mit Kamel« bekommen, eine Legende vom Kamel-Tartarin. Wie schade, daß das Kamel nicht dem ins Gesicht nieste, der Schpikowskijs Drehbuch verdorben hat. Heute ist ein Eigenbrötler des Jahres 1919 bereits zu einem simplen Spielzeug, zu einer Kinderpuppe geworden. Wanka-Stehaufmännchen verprügelt man nicht, man gibt ihm einen Nasenstüber. Einen Struwwelpeter »entlarvt« man nicht: Man muß mit ihm spielen. Ich bin erstaunt über die gewaltige Unterschätzung des Zuschauers, die alle unsere Drehbuchschreiber und unsere Film-Obrigkeiten an den Tag legen. Da hat zum Beispiel Schpikowskij ein herrliches Spielzeug geschaffen, ein Spielzeug »mit sozialer Bestimmung« – den Maulhelden mit Kamel. Die plastische Gestalt eines geradezu Leskowschen Einfalls – eine markante, einfache Puppe von großem erzieherischem Sinn. Aber nein, so geht das nicht. Irgendeiner mußte kommen und das Spielzeug wegnehmen, kaputtmachen, durch etwas anderes ersetzen. Nach dem Märchenverständnis des Drehbuchs mußten auf den armen Eigenbrötler die Tannzapfen niederprasseln, von der weißen wie von der roten Seite her. Er mußte absolut verdroschen werden, auf der Hochzeit wie auf dem Begräbnis. Er hätte überhaupt nicht umkommen müssen! Wanka-Stehaufmännchen ist unbesiegbar, und Tartarin lebt ewig.

Indessen hat irgendein unguter Geist, ein völlig konsequenter Instinkt Schpikowskij eingeflößt, daß man neben dem folkloristischen Thema des Kamel-Maulhelden, und sogar als Gegengewicht dazu, das Thema der Arbeit und der Volkswirtschaft verstärken und entwickeln müsse. Ich sagte schon, daß in diesem Eigenbrötler die Atmosphäre einer Friedenszeit weht. Das ist keine Inszenierung des russischen Bürgerkriegs, das sind wir, die wir in diesem Jahr 1929 mit der Puppe des Eigenbrötlers spielen.

Alles kommt daher, daß hier kein ausreichend behutsames, liebevolles Verhältnis zur Anekdote, zum Volksmund, zur kleinen Fabel am Werk war. Überhaupt sind auch die andern Filmfabriken in ihren letzten Produktionen völlig im Banne übergroßer Maßstäbe. Krieg, Revolution, Fronten – das ist ihr Hintergrund. Nicht gut jedoch ist, wenn dieser Hintergrund mit Blechposaunen die Stimme des Erzählers übertönt. Nicht gut ist, wenn es kein Zusammengehen von historischer Thematik und schlichter Erzählung oder Fabel gibt. Die Geschichte, die allmächtige Wochenschau erstickt die organischen Sujetkeime. Daher auch gleichen sich all diese Drehbücher wie ein Ei dem andern. Das ergibt dann eine Art allsowjetischen Pudowkin – eine Matrize aller russischen Filme.

Weshalb nur läßt Schpikowskij seinen Eigenbrötler auf Schritt und Tritt fallen, weshalb nur vergißt er ihn? Weshalb führt er seinen Helden nicht an die besten, wichtigsten Orte seiner Dreharbeit? Die Fabel bewegt sich bei Schpikowskij auf der einen Linie, die Dreharbeit auf der andern. Das ist der wichtigste Mangel dieses »Eigenbrötlers«, sein organischer Defekt. Überall wo die Sache nach Inszenierung riecht, ist sie auch schwach. Die Szene der Verteilung der zusammengeraubten Schätze im Kloster – ist bloße Requisite, ist wie die Schenke des »Godunow« der Staatsoper. Hier übrigens herrscht ein unverständliches Durcheinander: Der Zuschauer erinnert sich an die Beschlagnahme der Wertsachen und denkt nun, die Mönche würden einmal von den Banditen, dann von den Kommissaren enteignet. Man muß jedoch verstehen, daß die Banditen mit den Mönchen teilen. Die zentrale Episode – die Roggenfelder, die von den Kämpfern niedergetreten werden – ist als Aufnahme gewiß gut, doch die Fabel hat hier überhaupt nichts verloren. Und doch wird man so stachlige, schnurrbärtige und kriegerische Roggenähren wie bei Schpikowskij weitherum vergebens suchen. An sich ist der Wechsel der Einstellungen »Roggenfeld/Schlachtfeld« großartig. Doch wenn die Bauern den Kamel-Maulhelden auf diesem Feld eingefangen und des Flurschadens wegen verprügelt hätten, wäre die Sache noch interessanter.

Das Grundgesetz jedes Märchens – die dreimalige Wiederholung – wird in diesem »Eigenbrötler« immerhin eingehalten: die sowjetische Dienstreise nach Owetschij Brod auf einem Kamel, zur Wiederherstellung der Transportwege; die Abenteuer beim Stab der Weißen, wo die Metamorphose des armen Maulhelden zum Chef der Spionageabteilung (mit englischer Militärjoppe und Stenotypistinnen) besonders amüsant ist; und schließlich die höchst gefährliche Begegnung mit den Banditen. Selbst in solchen Kleinigkeiten wie dem gleichzeitigen Aufknakken der Sonnenblumenkerne, dem Spiel auf der Ziehharmonika und der Jagd auf Läuse (die drei Schleichhändler auf dem Bahnhof) – vielleicht die beste Szene des »Eigenbrötlers« – spürt man das Dreigespann der Folklore.

Uns tut er leid, dieser unschuldige »Maulheld«, der mit einer unnützen Agitation zur Strecke gebracht wird. Wir glauben nicht an diesen plumpen Freiwilligeneinsatz auf dem Bahnhof und diese schreckliche Leder-Kommissarin. Der von Pferdehufen umgewühlte Sand in der Schlucht gibt uns eine bessere Vorstellung vom Bürgerkrieg als die im Roggen verstreuten Leiber der Getöteten. Wir möchten, daß dieser Maulheld mit seinem Dromedar in einem neuen Film seine Auferstehung feiert, bei Schpikowskij – diesem Meister des Helldunkels und einer ruhigen, nachdenklichen Kino-Prosa. Etwas mehr Ungezogenheit, mehr Kühnheit, mehr Vertrauen auf den Zuschauer! Ein

»Eigenbrötler« im Märchen muß nicht mit Erschießungskommandos und Skorpionen bestraft werden, sondern damit, daß ihm der Verteilungsbeamte als Zusatzration für sein Kamel . . . ein Paar Schnürsenkel aushändigt.

1929

PFUSCH VOM FLIESSBAND

Die zur Zeit auf den Markt geworfenen russischen Übersetzungen fremdsprachiger Belletristik sind im Grunde nichts anderes als Pfusch vom Fließband. Es genügt nicht, »Sinclair«, »Pirandello« oder »Maupassant« auf den Umschlag zu setzen, damit das Buch auch tatsächlich von diesem oder jenem fremdsprachigen Autor stammt. Der Massenleser, der nur über seine Muttersprache verfügt, wird von den Verlagen systematisch irregeführt. Der Einzelverbraucher und die Bibliotheken machen dabei ein schlechtes Geschäft. Wenn das ein »offenes Geheimnis« ist, muß der Mut aufgebracht werden, es offen und ohne Umschweife zu sagen: Für unsere Verlage ist das übersetzte fremdsprachige Buch überhaupt keine Literatur, sondern ganz einfach eine *honorarfreie Möglichkeit zu großen Auflagen*. Ein auch nur halbwegs aufmerksamer Leser wird bemerken, daß in den russischen Übersetzungen fast alle fremdsprachigen Autoren – von Anatole France bis zum letzten Boulevardschreiber – ein und dieselbe hölzerne Sprache sprechen. Die Schlaffheit, Nichtigkeit und Ratlosigkeit jenes gesellschaftlichen Milieus, aus dem sich bei uns sehr oft die Übersetzer rekrutieren (deklassierte arbeitslose Intellektuelle, die irgendwelche Fremdsprachen können), drückt all ihrer Handarbeit den Stempel unverwischbarer Stümperhaftigkeit auf. Sie präsentieren damit nicht nur die Autoren, sondern auch sich selber. Aus ihren Händen bekommen wir die Reichtümer fremder Völker in verflachter, tendenziös herabgesetzter Form.

Das ausländische Buch ist bei uns praktisch honorarfrei. Der Prozentanteil des Übersetzer- und Herausgeberhonorars ist in der Kalkulation dieses Buches im Vergleich mit einer Originalausgabe derart nichtig, daß man von ihm gar nicht zu reden braucht.

Völlig gleichgültig der Qualität ihrer Produktion gegenüber, sind die Verlage andererseits an deren Verbreitung leidenschaftlich interessiert. Die Nachfrage nach dem zeitgenössischen russischen Buch ist im Vergleich zum übersetzten Buch völlig unbedeutend. Die ausländische Belletristik begräbt buchstäblich die zeitgenössische russische.

Für die Verlage ist es äußerst vorteilhaft und bequem, mit einem Buch zu tun zu haben, dessen Autor nicht mehr am Leben ist. Erstens braucht man dann sein Einverständnis für die Ausgabe nicht einzuholen, zweitens müssen mit ihm keine ermüdenden und riskanten Verhandlungen geführt werden, und drittens wird er nicht protestieren, in welcher Form auch immer sein Buch erscheinen wird.

Doch außer dieser betrüblichen wirtschaftlichen Basis gibt es noch einen Umstand, weshalb das ausländische Buch bei uns chronisch und schwer krank ist. Es ist ein allgemein-kultureller Grund.

Die Qualität der Übersetzungen in einem bestimmten Land ist ein direkter Indikator seines kulturellen Niveaus. Sie ist genauso bezeichnend wie der Seifenverbrauch und der Prozentsatz an Schreib- und Lesekundigen. Die Qualität der Übersetzungen ist bei uns buchstäblich zum Verzweifeln.

Zu alledem kommt noch hinzu, daß die Administratoren und wirtschaftlichen Leiter ihre Verluste auf Kosten der Übersetzer wieder einbringen. Der Staatsverlag, dieser Kulturbewahrer, derselbe Staatsverlag, dem der vorderste Abschnitt an der Kulturfront anvertraut ist, hat auf seinen letzten Konferenzen zur Revision des Normvertrages die Bettlertarife für die Honorierung von Übersetzungsarbeit nicht nur nicht erhöht, sondern sogar noch herabgesetzt.

Ob die Gesellschaft wohl weiß, wieviel die Verlage den Übersetzern zahlen? Ob die Gesellschaft weiß, aus welchem Bereich die Übersetzer sich rekrutieren? Weiß sie, in welche Lage eine Handvoll Meister und Spezialisten versetzt ist, die an dieser Unglücksfront sich gerade noch hat halten können?

Dreißig bis sechzig Rubel pro Druckbogen (mit vierzigtausend Zeichen) zahlt der Verlag unsern Übersetzern! Und wie er zahlt! In geradezu sadistischen Teilzahlungen! Nach Ablieferung des Manuskripts die erste Hälfte, nach Erscheinen die zweite. Zwischen Ablieferung und Erscheinen eines Buches liegen Monate. Doch damit nicht genug – dem Übersetzer werden auch schwerlastende Herstellungskosten auferlegt: das Abtippen des Manuskripts (vier bis sechs Rubel pro Druckbogen), die Bestellung der Bücher usw.

Mit der eigentlichen Übersetzung verfahren sie wie beim Umschütten des Korns von einem Sack in den andern. Damit der Übersetzer beim Umschütten kein Korn unterschlägt oder stibitzt, wird der Text nach Mehlhändlermethode auf der Basis des Russischen, nicht des Originals bezahlt, und nun schwellen bei uns schon seit Jahren die Bücher aus diesem scheinbar nichtigen Grund an und leiden an der Wassersucht. Die Übersetzer treiben die Bogenzahl in die Höhe, um irgendwie ihr kärgliches Auskommen zu finden.

Das Übersetzen ist eine der schwierigsten und verantwortungsschwersten Arten literarischer Arbeit. Es ist im wesentlichen die Schaffung einer selbständigen sprachlichen Struktur auf der Grundlage eines fremden Materials. Die Umschaltung dieses Materials auf eine russische Struktur erfordert eine ungeheure Konzentration, Aufmerksamkeit und Willensanstrengung, reiche Erfindungsgabe, geistige Frische, philologisches Gespür, eine große Wortschatzklaviatur, die Fähigkeit, sich in einen Rhythmus hineinzuhören, die Zeichnung eines Satzes zu erfassen und sie auch wiederzugeben – und all dies bei strengster Zügelung des eigenen Selbst. Andernfalls ist das bloße Stegreifdarbietung. Im Akt des Übersetzens verbirgt sich eine an der Gesundheit zehrende nervliche Zerrüttung. Diese Arbeit ermüdet das Gehirn und trocknet es mehr aus als viele andere Arten schöpferischer Arbeit. Wenn man für einen guten Übersetzer nicht Sorge trägt, nutzt er sich sehr schnell ab. Hier ist eine arbeitsspezifische Prophylaxe notwendig. Man müßte die Berufskrankheiten der Übersetzer erforschen und ihnen vorbeugen, den Übersetzern Versicherungsschutz gewähren, ihnen reguläre Verschnaufpausen zugestehen. Wo ist das alles beim Staatsverlag, bei den Verlagen »Land und Fabrik« und »Junge Garde«?

Wenn wir gute ausländische Bücher haben wollen, müssen wir eine sinnlose, zu Pfuscharbeit zwingende Produktionsweise, die Jahr für Jahr nur noch schlimmer wird, mit der Wurzel ausrotten.

Für einen Boulevardroman und für Flaubert zahlen sie fast gleichviel. Ein Anfänger, ein Dilettant und ein reifer Meister der künstlerischen Übersetzung erhalten praktisch das gleiche Honorar. Gleichzeitig schwankt die Skala der Bezahlung für Originalprosa zwischen 150 und 500 Rubeln pro Druckbogen. Es ist kaum verwunderlich, daß die Verlage mit ihrem »Arbeitssystem« nicht nur Literaten vom Übersetzen abschrecken, sondern auch ganz einfach schreibkundige Leute.

Nun hat sich der Staatsverlag eine Goethe-Gesamtausgabe in achtzehn Bänden einfallen lassen. Man kann sich über die Kühnheit oder eher Unverschämtheit des Staatsverlages nur wundern, der es auf den ganzen Goethe abgesehen hat und dabei die Übersetzungsformalitäten völlig außer acht läßt.

In der Folge wird eine gewaltige kulturelle Funktion recht oft von unbegabten und zufälligen Verdienstsuchenden ausgeübt.

Für Brunnenvergiftung, für Beschädigung und Verschmutzung der Kanalisation oder des Wasserleitungssystems, für den schlechten Zustand der Kochtöpfe in den

Gemeinschaftsküchen – für all das wird man vor Gericht gestellt. Doch für den schändlichen, empörenden, geradezu unglaublichen Zustand der Werkstätten, in denen für unsere Leser die Weltliteratur gefertigt wird, für die Beschädigung der Transmissionsriemen, die das Gehirn des sowjetischen Massenlesers mit der schöpferischen Produktion des Westens und des Ostens, Europas und Amerikas, der gesamten Menschheit in Vergangenheit und Gegenwart verbinden – für diese unerhörte Sabotagetätigkeit hat sich bisher noch niemand verantworten müssen, sie geht ungestraft vonstatten, sie ist ein Alltagsphänomen! Das müßte man mit Lautsprechern an allen Straßenkreuzungen hinausschreien! Die gesellschaftlichen Organisationen sollten mit Rat und Tat die Kampagne unterstützen, die wir hier beginnen. Eine grundlegende Umgestaltung dieser Angelegenheit ist vonnöten, die sämtliche Stadien der Säuberung, der Überprüfung und des Umbruchs zu durchlaufen hat und mit dem Erfolg einer gesetzlichen Verankerung sich vollenden muß. Dabei müssen sämtliche Stadien in aller Öffentlichkeit durchlaufen werden, mit breiter Information in der Presse, unter Kontrolle der maßgebenden gesellschaftlichen Organisationen.

In den Abteilungen eines jeden Verlages sitzen festangestellte Redakteure, die verpflichtet sind, für ihr Monatsgehalt Dutzende von Druckbogen im Manuskriptstadium durch ihre Retorten gehen zu lassen. Diese Redakteure sind, in der Mehrzahl der Fälle, gebildete und literarisch kompetente Leute. Die haben in ihrer Arbeit sehr schnell »Routine«. Das Manuskript wird in ihren Händen bis zur Unkenntlichkeit abgeändert. Jetzt glauben Sie wohl, die überprüfen den Text anhand des Originals? Nichts dergleichen! Der Redakteur redigiert im wesentlichen gar nicht, sondern desinfiziert die Übersetzung, schert alles über den einen Kamm elementarer Grammatik, rundet die Sätze ab, entfernt Unsinn, tilgt viele tausend »welcher«

und »was« und ähnliches mehr. Ins Original schaut er nur dann, wenn er auf eine offenkundige Absurdität stößt. Eine Schritt für Schritt vollzogene Überprüfung würde häufig zur logischen Notwendigkeit führen, das ganze Manuskript zu zerknüllen und in den Papierkorb zu schmeißen, doch das darf er nicht, denn das Manuskript ist bestellt und bezahlt worden, und der Übersetzer ist – sei's zum Guten, sei's zum Schlechten – trotz allem ein Klient des Verlages.

Aus dem Redakteurskader ließen sich gar nicht üble Übersetzer rekrutieren. Doch die Redakteure lassen sich auf eine solche Arbeit gar nicht erst ein.

Im übrigen sind bei weitem nicht alle Redakteure am richtigen Platz, und das was hier von den Übersetzern gesagt wurde, gilt zum Teil auch für die Redakteure.

Gibt es bei uns bekannte Übersetzernamen? Nein, es gibt sie nicht. Daran ist auch die Presse schuld. Die Rezensenten sind infiziert von der allgemeinen Nichtachtung des Handwerks, der Kunst, der Meisterschaft eines Übersetzers. Das Buch eines fremdsprachigen Autors rezensieren Leute, die der literarischen Form gegenüber gleichgültig sind.

Es ist kaum zu glauben, wie bei uns Bücher zur Übersetzung ausgesucht werden. In der Leningrader Abteilung des Staatsverlages etwa wurde das Bestellen von Büchern aus dem Ausland in breitem Maße praktiziert. Sie wurden bewußt in mehreren Durchgängen gesiebt. Zuerst besorgten die Beschaffungsagenten im Ausland die in etwa notwendigen Büchersendungen. Dann lasen erfahrene Rezensenten Dutzende und Hunderte von Büchern durch, und deren Rezensionen waren, selbst für Bücher, die nie gedruckt werden sollten, durchwegs intelligenter, literarischer und gehaltvoller als jene, die bei uns in dicken Zeitschriften abgedruckt werden. Von vierzig bis fünfzig auf solche Weise verarbeiteten Büchern wurden drei, vier Sachen vorgeschlagen – es waren die Kandidaten für eine

Übersetzung. Und erst dann wurden, mit dem Einverständnis der ideologischen Leitung, ein oder zwei Bücher in Arbeit gegeben. Nun aber haben die Verlage – unter Hinweis auf die erschwerte Devisenzuteilung – das Bestellen von Büchern im Ausland praktisch eingestellt. Die Übersetzer selber spielen nun die Makler. Sie haben ihre eigene Agentur. Irgendwelche Verwandten in Paris oder New York entscheiden, was der sowjetische Leser lesen wird. – »Bitte geben Sie mir eine Arbeit.« – »Na ja, schlagen Sie uns ein Büchlein vor; wenn es interessant ist, werden wir . . .« So etwa verläuft eine ganz gewöhnliche Unterhaltung in den Räumen eines Verlages. Wie ein Kaufmannsbräutchen, die Ärmchen auf dem Bauch gekreuzt, warten die Verlage auf Anträge. Übersetzer knüpfen mit irgendwelchen naiven Autoren im Ausland Briefwechsel an. Ich kenne Fälle, wo das Recht zu einer autorisierten Übersetzung auf eine so laienhafte, doch energische Weise eingeholt wurde.

Es geht nicht an, sich mit dem Fehlen von Devisenkrediten zur Bücherbestellung herauszureden. Die Initiative muß den Händen emsiger Stümper entrissen werden. Mir scheint, daß uns in der Frage der Bücherauswahl neben qualifizierten Rezensenten die proletarischen Schriftstellervereinigungen Europas und Amerikas größere Dienste erweisen könnten als irgendwessen Verwandte in Paris und London. Schließlich ist es notwendig, ein verlagsübergreifendes »Informationsbüro« zur Auswahl und Empfehlung von Büchern zu schaffen.

Vom Rezensenten, der innerhalb des Verlages arbeitet, für den »internen Gebrauch« schreibt, hängt das Schicksal eines Buches ab. Er kann es abmurksen oder durchboxen. Jede Rezension muß so geschrieben sein, daß man sich nicht schämen würde, sie auch gedruckt zu sehen, daß der Autor sich voll und ganz für sie verantworten kann. Nicht selten laufen solche Gutachten auf seelenlose Kanzleiwische hinaus. Man könnte sie kaum veröffentlichen, so sehr sind sie oft kleinlich, beschämend und gehaltlos. Die Rezensenten sind manchmal genauso zufällige Klienten wie die Übersetzer.

Der Rezensent gibt »eine Ansicht plus irgendwas«, und die Verlagsleitung, die mit dem Inhalt des Buches völlig unvertraut ist, entscheidet aufgrund dieses bürokratischen Berichts, ob es gedruckt oder nicht gedruckt wird.

Genauso katastrophal, wenn nicht katastrophaler als Übersetzung, Rezension und Redigierarbeit, ist der Zustand der Bearbeitungen. Die Schriftbeflissenen der Verlage lieben die Bearbeitung und ziehen sie sogar der Übersetzung vor, weil sie billiger ist und schneller zurechtgepfuscht werden kann, wo doch auch eine Bearbeitung organisch und gesetzmäßig zu sein hätte. Wir teilen sie nicht, jene heuchlerische Pietät den Texten gegenüber. Wir schätzen eine akademische Ausgabe, doch ist der Schriftsteller eines anderen Jahrhunderts und Kulturkreises für uns kein Fetisch. Unsere Epoche hat das Recht, nicht nur auf ihre Art zu lesen, sondern auch zu gestalten, zu ändern, schöpferisch umzuwandeln, das zu unterstreichen, was ihr als das Wichtigste erscheint. Nicht nur der Massenleser ist einem »Cervantes«, »Walter Scott« und »Swift« entgegengegangen, sondern auch sie haben sich auf ihn zubewegt. Zu ganzen historischen Welten kann unser Leser nicht anders hingeführt werden als über die Bearbeitung, die Längen beseitigt und dem Buch einen für ihn annehmbaren Rhythmus gibt. Die Bearbeitung einer Vorlage ist schwieriger und verantwortungsschwerer als jede Übersetzung, doch dem Bearbeiter muß genügend Zeit gelassen werden, man darf ihn nicht hetzen und muß seine Arbeit auch entsprechend bezahlen. All dies existiert in der Praxis der Verlage vorläufig noch nicht.

Es muß dringend eine Allunionskonferenz zu Fragen der Edition ausländischer Literatur einberufen werden. Die Initiative dazu soll von der Schriftstellerföderation und den größten Verlagen ausgehen. Damit die Konferenz nicht in ein chaotisches Palaver ausartet, muß deren Beschickung begrenzt und streng durchdacht sein. Außer den Delegierten der verschiedenen Schriftstellervereinigungen und den verantwortlichen Verlagsleitern müssen auch Kenner der fremdsprachigen Literaturen sowie anerkannte Meister der literarischen Übersetzung daran teilnehmen. Die Konferenz wird Weisungen erstellen, wie eine gesunde Arbeitsatmosphäre zu schaffen sei, wie die vorhandenen Kräfte und Talente genutzt und gefördert werden, wie die Hervorbringung von Übersetzungsliteratur zweckmäßig bewerkstelligt werden könnte. Die Konferenz wird der nunmehr reifgewordenen Idee eines Instituts für fremdsprachige Literatur mit fester Abteilung für Übersetzungstheorie und -praxis Form geben, das Seminare zur Übersetzung aus europäischen und orientalischen, aber auch aus der ukrainischen und anderen Sprachen der Sowjetunion anbieten wird. Das Institut muß von einer sachkundigen und ideologisch konsequenten Leitung geführt werden. Ihrer Befugnis muß der »Bote der fremdsprachigen Literatur« zur völligen Reorganisation übertragen werden. Das Institut muß an der Arbeit der Verlage unmittelbaren Anteil nehmen.

Diese maßgebende Institution wird stetig an der Hebung des kulturellen Niveaus des übersetzten fremdsprachigen Buches zu arbeiten haben und uns den notwendigen Bestand an Arbeitskräften gewährleisten. An der Schaffung eines solchen Instituts haben die Schriftstellerföderation, die Kommunismus-Akademie, die Staatliche Kunst-Akademie, der Staatsverlag, die Verlage »Land und Fabrik« und »Junge Garde« sowie das Journalismus-Institut direkten und organischen Anteil zu nehmen.

1929

VON LITERARISCHEN ÜBERSETZUNGEN

Übersetzertätigkeit als soziales Phänomen taucht bei uns im vorigen Jahrhundert auf, etwa in den vierziger Jahren. Eine besondere Entwicklung erhält sie mit dem Auftreten der nicht-adeligen Intellektuellen und der mittellosen Studentenjugend, die nichts anderes hat, um ihren Lebensunterhalt zu bestreiten.

Von Pissarews Zeiten bis in unsere Epoche hat sich am sozialen Charakter der Übersetzertätigkeit nichts geändert: Sie war und bleibt ein *Regulator der Arbeitslosigkeit von Geistesarbeitern*, ein Krückstock, der alles Schwache und Gebrechliche stützt, eine Form des Almosens, das eine soziale Klasse ihren benachteiligten Vertretern zugesteht. Für die alten Großverleger waren die Übersetzer Lieferanten von billigem Gehirn. Hauptkonsument der übersetzten Literatur war die kleinbürgerliche »dumpfe Masse«, die keine Fremdsprachen konnte.

Die Übersetzer unter den Modernisten bedienten eine qualifizierte Spitzengruppe von Lesern und gaben ihr Ibsen, Hamsun und Maeterlinck in kleinen und teuren Auflagen. Die ganze übrige Literatur war Kleinzeug von der Sorte der Beilagen zu »Ackerland« und dem »Boten der fremdsprachigen Literatur«. Sie wurde für ein paar lumpige Groschen von hungrigen Studenten und Pechvögeln angefertigt. Zwischen Sojkin und Sytin und der Küchenmakulatur der »Beilagen« wurde etwa ein Sablin untergebracht, dessen Einfügung an dieser Stelle erstaunlich an die mittelprächtige Lage eines übersetzten Buches in unserem Staatsverlag erinnert. Nach der Revolution griff die Intelligenzia sofort nach dem vertrauten Krückstock der Übersetzungen. Die Reihe »Weltliteratur« nahm ihren Anfang, dieses Lieblingskind Gorkijs, diese Großtante der ZEKUBU. Das ergab den neuen Typus einer ebenfalls dem Hunger entsprungenen, doch gleichzeitig »qualifizierten« akademischen Übersetzung. Auf Velin-Papier wurde ein Katalog aller Autoren der Weltliteratur gedruckt, und deren Namen bedeckten sich nach und nach mit russischen Spielmarken. Ein eigenartiges Lotto-Spiel! Übrigens gibt es auch jetzt noch ein paar Leute, die von einer Renaissance der »Herrlichkeit« dieser »Weltliteratur« träumen.

Im verborgenen leben und bekämpfen sich bei uns noch immer alle drei Grundtendenzen der vorrevolutionären Übersetzungspraxis: die Massenproduktion, die von den »Beilagen« herkommt, die von den sogenannten »kultivierten« Ausgaben abstammende Mittelsorte, und schließlich die modernistische, die von den Symbolisten über die Reihe »Weltliteratur« zur »Academia« und den Klassikerausgaben des Staatsverlages führt. Die gängige ausländische Belletristik ist zur Zeit ein mit der Filmproduktion verwandtes Phänomen. In der Regel ist so ein Buch eine Eintagsfliege, die nicht aufbewahrt und sehr schnell vergessen wird. Die ins Russische übersetzte fremdsprachige Belletristik ist eine Welt für sich, steht außerhalb der Literatur und hat ihr eigenes Schicksal und ihre eigenen Entwicklungsgesetze.

Neben dem Anwachsen der Auflagen übersetzter Literatur läßt sich ein wachsendes Interesse am Erlernen von Sprachen bei der Masse der Komsomolzen, in der Hochschul- und in der Arbeiterjugend beobachten. Sehr charakteristisch ist die Stimmung, mit der die Jugend ans Erlernen der Fremdsprachen herangeht. Sie tut es mit dem Triumphgefühl des Eroberers, der ein bisher verbotenes Territorium betritt. Die Sprachkenntnisse sind in den Händen der herrschenden Klasse ein machtvolles Instrument. Mit seiner Hilfe kann der Inhalt der ganzen kulturellen Gegenwart heimlich vertauscht und die Weltliteratur bis zu jenem Zustand verfälscht werden, der den Herren der Lage genehm ist.

Außer der akademischen Überprüfung anhand des Originals (schweigen wir lieber davon, wie sie bei uns gehandhabt wird) ist uns noch eine andere Überprüfung wichtig: jene Überprüfung der inneren, historischen Wahrheit eines Autors, welche die Arbeiterintelligenz vollziehen wird, wenn sie einst über Fremdsprachen verfügt. Diese Neubewertung ist unausweichlich. Ich habe bereits über die Schwäche unseres vom Zufall bestimmten Übersetzerbestandes geschrieben, es sind in der Mehrzahl der Vergangenheit zugehörige und »überflüssige« Leute. Der Übersetzer ist ein machtvoller Interpret eines Autors; er arbeitet im Grunde ohne Kontrolle. Sein unwillkürlicher Kommentar sickert durch tausend Ritzen ins Buch ein. Beim Bearbeiten von alten Übersetzungen Walter Scotts merkte ich, daß sie in der Polizeisprache von Registrierbeamten gehalten waren, und dieser infame Stempel war durch keinerlei Anstrengungen wieder abzuwaschen. Die Verlage denken gar nicht an solche Dinge und »adaptieren« unbekümmert alte Übersetzungen. Wir dürfen nicht für eine traditionell passive »dumpfe Masse« arbeiten, sondern müssen einem Leser entgegengehen, der sich selber zu den Fremdsprachen aufgemacht hat, also für jenen Leser arbeiten, der Silbe für Silbe die Deutschlektionen der »Komsomolskaja Prawda« durchackert. Wir müssen eine Brücke schlagen vom übersetzten Buch zum Erlernen der Fremdsprachen, das Buch zum Anreiz und Lehrmittel für den Spracherwerb machen. Was hat der Staatsverlag in diesem Sinne getan? Vorläufig gar nichts. Die monumentale Klassiker-Reihe ist eine bloße *Arbeit für den Bücherschrank* – eine im Grunde sinnlose Arbeit. Sie ist eine Pyramide zu Ehren einer falsch verstandenen Kultur. Der eventuelle Konsument von Ausgaben wie etwa dem im Fünfjahrplan des Staatsverlages figurierenden achtzehnbändigen Goethe ist ein unerhört phantastisches Geschöpf. Mit meinen eigenen Augen möchte ich ihn sehen, den Besteller dieser Staatsverlags-Ausgabe! Die wird bestimmt einem Intellektuellen das Bücherbrett zieren, der hervorragend Deutsch kann, und neben dem Original-Goethe stehen. Die Übersetzung des ganzen Goethe (ich nehme Goethe nur als Beispiel, weil er das größte und »vorbildlichste« Unterfangen in der Klassiker-Reihe des Staatsverlags darstellt) ist eine Arbeit für eine ganze Generation. Bei einem von einer Masse von Übersetzern vorangetriebenen Projekt wird die Schwäche und Brüchigkeit der Texte unvermeidlich sein; nur sehr weniges wird ganz und gar russisch klingen, kraftvoll gestaltet und des Originals würdig sein. Die akademische Priesterkaste, die die Herausgabe von Klassikern in ihrer Hand hat und einen gewaltigen Einfluß auch auf die zeitgenössische Übersetzungsliteratur ausübt – diese Kaste zeigt einen völlig scholastischen Zugang zur Sache, verfährt ohne Gefühl für die Sprache, ihre Kraft, ihre Wahrheit und Expressivität, und nimmt den lebendigen Leser gar nicht wahr. Die Literaturwissenschaftler und Dozenten präsentieren feierlich die von ihnen durchgekaute Pappmasse, die sie mit dem Original verglichen haben. Sie loben zum Beispiel Brjussows Faust-Übersetzung über alle Maßen, ein völlig zahnloses, pseudo-wissenschaftliches Gelispel, das – bei allem Respekt vor Brjussow – von Goethes Kraft himmelweit entfernt ist. Eins von beiden nur ist möglich: entweder Bücher mit Goldschnitt oder lebendige, gesellschaftlich wirkungsvolle Bücher. Durchbrechen wir die Kastenschranke, die die Übersetzungsküche von der sowjetischen literarischen Öffentlichkeit abschirmt!

Die Arbeit des Staatsverlags gehört unter Kontrolle! Literaturorganisationen, auf zur Revision des Fünfjahrplans, *der überprüft werden muß!* Die Klassiker werden wir nicht einem Eichenschrank überlassen, sondern der Arbeiterintelligenz geben und – was gar nicht genug betont werden kann – der Schule. Schaffen wir einen neuen Typus der sowjetischen Klassikerausgabe, einen streng nutzbetonten, für den Kulturhunger gedachten, und nicht für

Sammlermarotte und Übersättigung! Erinnert sich nicht jeder etwa an den »Ovid« in der Ausgabe Mansteins? Die damalige Schule verstand es eben, für die alten Sprachen zu agitieren, weil das politisch wichtig war – und wie sie das verstand! Versuchen wir mit Beispielen aus der ganzen Weltliteratur für unseren Massenleser dasselbe zu tun. Ich schlage vor, die besten literarischen Kräfte für die Schaffung einer *Schulreihe ausgewählter Klassiker* mit erstklassigem wissenschaftlichem Kommentar einzusetzen. Die Reihe muß Dauer haben, muß einer ganzen Generation dienen, mit großen Auflagen, wiederholten Auflagen. Der kurzsichtigen kommerziellen Einstellung muß der Garaus gemacht werden! Jedes Büchlein soll zum Erlernen der Sprache verleiten. In jedem Büchlein soll wenigstens ein kleines Zusammentreffen mit dem Original stattfinden, soll ein parallel abgedruckter Textabschnitt mit erläuterndem Wortschatz zu finden sein. Jetzt wird ein Kampf geführt, um die Sache der Übersetzung den Händen des Kastenführers zu entreißen, für den der Massenleser nur eine Fiktion ist, die alte »dumpfe Masse«, die keine Fremdsprachen kann.

Der Staatsverlag und »Land und Fabrik« haben auf meinen Artikel in »Iswestija« mit gewissen Reformbestrebungen reagiert, doch alles verläuft in streng behördlicher Ordnung. Die gesellschaftlichen Organisationen wurden von jenem Teil der Föderation vertreten, der selber den vom Kastengeist infizierten Zugang unterstützt. Jede bedeutende literarische Gruppierung hat das Mandat, an dieser Sache Anteil zu nehmen. All diese Mandate sollen auch wahrgenommen werden. Unsere Schriftsteller sind es gewohnt, um die Übersetzungsküche einen Bogen zu machen, doch sind sie verantwortlich für das, was in ihr vor sich geht. Außer zwei, drei ernsthaften Auftritten Assejews kenne ich keinen Fall, wo sich ein Schriftsteller in dieser Sache mit Ratschlag und Empfehlungen eingeschaltet hätte.

Nun zum Verlag »Junge Garde«. Er hat ein Monopol auf die jugendlichen Leser, doch versteht er es sehr eigenartig: Die Jugend soll halt schlucken, was sie vorgesetzt bekommt. Irgendwelche Bearbeitungen sollen ihr genügen. Statt für eine solche Arbeit die qualifiziertesten Kräfte einzusetzen, liefert die »Junge Garde« Jahr für Jahr bloße Makulatur und setzt damit die Traditionen Sojkins und Sytins fort, ja profitiert sogar von deren Erbe. Die »Junge Garde« ist bei uns der am unverschämtesten kommerzielle Verlag. Sie ist es, die die Mehrzahl zurechtredigierter anonymer Texte liefert, sie ist es auch, die den rücksichtslosen Routinepfusch und unverfrorene Adaptiererei kultiviert. Paßt es etwa zu einer »Jungen Garde«, in der Sprache von Kanzlisten und Registrierbeamten daherzureden? Wie nur hat sie sich selbst von jener noch halbwegs professionellen Übersetzerei absetzen können, wie sie im Staatsverlag und bei »Land und Fabrik« praktiziert wird, wie nur kann sie bei sich eine völlig schülerhafte, dritt- und viertrangige Übersetzungssorte züchten? Wir werden es nicht zulassen, daß unsere Jugend von Hausfrauen, irgendwelchen Damen mit Krähenfüßen und repräsentablen Herren unbestimmter Berufstätigkeit beliefert wird . . . Dieser Tage haben wir an der Ausstellung von japanischen Kinderbüchern gesehen, zu welcher »Virtuosität«, nur schon in der Aufmachung, es die militaristische japanische Bourgeoisie mit ihrem Jugendbuch gebracht hat. Die japanischen Verleger haben in dieser Stoßrichtung eine außergewöhnliche Intensität entwikkelt: Sie »adaptierten« für eine eiserne Klassenpädagogik die ganze Weltliteratur von Dante bis Tolstoj. Man kann sich vorstellen, was sie mit dem Inhalt der Bücher gemacht haben! Unsere Aufgabe soll die Verkürzung des Weges vom Leser zum Autor sein, eines Weges, der nicht von einer Rente, nicht von erbschaftsbedingter Muße und Sattheit abgedeckt wird. Manchmal ist die Herausgabe des Gesamtwerks eines Autors geradezu ein Hohn. Überall dort, wo ein übersetztes fremdsprachiges Buch durch ein russisches Originalwerk ersetzt werden kann, muß diese Ersetzung auch tatsächlich stattfinden, und in erster Linie betrifft dies das Jugendbuch. Wir brauchen unseren eigenen Abenteuerroman für unsere Jugend, mit einer ethnographischen oder ähnlichen Anreicherung. Heute hat Mayne Reid nur noch eine retrospektive Bedeutung. Das ist gesunde Romantik. Die Zählebigkeit Mayne Reids erklärt sich dadurch, daß er der jugendlichen Gier nach Kenntnis der geographischen, räumlichen Welt Rechnung trug. Er ist ein glänzender Pädagoge, der auf seinen Bildungsreisen die wissenschaftlichen Kenntnisse seiner Zeit mit einer arglosen Fabel verband. Wir sind für die Schaffung eines »sowjetischen Mayne Reid«! Unsere besten Prosaschriftsteller müßte man darauf ansetzen, ein kompletter wissenschaftlicher Apparat (Ethnographie, physikalische Geographie usw.) müßte ihnen zu Diensten stehen. Bei der Schaffung eines ganzen Unternehmens, ganzer Etats und Apparate zu Diensten der Großen und der Kleinen Sowjet-Enzyklopädie wird ja auch nicht gespart. Gebührt dieselbe Ehre nicht auch einer Reihe von Jugendromanen zur besseren Kenntnis der Welt? Das wäre ein genauso fundamentales Editionsprojekt, ein Nahrungsvorrat für eine ganze Generation. Zu seiner Verwirklichung sind Jahre nötig, es müßte unverzüglich in Angriff genommen werden.

Die Auswahl fremdsprachiger Neuerscheinungen übersteigt die Kräfte unserer Verlage. Geplant ist ein verlagsübergreifendes Büro zur Bücherbestellung und -empfehlung. Doch man hat vor, ihm lediglich eine moralische Autorität zuzugestehen, und Vertreter der Literaturorganisationen werden da wohl kaum Eingang finden. Ein solches Büro wird zum Gegenstück der ehrwürdigen Kommission zur Empfehlung von Kinderbüchern ausarten. Wir brauchen den Verlagen beigeordnete, maßgebende »Räte für fremdsprachige Literatur«. Gesellschaftlich aktive Schriftsteller gehören in jenes Büro! Macht und Kontrolle den verlagsübergreifenden Redaktionsräten!

Die Jagd nach dem ideologisch unbedenklichen Buch führt nicht selten zur Wiederaufnahme von altem Kram; auf Schritt und Tritt präsentiert sich der Klassenkampf sentimental und sogar quäkerisch. Viele Schriftsteller des Westens, die sich am Krieg verbrannt haben, machten einen Linksruck durch. Nun weichen sie stetig auf neue Positionen aus. Der Kreis dieser Mitläufer wird enger. Uns droht eine »Rezensenten-Hungersnot«. Immer wieder dieselben zuverlässigen, doch auch mittelmäßigen Namen tauchen auf. Das Ideal dieser goldenen Mitte ist Duhamel, und an Barbusse werden längst nicht alle satt! Mir scheint, die übermäßige Ängstlichkeit und Befangenheit bei der Auswahl der Bücher beruhe auch auf unserem Unvermögen, sie zu präsentieren. Bei einer auch nur ein paar Grad betragenden Abweichung von der hundertprozentigen »ideologischen Reinheit« wird das Buch durch ein Vorwort »entschärft«, durch einen bürokratischen Zusatz, den ohnehin keiner liest. Hat man der Boulevardliteratur einmal den Garaus gemacht, muß man dem Leser nach Möglichkeit alle »Ereignisse der fremdsprachigen Literaturen« zugänglich machen. Niemand hindert uns, mit dem Autor des Buches in einen Kampf zu treten, wie es beim Filmemachen gang und gäbe ist: Der Autor der Anmerkungen beißt sich in den Text hinein, wird zum Handlungsteilnehmer, polemisiert, höhnt, entlarvt an den Wendepunkten, schmäht Scheinheilige und Heuchler, entthront den angeblichen Helden, unterstreicht das tatsächlich Wertvolle, stößt ins Verschwiegene vor. Warum nur so schüchtern, Genossen? Haben wir ein Buch einmal in Arbeit, können wir es wenden, wie es uns notwendig scheint. Auf solche Weise wird der Krise der Auswahl fremdsprachiger Belletristik abgeholfen – bei gleichzeitigem Gewinn für Horizont und Kenntnisreichtum des Lesers.

Die Arbeit wird mit derselben göttlichen Blindheit unter die Übersetzer verteilt wie die papierenen Losröllchen der »Mosselprom«-Lotterie. Übrigens ist es nicht eine völlige Blindheit: den Schriftsteller-Snob Marcel Proust oder Henri de Régnier übersetzen Meister der Sprache, den »einfachen« Kléber aber, den man zu Zehntausenden von Exemplaren rauslassen kann (Kléber wird hier natürlich als Gattungsbegriff verstanden) – ein Handwerksmann von Übersetzer. Ich will gar nicht etwa behaupten, es müsse umgekehrt sein. Doch könnte man nicht wenigstens ein gewisses Gleichgewicht erreichen? Die besten in Leningrad versammelten Übersetzerkräfte werden zur Zeit von »Academia« ausgebeutet, die »Land und Fabrik« für streng ästhetische Aufgaben unter seine Fittiche genommen hat. Warum sollte man den Sack nicht etwas durchschütteln, warum diese Kräfte nicht auch für Massenprojekte einsetzen? Denn der lesende Arbeiter bekommt wie das Jungvieh nur zweitklassiges Futter. Der Widerstand, den der Verlagsapparat und die Priesterkaste für fremdsprachige Literatur (der akademische Stolz der Verlage) gegen die skizzierte Umgestaltung dieser Angelegenheit an den Tag legen, ist kolossal und wird noch größer werden. Es ist nicht einfach, sich von einem »herrenlosen« Feld, von einem »Regulator der Arbeitslosigkeit«, von der kulturellen Sozialfürsorge usw. loszusagen. Das Maximum, was der Staatsverlag zu akzeptieren bereit ist, wäre eine bessere Auswahl der Übersetzer und eine leichte Erhöhung der Honorare, doch ist das eben wenig. Solange in einer derart wichtigen Angelegenheit Heimlichtuerei, Kastenhermetik und unbewußte Wiederholung des Vergangenen fortbestehen, wird die Fäulnis weitermotten. Ganz leicht, nur so nebenbei wird die Sache angeschubst und in die Bürokratie zurückbefördert, wo alles seinen alten Gang gehen wird.

Zum Abschluß ein paar Worte zur Ausbildung des Übersetzernachwuchses. Natürlich wird der kleine Trend zum Erlernen von Fremdsprachen noch keine neue Übersetzergeneration zutage fördern. Diesem Trend zum Trotz übrigens sinken die Sprachkenntnisse bei den Intellektuellen katastrophal. Es ist immer noch dasselbe Französisch jenes »Tantchens«, das einmal Maupassant gelesen hat. Übersetzerprofis, Veteranen ihres Handwerks, verstehen die neuen Autoren schon gar nicht mehr. Die reiche Blüte des Nachkriegswortschatzes ist spurlos an ihnen vorübergegangen. Für sie ist das Argot, zu dessen Übersetzung man ein Wörterbuch braucht. Mein Vorschlag wäre der folgende: im Rahmen der Bibliothek für fremdsprachige Literatur wäre, unter Leitung der Wissenschaftlichen Hauptverwaltung, eine Werkstatt zur Ausbildung des Übersetzernachwuchses zu schaffen. Im Keim existiert eine solche Werkstatt bereits. Dort lernen ausgewählte Jugendliche, welche die professionellen Übersetzer bereits um Kopflänge überragen, ohne jede Hoffnung, irgendwann an eine praktische Arbeit heranzukommen. Lassen wir frische Lehrkräfte in dieses bescheidene Seminar fließen und heben wir es auf das Niveau einer Allunionsfachschule für Übersetzungskunst und -handwerk. Die Literaturhochschulen senden die zu entsprechenden Hoffnungen Anlaß gebenden Jugendlichen in dieses Institut, und im Endergebnis werden wir einen kraftvollen Übersetzernachwuchs bekommen. Hier sollte auch vor Auslandsaufenthalten für Fortgeschrittene nicht haltgemacht werden. Über die Rezension ausländischer Bücher in unserer Presse möchte ich mich an anderer Stelle äußern. Unsere Presse gibt uns ein Beispiel dafür, wie man nicht rezensieren sollte, nicht rezensieren darf. Einzig anfügen möchte ich noch, daß die Herausgabe einer Halbjahresschrift zur Übersicht und Wertung der gegenwärtigen fremdsprachigen Literatur, sowie zur Theorie und Praxis der Übersetzung, für den Staatsverlag gewiß kein Luxus wäre.

1929

DAS EIGENE LYRISCHE THEMA
(Fragment)

Ich behaupte, daß die Mehrzahl der jungen Dichter in weit größerem Maße an den Gedichten in »Ogonjok«, »Rotes Ackerland« und »Scheinwerfer« geschult ist als an den sogenannten Klassikern und Meistern. Bei uns gibt es Schüler von verantwortungslosen Werwölfen, professionellen Wirrköpfen und Lieferanten unbestimmbarer, konformistischer, mißratener Akkordarbeit.

Die meisten der neuen Emotionen sind noch von keinem zum Ausdruck gebracht worden. Mancher von den anfangenden Poeten beruft sich auf die historische Rechtlichkeit seiner Generation. Doch was hat er zu tun in seiner ganzen »Richtigkeit«? Etwa nur immerzu ja sagen und schreien: «stimmt, stimmt»? Natürlich nicht! Mit Freude vermerke ich, daß ein paar Dichter ihren eigenen Zugang zur Welt gefunden haben, Anfänge eines eigenen lyrischen Themas . . .

II

(1932)

RUND UM DIE NATURFORSCHER

Der schreibende Naturforscher wählt sich seinen Stil nicht und bekommt ihn nicht geschenkt. Jede wissenschaftliche Methode setzt eine besondere Anordnung des Materials voraus: Die Form dient der Weltanschauung und ihren Aufgaben. In den Naturwissenschaften sind die Probleme einer wissenschaftlich-literarischen Form besonders augenfällig. Zu allen Krisenzeiten waren die Naturwissenschaften die Arena des Kampfes um die Weltanschauung. Nur bei aufmerksamem Studium der Geschichte der Naturauffassungen werden wir die Gesetzmäßigkeit im Wechsel der naturwissenschaftlichen Schreibstile erkennen können.

Nie und nirgendwo bezeichnet sich Darwin als Naturphilosoph. Darwin dichtet der Natur keinerlei Ziel an und verneint jedes Heilsprinzip in ihr. Völlig fern liegt ihm der Gedanke, ihr einen Willen oder vernünftige Motive zuzuschreiben. Die Form seiner wissenschaftlichen Arbeiten, die Gesamtheit seiner logischen und stilistischen Verfahren entspringt einer biologischen Konzeption.

Darwin trat in einer Epoche sehr weitverbreiteten naturwissenschaftlichen Dilettantismus an die Öffentlichkeit. Sowohl in England als auch auf dem Kontinent blühte eine liebhaberhafte Beschäftigung mit der Natur. Aufgeklärte Bürger und Gentlemen legten Sammlungen an, herbarisierten, beobachteten und beschrieben ihre Objekte. Die deutschen Romantiker und der englische satirische Roman haben sich über sie lustig gemacht. Charles Dickens' berühmte »Pickwick Papers« sind nichts anderes als eine beißende Satire auf diese Liebhaberei. Mister Pickwick und seine Klubbrüder sind bekanntlich Naturforscher. Doch eigentlich tun sie überhaupt nichts. Sie beschäftigen sich weiß der Teufel womit und geben jungen Mädchen und Straßenjungen Anlaß zu Gelächter. Die mit Fangnetz und Botanisierbüchse bewaffneten Gentlemen hatten keinerlei Leitidee, und Beschreibungswut und Jagd nach Beobachtungen arteten zur Karikatur aus. Neben dieser daheim betriebenen Liebhaberei von Landadeligen und Pastoren verbreitete sich die Welle der Weltentdeckungsleidenschaft. Reisen rund um den Erdball wurden zur pädagogischen Mode. Nicht nur die Finanzaristokratie, sondern durchaus auch die gewöhnliche Bourgeoisie bemühte sich, ihren Kindern die Möglichkeit einer Erdumsegelung auf einem Handels- oder Kriegsschiff zu bieten.

Die neue Art der Neugier der Natur gegenüber, auf die wir hier stoßen, unterscheidet sich radikal von Linnés Wißbegierde oder Lamarcks Forscherdrang. Von Darwins Reise auf der »Beagle« bis zu Claude Monets Weltumsegelung auf der »Brigitte« haben wir es mit einem kolossalen Training der analytischen Sehkraft zu tun, dem Wunsch nach gesteigerter Welterfahrun auf der soliden Grundlage praktischer Tätigkeit und persönlicher Initiative.

Mit erstaunlicher Beharrlichkeit ruft sich Darwin Licht und Luft zu Hilfe, bedenkt aufmerksam die Distanz, macht sich die Effekte der Freilichtmalerei zunutze und gibt uns packende Aufnahmen eines Tiers oder Insekts, das er in der allertypischsten Stellung überrascht hat.

»Der Schnellkäfer, auf den Rücken geworfen und sich zum Sprung vorbereitend, biegt Kopf und Bruststück zurück, so daß der Brustgrat nach außen tritt und auf dem äußersten Scheidenrand ruht. Während dieser Rückwärtsbewegung biegt sich durch Muskelwirkung der Brustgrat wie eine Feder; in diesem Moment stützt sich das Tier mit dem äußersten Ende seines Kopfes und den Flügeldecken auf der Erde ab.«

Es ist für uns schwierig, die unerhörte Frische dieser

Beschreibung angemessen zu würdigen, die geradezu nach einer Filmaufnahme ruft. Um die ganze Tiefe von Darwins künstlerischer und wissenschaftlicher Revolution zu ermessen, vergleichen wir diese gerissene, durch und durch funktionale Zeichnung eines Grashüpfers mit einer der Beschreibungen von Pallas, einem Naturforscher aus der Schule Linnés, dem Autor der »Reise durch verschiedene Provinzen des Russischen Reiches 1769-1770«. »Das asiatische Käferchen«: »Von der Größe eines Solstitial-Käfers, doch von rundlichem Aussehen, mit kugelartiger Brustpartie. Rumpf und Beine leicht grünlich, die Brust dunkler, der Kopf kupferfarben. Die Flügel glatt und glänzend, schwarz mit einem Zug ins Violette. Die Fühler gleich lang, die Vorderbeine etwas länger. Eingefangen am Inderskoje-See.«

Das Insekt ist hier kostümiert und geschminkt wie im chinesischen Hoftheater oder im Leibeigenenballett. Es wird wie ein Juwel in seiner Fassung präsentiert, wie ein Bild in einem Medaillon. Linnés Systematik brauchte solche Beschreibungen: In der Natur liegt ein weiser Plan, durch Klassifikation läßt er sich unmittelbar erfassen, Erkennen und Entzücktsein sind eins. »Dieser schöne Bau des Herzens mit den zu ihm führenden Adern dient einzig dem Antrieb des Blutkreislaufs«, sagt Linné.

Fast ein Jahrhundert trennt Linné von Darwin. Zwischen ihnen stehen die Evolutionisten: Cuvier, Buffon, Lamarck. Die strukturellen und anatomischen Merkmale begannen in den Arbeiten der Naturforscher die rein malerischen Details zu überrunden. Die höfisch-feudale Kunst der Miniatur zerfiel. Doch im Grunde änderte sich nur wenig.

An die Stelle eines starren Systems der Natur trat die lebendige Kette der organischen Geschöpfe, eine bewegliche Leiter, die der Vollendung entgegenstrebte. Statt eines göttlichen Architekten steht beim Deisten Lamarck ein konstitutioneller Monarch, der sich in die inneren Angelegenheiten der Natur nicht mehr einmischt. Bei Lamarck ist die Klassifikation etwas Künstliches, gleichsam ein feines Netz, das der Mensch über die Vielfalt der Phänomene wirft. Was bleibt dem Naturforscher anderes übrig, als entzückt zu sein wie vordem, doch nun nicht mehr über die Einzelphänomene der Natur, sondern über deren Klassen, die in ihrer fortschreitenden Entwicklung angeordnet sind?

Allerdings hat die Französische Revolution im Stil der Naturforscher eine tiefe Spur hinterlassen. Derselbe Buffon tritt nun in seinen wissenschaftlichen Arbeiten in der Rolle eines Revolutionsredners auf. Er preist den Naturzustand des Pferdes, stellt den Menschen die Wildpferdherden als leuchtendes Beispiel vor Augen und erweist den Bürgertugenden des Pferdes alle erdenkliche Ehre.

Und Lamarck, der seine besten Arbeiten gleichsam auf dem Wellenkamm des Konventes schrieb, verfällt ständig in den Ton des Gesetzgebers und beschreibt nicht eigentlich, sondern dekretiert die Gesetze der Natur.

Der bemerkenswerte Prosaismus in Darwins Arbeiten wurde von der Geschichte tiefgreifend vorbereitet. Darwin hat ein für allemal jegliche Schönrednerei und jede Rhetorik, jedes teleologische Pathos aus der Naturwissenschaft verbannt. Er hatte den Mut, prosaisch zu sein, weil er unendlich viel zu sagen hatte und sich niemandem verpflichtet fühlte in Dankbarkeit oder entzückter Begeisterung.

2

»Die Entstehung der Arten« besteht aus fünfzehn Kapiteln, jedes von ihnen gliedert sich in zehn bis fünfzehn Unterkapitel, an Umfang nicht länger als ein Sonntagsfeuilleton der »Times«. Das Buch ist so gebaut, daß der Leser von jedem Punkt aus das Ganze der Arbeit überschauen kann. Worüber Darwin auch spricht, wohin ihn die verschlungenen Wege des wissenschaftlichen Denkens auch führen mögen – immer steht das Problem in seinen ganzen Ausmaßen dem Betrachter vor Augen. Die Fakten rücken dem Leser nicht in Form einzelner Beispiele und Illustrationen auf den Leib, sondern als entfaltete Front, in ganzen Serien. Die Ebben und Fluten wissenschaftlicher Glaubhaftmachung beleben, wie der Rhythmus der Fabel in einer Erzählung, den Atem eines jeden Kapitels und Unterkapitels. Nur in diesem gemeinsamen Atmen, nur als Konstellationen bekommen Darwins wissenschaftliche Beispiele ihre Bedeutung.

»Die Entstehung der Arten« verblüffte die Leser durch den revolutionären Charakter ihres Inhalts, durch die Neuheit des Gedankens. Kraft und Neuheit der *Form* in Darwins literarischen Arbeiten blieb unbemerkt, obwohl gerade sie der Aufnahme seiner Theorie in breitesten Kreisen sehr förderlich war.

Der wissenschaftliche Stil der alten, von Linné herkommenden Naturforschung kannte nur zwei Elemente: Gemeinplatzrhetorik, metaphysische wie theologische Moralpredigten und passiv-beschauliche Beschreiberei. Mit Buffon und Lamarck brach eine staatsbürgerliche, revolutionäre, publizistische Strömung in den wissenschaftlichen Stil ein.

Darwin nimmt der Natur gegenüber die Haltung eines Kriegsberichterstatters, eines Interviewers, eines tollkühnen Reporters ein, dem es gelungen ist, das Ereignis an seinem Ursprung zu beobachten. Nie beschreibt er irgend etwas, sondern charakterisiert es, und in diesem Sinne hat Darwin als Schriftsteller die Neigungen des zeitgenössischen englischen Lesers in die Naturforschung eingebracht. Es darf nicht vergessen werden, daß zur selben Zeit wie Darwin auch Dickens gelesen wurde – der eine wie der andere gefiel dem Publikum aus genau denselben Gründen.

Nie schreibt Darwin das ganze »steckbriefliche« Signalement eines Tieres oder einer Pflanze daher mit all ihren Merkmalen. Er benutzt die Natur wie eine große, geordnete Kartei. Die Klassifikation wurde von ihm an den richtigen Ort gerückt, sie hörte auf, Selbstzweck zu sein. Das Ergebnis war eine verblüffende Freiheit in der Anordnung des Materials, eine Vielfalt von Beweisfiguren und die Geräumigkeit der Darlegung.

Jeder Dogmatik gegenüber einen unerklärlichen Widerwillen hegend, erzählt Darwin nur davon, wie seine Überzeugungen zustande kamen. So macht er etwa bei der Erzählung, wie auf dem Lande lebende Raubtiere sich in Amphibien verwandeln können, sofort einen Vorbehalt: »Wenn man mich fragen würde, wie gewisse insektenfressende Vierfüßer sich in Fledermäuse verwandelt haben, müßte ich in Verlegenheit geraten, doch ist das kaum sehr wesentlich.«

Das Tagebuch der Reise auf der »Beagle« mit seinem neuen Prinzip eines naturwissenschaftlichen Logbuchs findet in der »Entstehung der Arten« seine Fortsetzung, mit dem einen Unterschied, daß Darwin hier die Fäden seiner Korrespondenz zu zahllosen Adressaten weiterspannt, die rund um den Erdball denselben Dienst versehen wie er. Pferdezuchten, Geflügelhöfe, Bienenstände, Treibhäuser, die Spezialisten gehören, Leuten mit eigenständiger und organischer Erfahrung, erweitern Darwins Laboratorium ganz erheblich. Mehr noch – sie befruchten seine Arbeit. Der Autor steht in ständigem Briefwechsel mit diesen freiwilligen Helfern. Er dankt ihnen, verweist auf sie.

Darwins Solidarität mit der internationalen Spitze der Naturforscher verleiht seinem wissenschaftlichen Stil warmes Blut und Selbstvertrauen und gibt seiner Argumentation die Kraft eines freundschaftlichen Händedrucks: Die ganze Welt wird zum Hauswesen des Naturforschers. Großbritanniens Handelsflagge weht über den Seiten seines Buches.

Unbedingt hervorzuheben ist Darwins Drang zum Durchschnittsleser, sein Wunsch, sich dem gewöhnlichen Gentleman zu öffnen, irgendeinem Sir Elliot, der ihm als Geschenk ein paar Tauben geschickt hat. Darwin schreibt als ein Mensch, der auf die Unterstützung einer unübersehbaren Lesermenge zählen kann.

Auf die Form wissenschaftlicher Werke keine Aufmerksamkeit zu wenden, ist genauso falsch, wie den Inhalt von künstlerischen zu ignorieren: Die Elemente der Kunst sind hier wie dort unermüdlich am Werk. Die in jahrhundertelangen Anstrengungen glanzvoll erarbeitete zoologische Terminologie verfügt über beeindruckende Bildkraft. Bei Darwin klingen die Namen von Tieren und Pflanzen wie soeben erfundene treffende Spitznamen.

Ein und dasselbe Publikum las Darwin und Dickens. Darwins wissenschaftlicher Erfolg war zu einem gewissen Teil auch ein literarischer. Der damalige Leser zeigte eine grausame Abwehrreaktion gegen die erbauliche, sentimentale, süß-säuerliche Genreliteratur, mit der ihn Dikkens' Vorgänger abgefüttert hatten. Dieser Leser wollte mehr als alles auf der Welt Dinge mit *Charakter*: Bilder der Natur, soziale Kontraste.

Charles Darwins Prosaismus kam ihm da gerade recht. Seine wissenschaftliche Prosa mit ihrer geographischen Trockenheit, ihrer atmosphärischen Klarsicht und ihren in ganzen Bündeln explodierenden Beispielen wurde als autobiographisches literarisches Dokument aufgenommen.

Was den Leser vielleicht am meisten bestach, war die Tatsache, daß Darwin keinerlei literarisches, teleologisches Entzücken über die Gesetze und Tendenzen zum Ausdruck brachte, die er mit großer Klarheit zu beweisen suchte.

Das Auge des Naturforschers ist ein Instrument seines Denkens, genau wie sein Schreibstil. Die anregende Klarheit, ein gleichsam heiterer Tag eines gemäßigten englischen Sommers, ein – wie ich es nennen möchte – gutes Wissenschaftswetter, die maßvoll gehobene gute Stimmung des Autors, sind für den Leser ansteckend, helfen ihm, Darwins Theorie sich anzueignen.

Keiner kann Darwins Theorie besser popularisieren als er selber. Seinen wissenschaftlichen Stil sollte man unbedingt genauer studieren, doch ihn nachzuahmen, ist wohl fruchtlos, weil die historische Situation, in der er entstand, nie wiederkehren wird.

1932

DARWINS LITERARISCHER STIL
(Notizbuch)

Seit meiner Kindheit hatte ich mir angewöhnt, in Darwin einen mittelmäßigen Geist zu sehen. Seine Theorie schien mir verdächtig kurz geraten: natürliche Auslese. Ich fragte mich: lohnt es sich, die Natur um einer so kurzen und obskuren Schlußfolgerung willen überhaupt zu behelligen? Doch als ich mich mit den Werken des berühmten Naturforschers näher befaßte, änderte sich dieses unreife Urteil entschieden.

Gleich hier muß man anmerken, daß Darwin ein für allemal Schönrednerei, Rhetorik und alles Hochtrabende aus dem literarischen Haushalt des Naturforschers verbannt hat.

/Die Goldwährung der Fakten hält seine wissenschaftlichen Unternehmungen im Gleichgewicht, genau wie eine Million Pfund Sterling in den Kellern der britischen Bank den wirtschaftlichen Kreislauf seines Landes absichert./

Die Anordnung des Materials ist der Stil des Naturforschers.

Der Serien- und Massen-Charakter von Darwins wissenschaftlichem Experiment.

Das Einzelphänomen stand im Zentrum der Aufmerksamkeit eines Naturforschers wie Linné. Beschreibungsmanie. Das Malerische. Die »Miniaturen« Buffons und Pallas'. Theologie. Dankbarkeit. Gerührte Ergriffenheit. Lob der Natur.

Rhetorik – Linné, Buffon, Lamarck.

Darwins Prosaismus. Popularität. Ausrichtung auf den Durchschnittsleser. Gesprächston.

Die Methode der serienhaften Entfaltung der Merkmale. Ganze Bündel von Beispielen. Die Wahl heterogener Reihen. Plazierung wirksamer Beispiele im Zentrum des Beweises.

Die Ebben und Fluten der Glaubhaftmachung, als Rhythmus der Darlegung. (Die Entstehung der Arten). *Autobiographischer Charakter.* Elemente der geographischen Prosa. Die Schule der Weltumsegelung (die »Beagle«).

Die Rolle des Sehvermögens. Das Auge als ein Instrument des Denkens.

Linné pries von der Kanzel des Predigers herab den schönen und zweckmäßigen Bau der Lebewesen. /Seine Systematik als Mittagsgottesdienst./ /Er demonstrierte – zu Ruhm und Beweis der Vernünftigkeit des Schöpfers – allerlei Kram, Kuriositäten, Raritäten und Schmucksächelchen der organischen Natur./ Buffon baute seine glänzenden Traktate . . .

»Der Schöpfer der Natur versah den Menschen mit fünf Instrumenten, die unter dem Namen der Sinne bekannt und von überaus schöner Anlage sind.« Linné.

»Dieser schöne Bau des Herzens mit den zu ihm führenden Adern dient einzig dem Antrieb des Blutkreislaufs.« Linné. »Man kann gar nicht genug staunen über die Göttliche Vorsehung, wenn man sieht, wie sie Herz, Lunge und andere innere Organe schützend mit Knochen umgeben hat.« Linné. »Die Haut, die unseren Körper umhüllt, besteht aus feinsten Fasern, die auf erstaunliche Art miteinander verflochten und mit Blutgefäßen und Empfindungsnerven durchsetzt sind. Sie ist erstaunlich dehnfähig und zieht sich gleich darauf wieder zusammen.« Linné. »Systema Naturae«.

»Die Entstehung der Arten« verblüffte die Zeitgenossen. Man las das Buch wie in einem langen, leidenschaftlichen

Kuß. Sein Erfolg glich dem Erfolg von Goethes »Werther«. Es wurde klar als ein literarisches *Ereignis* aufgenommen, man spürte in ihm eine große und ernsthafte Neuheit der Form.

/Im Gegensatz zu andern/ war dieses Buch darauf angelegt, breiteste Lesermassen zu erobern. /Es war eine direkte Fortsetzung der Zeitung, der Publizistik, des politischen Artikels./ Man nahm es als wissenschaftliche *Publizistik* auf.

Darwin richtet sich immer an die professionellen Naturforscher oder an breite Liebhaberkreise. Es gibt bei ihm die Tendenz, sich ein sogenanntes »Publikum« zu schaffen, wobei er die Spitze der gebildeten Bourgeoisie im Auge hat.

Darwins naturwissenschaftliche Arbeiten sind, als literarisches *Ganzes* genommen, als Koloß an Gedanken und Stil, nichts anderes als die von Leben und Fakten brodelnde und unablässig pulsierende *Zeitung* der Natur.

Darwin gestaltet sein Material wie der Redakteur und Herausgeber eines großen und einflußreichen, sagen wir direkt – politischen Organs.

Er ist nicht allein. Er hat eine Vielzahl von Mitarbeitern – über alle Grafschaften, Kolonien und Dominions des Vereinigten Königreiches, über alle Länder des Erdballs verstreute Briefpartner.

»Ich habe mir«, sagt er, »alle Taubenarten beschafft, die ich käuflich erwerben oder auf diesen oder anderen Wegen mit Hilfe von Freunden in mehreren Ländern bekommen konnte. Besonders dankbar bin ich Sir Elliot« . . .

Großbritanniens Handelsflagge weht über den Seiten seiner Arbeiten.

Kaufmännischer gesunder Menschenverstand, Sinn für Initiative und Solidarität, Furchtlosigkeit vor Konkurrenten, von Selbstvertrauen durchdrungene und irgendwie verhaltene Lebensfreude – das sind die Hebel, die sein wissenschaftliches Erfinderdenken in Bewegung setzten.

Doch diese Faktoren wirken sich in nicht geringerem Maße auch auf seinen Stil und seine Schreibart aus, auf die tätige Form seiner Darlegung, sie durchdringen und prädestinieren die literarische Struktur seiner *Lebensarbeit.*

Natürlich ist der *Stil des Naturforschers* einer der wichtigsten Schlüssel zu seiner *Weltanschauung*, genau wie sein *Auge*, seine *Art zu sehen*, ein Schlüssel zu seiner *Methodologie* ist.

»Als ich von diesen Wahrheiten durchdrungen war und sie meinen Schülern mitteilen wollte, begriff ich, daß man vor einer Vertiefung ins Detail die *allgemeinen, alle Lebewesen betreffenden Prinzipien zu bestimmen* und das Ganze zu zeigen hätte . . .« (»Philosophie der Zoologie«).

Mit diesen Gottesgelehrten, Oratoren und Gesetzgebern der Naturwissenschaft vergleichen Sie nun den bescheidenen Darwin, der bis über beide Ohren in den Fakten steckt und voller Sorge das Buch der Natur umblättert, nicht wie die Bibel – wie soll das eine Bibel sein! –, sondern wie ein Branchentelephonbuch, wie einen Börsenanzeiger, einen Index der Werte, Merkmale und Funktionen.

Das System der Karteikarten, jene gigantische fortlaufende Kartei, von der Darwin in seiner Autobiographie spricht, hatte entscheidenden Einfluß auf seine wissenschaftliche Stilistik.

Darwin vermeidet es, das ganze »steckbriefliche« Signalement eines Tieres oder einer Pflanze daherzuschreiben. Er nimmt der Natur gegenüber die Haltung eines

Kriegsberichterstatters, eines Interviewers, eines tollkühnen Reporters ein, dem es gelingt, das Ereignis an seinem Ursprung zu beobachten. Nie beschreibt er – er charakterisiert nur, und in diesem Sinne ...

Die Systematik – Stolz und Ruhm der Linnéschen Naturforschung – förderte die Kunst der Beschreibungen. Sie brachte eine bemerkenswerte Meisterschaft der detaillierten und in sich abgeschlossenen, beschaulichen Charakterisierung hervor. Bei unbedarften Stümpern artete sie zur Anhäufung steckbrieflicher Merkmale aus, bei künstlerisch begabten Naturforschern aber blühte sie auf zum Ornament, zur Miniatur, zur Klöppelspitze ...

Autonome Meisterschaft und eine eigenartige Kunst passiv-beschaulicher Naturbeschreibungen erreichten ihre höchste Blüte in der zweiten Hälfte des 18. Jahrhunderts. Eines der glänzendsten Beispiele des Genres ist die »Reise durch verschiedene Provinzen des Russischen Reiches«, verfaßt vom Akademiemitglied Pallas im Jahr 1767 ...

Hier sind aristokratische Verfeinerung und Sensibilität des Auges, Gepflegtheit und Virtuosität der Beschreibung auf die Spitze getrieben, bis zur Leibeigenenminiatur. /Das von Pallas beschriebene asiatische Käferchen ist kostümiert wie im chinesischen Hoftheater, wie im Leibeigenenballett. Der Naturforscher verfolgt hier rein malerische, märchenhafte Ziele./

»Das asiatische Käferchen (Chrisomela asiatica). Von der Größe eines Solstitial-Käfers, doch von rundlichem Aussehen, mit kugelartiger Brustpartie. Rumpf und Beine golden-grünlich, die Brust dunkler, der Kopf kupferfarben. Die Flügeldecken glatt und glänzend, schwarz mit einem Zug ins Violette. Die Fühler gleich lang, die Vorderbeine etwas länger. Eingefangen am Inderskoje-See.«

... Der Naturforscher verfolgt hier rein malerische, märchenhafte Ziele. /Er vergißt, die anatomische Struktur des Insekts zu erwähnen./

Schon vor Darwins Epoche war die Kunst dieser Miniaturisten einer aristokratischen Naturforschung in Verfall geraten. Die Grundpfeiler der klassischen Linnéschen Systematik wurden von Lamarck ins Wanken gebracht.

Die Bourgeoisie brauchte nun bereits keine naturwissenschaftliche Ideologie mehr, die die Vernünftigkeit des Wirklichen zu preisen hatte.

Dieselbe Entthronungsarbeit leistete Dickens in bezug auf die Gesellschaft des damaligen England. Im damaligen England mit seinen jungen Textilmanufakturen und feudalen Gerichtsmaschinerien . . .

Zur Ablösung von Stümpertum und Katalogisiererei schuf Darwin ein neues Prinzip: das Prinzip des naturwissenschaftlichen Logbuchs. »Die Entstehung der Arten« ist genausosehr Reisetagebuch wie »Die Reise auf der Beagle«. /Der Naturforscher ist ein Wachthabender, der auf der Kommandobrücke seinen Dienst tut./

. . . Die junge Bourgeoisie schickte ihre Kinder gern auf Weltumsegelung. Die Reise auf einer Fregatte rund um die Welt war für einen jungen Mann mit ernsthaften Zukunftsaussichten Bestandteil des Erziehungsprogramms. Eine ganze Reihe von Malern, Wissenschaftlern und Dichtern durchlief die Schule der Weltumsegelung. Wohl deshalb finden wir in Darwins wissenschaftlichen Werken Elemente der geographischen Prosa, Keime des Kolonialromans und der Seefahrergeschichte. /Kunstvoll läßt er Zeugnisse von lebenden Zeitgenossen, Augenzeugenberichte und Auszüge aus wissenschaftlichen Arbeiten sich abwechseln./

Für Darwin charakteristisch ist seine Abneigung gegen Zitate. Sehr selten macht er wortwörtliche Textauszüge. Meistens führt er die eine oder andere fremde Meinung in lapidarster Form an, in einer knappen, energischen und absolut objektiven Formulierung.

Wenn wir die Tonalität von Darwins wissenschaftlicher Sprache bestimmen wollen, nennen wir sie am besten ein *wissenschaftliches Gespräch.* Es ist keine professorale Vorlesung im üblichen Sinne und kein akademisches Seminar. Stellen Sie sich einen gelehrten Gärtner vor, der Gäste durch seine Produktion führt, zwischen seinen Beeten und Rabatten haltmacht und Erklärungen abgibt; oder einen Zoologie-Liebhaber in seiner Aufzucht, der gute Freunde empfängt.

Darwins ungewöhnliche Freundschaftlichkeit der Mehrzahl der gebildeten Vertreter seiner Klasse gegenüber, sein Vertrauen auf ihre Unterstützung, die besondere Offenheit, ja Freundlichkeit seines wissenschaftlichen Denkens wie auch der Darlegung selber ist nichts anderes als das Resultat einer Klassensolidarität und des Wunsches nach breiter Mitarbeiterschaft der internationalen wissenschaftlichen Kräfte der Bourgeoisie.

Darüber hinaus muß Darwins Drang zum Durchschnittsleser hervorgehoben werden, sein Wunsch, vom durchschnittlich gebildeten Bürger verstanden zu werden, vom gewöhnlichen Gentleman – für einen solchen hielt er sich selber. Nicht zufällig sprach der größte Gelehrte seines Jahrhunderts über die Köpfe der Gelehrtenkaste hinweg mit einem breiten Publikum. Es war ihm wichtig, sich mit diesem Publikum unmittelbar zu verständigen. Es wird ihn besser verstehen als die gelehrten Pedanten. Er bringt den Lesern etwas Lebenswichtiges, etwas gesellschaftlich Notwendiges, das mit ihrem eigenen Befinden auf verblüffende Weise harmoniert.

Daher Darwins Gutmütigkeit: er vermeidet den wissenschaftlichen Jargon in seinem panoramahaft aufklappbaren und langsam sich weitenden Buch.

»Die Entstehung der Arten« ist als literarisches Werk eine Großform naturwissenschaftlichen Denkens. Vergleicht man sie mit musikalischen Werken, so ist das weder Sonate noch Sinfonie mit den sich steigernden Teilen, mit verhaltenen und stürmischen Etappen, sondern eher eine Suite. Kleine selbständige Kapitel . . .

Die Energie des Beweises entlädt sich in »Quanten«, in Bündeln. Konzentration und Hergabe, Einatmen und Ausatmen, Flut und Ebbe.

Darwin verfolgt streng das Profil seines Beweises. Auf der Suche nach verschiedenartigen Stützpunkten schafft er recht eigentlich heterogene Reihen, er gruppiert das Unähnliche, Kontrastierende, Verschiedenfarbige.

Hier fallen die Forderungen der Wissenschaft glücklich mit einem Grundgesetz künstlerischer Wirkung zusammen. Ich meine das Gesetz der Heterogenität, das den Künstler möglichst verschiedenartige Klänge, Begriffe unterschiedlicher Herkunft und einander fremde Bilder in eine Reihe stellen läßt.

Darwin behält stets die gesamte organische Welt im Blick. Mit erstaunlicher Freiheit und Leichtigkeit operiert er mit den entlegensten Arten von Lebewesen.

Das Auge des Naturforschers verfügt wie das Auge des Raubvogels über die Fähigkeit zur Anpassung. Es verwandelt sich einmal in ein weitreichendes Armee-Fernglas, dann wieder in die Lupenlinse des Juweliers.

In der »Entstehung der Arten« werden die Tiere und Pflanzen nie um der Beschreibung willen beschrieben. Das Buch wimmelt von Phänomenen der Natur, doch werden sie nur von der jeweils benötigten Seite gezeigt, beteiligen sich aktiv am Beweis und überlassen dann sofort andern den Raum. Am häufigsten und am liebsten betreibt Darwin eine *serienhafte Entfaltung der Merkmale* und das Zusammentreffen sich kreuzender Reihen. Immer wieder schafft er so, indem er wesentliche Merkmale allmählich häuft, eine sich steigernde Skala.

Seinen wissenschaftlichen Beweis baut Darwin auf umfassende Weise. Er spannt die Koordinaten des Beispiels in die Breite, in die Tiefe und in die Höhe und erreicht seine Wirkung durch originelle Selektion des Materials.

»Ich will nur drei Fälle eines Instinktes nennen: den Kuckuck, der seine Eier in fremde Nester legt, den Sklaveninstinkt der Ameisen und den Bau der Waben bei den Bienen.«

Nur die Verbindung seines Denkens mit einem mächtigen Naturforscher-Instinkt erlaubte es Darwin, solche Resultate zu erzielen. Ich meine die wahrhaftige Auslese, Kreuzung und Selektion der Fakten, die dem wissenschaftlichen Beweis zu Hilfe kommen und so ein für die Schlußfolgerung günstiges Milieu schaffen.

Die Ebben und Fluten der Glaubhaftmachung beleben jedes noch so kleine Kapitel der »Entstehung der Arten«.

Doch das Bemerkenswerteste und für alle Schriftsteller Lehrreichste ist Darwins Sorge, daß der Leser in den Fakten und »Naturalien« nicht erstickt, /daß es Zwischenschichten gibt von Luft und Licht . . ./; es ist die unablässige Sorge des Schriftstellers Darwin um die ergiebigste Beleuchtung eines jeden Details.

Die gesunde Geistesverfassung des Naturforschers kommt in einer freien Anordnung des Materials zum Ausdruck. Darwin ordnet die Fakten mit verblüffendem Geschmack. Er läßt sie atmen. Er verstreut sie zu Konstellationen, gruppiert sie zu leuchtenden Sternhaufen.

Die anregende atmosphärische *Klarheit*, ein gleichsam heiterer Tag eines gemäßigten englischen Sommers, ein – wie ich es nennen möchte – »gutes Wissenschaftswetter«, das nichts anderes ist als die *gute*, maßvoll gehobene Stimmung des Autors, sind für den Leser ansteckend, helfen ihm, Darwins Theorie sich anzueignen.

1932

III

(1933)

GESPRÄCH ÜBER DANTE

Così gridai colla faccia levata ...
(*Inferno* XVI, 76)

I

Poetische Sprache ist ein Kreuzungsprozeß und setzt sich aus zwei Klangweisen zusammen. Die erste dieser Klangweisen ist die für uns hörbare und fühlbare Veränderung der Instrumente poetischer Sprache, die bei deren Ausbruch überhaupt erst entstehen. Die zweite ist das eigentliche Sprechen, d. h. die Arbeit der Intonation und Artikulation, die von den genannten Instrumenten geleistet wird.

So verstanden ist die Poesie kein Teil der Natur, auch nicht ihr bester und erlesenster, und noch weniger ihr Abbild, was einer Verhöhnung des Prinzips der Identität gleichkäme. Vielmehr siedelt sie sich mit einer überwältigenden Unabhängigkeit in einem neuen, außerräumlichen Aktionsfeld an, wo sie die Natur nicht nacherzählt, sondern spielend inszeniert mit Hilfe jener Instrumente, die umgangssprachlich »Bilder« heißen.

Poetisches Sprechen oder Denken kann nur sehr bedingt klingend genannt werden, weil wir in ihm nur die Kreuzung zweier Linien hören, von denen die eine, für sich genommen, absolut stumm ist, während die andere ohne jene instrumentale Metamorphose völlig ohne Bedeutung und Interesse ist und nacherzählt werden kann, was in meinen Augen das untrüglichste Zeichen für das Nichtvorhandensein von Poesie ist: Denn dort, wo ein Text mit seiner Nacherzählung vergleichbar wird, sind die Laken nicht angerührt, da hat die Poesie nicht genächtigt.

Dante ist ein Instrumentenmeister der Poesie und kein Verfertiger von Bildern. Er ist ein Stratege der Verwandlungen und Kreuzungen und alles andere als ein Dichter in der »gesamteuropäischen« und oberflächlich kulturellen Bedeutung dieses Wortes.

Die Ringer, die sich in der Arena verknäueln, lassen sich als eine instrumentale Verwandlung und als Zusammenklang betrachten.

»Diese nackten und fettglänzenden Ringer, die auf und ab gehen und mit ihren körperlichen Vorzügen prahlen, bevor sie sich verklammern zum entscheidenden Kampf . . .« (*Inferno* XVI, 22-24).

Das moderne Kino aber mit seiner filmischen Bandwurmmetamorphose gerät zur schlimmsten Parodie auf den Instrumentcharakter poetischer Sprache, weil sich die Bilder ohne Kampf in ihm fortbewegen und einander nur ablösen.

Stellen Sie sich etwas klar Verstandenes, Erfaßtes, dem Dunkel Entrissenes vor in einer Sprache, die ganz freiwillig und gern wieder vergessen wird, sobald der erhellende Akt ausführenden Verstehens vollzogen ist . . .

In der Poesie ist nur das ausführende Verstehen wichtig und nicht das passive, reproduzierende, nacherzählende. Semantische Befriedigung gleicht dem Gefühl eines ausgeführten Befehls.

Die Signalwellen des Sinns verschwinden, sobald sie ihre Arbeit getan haben: Je stärker sie sind, desto lieber treten sie zurück, desto weniger neigen sie zum Verweilen.

Anders käme es unausweichlich zum Einpauken, zum Einschlagen vorgefertigter Nägel, die man »kulturelle« oder »poetische« Bilder nennt.

Oberflächliche, erläuternde Bildlichkeit ist mit Instrumentcharakter unvereinbar.

Die Qualität der Poesie liegt in der Schnelligkeit und Entschlossenheit, mit der sie ihre Vorhaben und Befehle in die nicht-instrumentale, lexikalische, rein quantitative Natur der Wortbildung hineintreibt. Man muß springend einen Fluß in seiner ganzen Breite überqueren, der voll ist von beweglichen und in verschiedene Richtungen strebenden chinesischen Dschunken – so entsteht der Sinn poetischer Sprache. Seine Marschroute läßt sich nicht durch Befragen der Schiffer rekonstruieren: Sie können uns nicht sagen, wie und warum wir von der einen Dschunke auf die andere gesprungen sind.

Poetische Sprache ist ein Teppichgewebe aus einer Vielzahl von Fäden, die sich nur im Farbton der Ausführung voneinander unterscheiden, nur in der Partitur des sich ständig verändernden Befehls der instrumentalen Signalgebung.

Sie ist ein aus Wasser gewebter, äußerst dauerhafter Teppich, ein Teppich, in dem sich die Strömungen des Ganges, als textiles Thema verstanden, nie mit denen von Nil und Euphrat vermischen, sondern verschiedenfarbig bleiben in diesen Geflechten, Figuren und Ornamenten, nicht jedoch Mustern, denn das Muster entspricht genau der Nacherzählung. Das Ornament ist gerade deshalb schön, weil es die Spuren seiner Herkunft bewahrt – als ein *spielend inszeniertes* Stück Natur. Sei es Tier- oder Pflanzenornament, steppennomadisch, skythisch, ägyptisch, einheimisch oder barbarisch – es ist immer sprechend, sehend, wirkend.

Das Ornament ist strophisch.

Das Muster ist zeilig.

Großartig ist der Vershunger der alten Italiener, ihr raubtierhafter, jugendlicher Appetit auf Harmonie, ihr sinnliches Verlangen nach dem Reim – *il disio*!

Der Mund arbeitet, ein Lächeln bewegt den Vers, klug und fröhlich röten sich die Lippen, und die Zunge schmiegt sich zutraulich an den Gaumen.

Das innere Bild des Verses ist nicht zu trennen vom

unendlichen Mienenspiel, das über das Gesicht des sprechenden und erregten Rezitators huscht.

Die Kunst des Sprechens nämlich verzerrt unser Gesicht, sprengt seine Ruhe, zerstört seine Maske ...

Als ich anfing, Italienisch zu lernen, und allmählich seine Phonetik und Prosodie kennenlernte, begriff ich plötzlich, daß sich der Schwerpunkt der Sprecharbeit verlagert hatte: näher zu den Lippen hin, zum äußeren Mund. Plötzlich kam die Zungenspitze zu Ehren. Der Laut stürzte zum Riegel der Zähne. Was mich ebenfalls verblüfft hat, ist die Infantilität der italienischen Phonetik, ihre wunderbare Kindlichkeit, die Nähe zum Kleinkinderlallen, ein bestimmter uralter Dadaismus.

E consolando, usava l'idioma
Che prima i padri e le madri trastulla;
. . . .
Favoleggiava con la sua famiglia
De' Troiani, di Fiesole, e di Roma.
(Paradiso XV, 122-126)

Möchten Sie den Vorrat der italienischen Reime kennenlernen? Nehmen Sie ein italienisches Wörterbuch und blättern Sie darin, wie es Ihnen gerade gefällt ... Hier reimt sich alles. Jedes Wort bittet um *concordanza.*

Wunderbar ist da der Reichtum sich vermählender Endungen. Das italienische Verb steigert sich zum Ende hin und lebt ganz in der Endung. Jedes Wort hat es eilig, zu explodieren, von den Lippen zu fliegen, wegzugehen, den andern den Platz freizumachen.

Als der Kreis einer Zeit zu umreißen war, für die ein Jahrtausend weniger ist als ein Wimpernschlag, führt Dante eine kindliche Lautsprache ein in seinen astronomischen, konzertanten, zutiefst öffentlichen Verkünderwortschatz.

Dantes Werk bedeutet vor allem das Hinaustreten der

damaligen italienischen Sprache als Ganzes, als System, in die Weltarena.

Die dadaistischste aller romanischen Sprachen rückt auf den weltweit ersten Platz.

II

Es sollten unbedingt einige Stückchen Dantescher Rhythmen vorgeführt werden. Man hat davon keinen Begriff, doch sollte man das kennen. Wer sagt, Dante sei skulptural, ist das Opfer sehr armseliger Vorstellungen von diesem großen Europäer. Dantes Poesie eignen alle Formen der Energie, die der heutigen Wissenschaft bekannt sind. Die Einheit von Licht, Schall und Materie ist ihre innere Natur. Die Lektüre Dantes ist vor allem eine nie endende Arbeit, die uns, je mehr wir fortschreiten, um so weiter vom Ziel entfernt. Bringt eine erste Lektüre nur Atemnot und eine gesunde Müdigkeit, so besorge man sich für die folgenden ein Paar unverwüstliche Schweizer Nagelschuhe. Ich frage mich allen Ernstes, wieviele Sohlen, wieviel Rindsleder, wieviele Sandalen Alighieri während seiner dichterischen Arbeit auf den Ziegenpfaden Italiens durchgelaufen hat.

Das *Inferno* und ganz besonders das *Purgatorio* preisen den menschlichen Gang, das Maß und den Rhythmus der Schritte, den Fuß und seine Form. Den Schritt, verbunden mit dem Atem und gesättigt vom Gedanken, begreift Dante als das Grundprinzip der Prosodie. Zur Bezeichnung des Gehens gebraucht er eine Vielzahl verschiedener und reizvoller Wendungen.

Bei Dante sind Philosophie und Poesie immer im Gehen begriffen, immer auf den Beinen. Selbst das Innehalten ist eine Spielart konzentrierter Bewegung: Der Raum für ein Gespräch wird durch alpinistische Anstrengungen geschaffen. Der Versfuß – Einatmen und Ausatmen – ist ein Schritt. Ein schlußfolgernder, wacher, schlüssiger Schritt.

Bildung ist eine Schule der schnellsten Assoziationen. Du fängst alles im Flug auf, bist empfänglich für Anspielungen – das ist Dantes liebstes Lob.

In Dantes Verständnis ist der Lehrer jünger als der Schüler, denn er »läuft schneller«.

»Er wandte sich ab und erschien mir als einer von denen, die auf den grünen Wiesen in Veronas Umgebung um die Wette laufen, und seine ganze Gestalt erinnerte daran, daß er zu den Siegern gehörte, nicht zu den Besiegten . . .« (*Inferno* XV, 121-124).

Die verjüngende Kraft der Metapher bringt uns den gebildeten Greis Brunetto Latini als Jüngling wieder, als Sieger im sportlichen Wettlauf von Verona.

Was ist Dantes Gelehrsamkeit?

Wie ein samtiger Schmetterling ist Aristoteles umrandet von der arabischen Borte des Averroës.

> *Averrois, che il gran comento feo . . .*
> (Inferno IV, 144)

Hier ist der Araber Averroës dem Griechen Aristoteles musikalische Begleitung. Sie sind Komponenten der einen Zeichnung, finden auf der Membran des einen Flügels Platz.

Der Schluß des 4. Gesanges im *Inferno* ist eine wahre Zitatorgie. Ich sehe hier die reine und unverfälschte Demonstration von Dantes Anspielungsklaviatur.

Ein Tastenspaziergang dem gesamten Horizont der Antike entlang. Gleichsam eine Chopinsche Polonaise, wo der bewaffnete Cäsar mit den blutunterlaufenen Augen des Vogels Greif neben Demokrit auftritt, der die Materie in Atome zerlegt hat.

Das Zitat ist keine Abschrift. Zitate sind Zikaden. Sie haben die Eigenheit, nicht mehr verstummen zu können. Klammern sich in die Luft und lassen sie nicht mehr los. Gelehrsamkeit ist bei weitem nicht dasselbe wie die Anspielungsklaviatur, die das eigentliche Wesen der Bildung ausmacht.

Ich will damit sagen, daß sich eine Komposition nicht aus der Anhäufung von Einzelteilen ergibt, sondern als Folge davon, daß sich ein Detail nach dem andern von einer Sache losreißt, von ihr fortgeht, davonflattert, dem System abtrünnig wird und in einen funktional neuen Raum oder eine neue Dimension übergeht, doch jedesmal zu einem streng festgelegten Zeitpunkt und unter der Bedingung einer dafür reifen und einzigartigen Situation.

Die Dinge selber kennen wir nicht, doch sind wir durchaus empfänglich für ihre Anordnung. Und so erhalten wir beim Lesen von Dantes Gesängen gleichsam Kurzberichte vom Kriegsschauplatz und können aus ihnen ausgezeichnet darauf schließen, wie die Klänge der Kriegssymphonie miteinander kämpfen, auch wenn jedes Bulletin an sich die strategischen Fähnchen kaum merklich und nur da und dort verschiebt oder gewisse Veränderungen in der Klangfarbe der Kanonade andeutet.

So entsteht der Text in seiner Ganzheit als Ergebnis eines einzigen differenzierenden Ausbruchs, von dem er überall durchdrungen ist. Nicht eine Minute bleibt er sich selber gleich. Möchte ein Physiker, der den Atomkern zerlegt hat, ihn auch wieder zusammensetzen, gleicht er den Anhängern einer beschreibenden und erläuternden Poesie, für die Dante in alle Ewigkeit Pest und Schrecken ist.

Würden wir lernen, Dante zu hören, so würden wir das Reifen der Klarinette und der Posaune hören, wir würden die Verwandlung der Viola in die Geige und das Ventil des Waldhorns sich verlängern hören. Und wir wären hörende Zeugen, wie sich um Laute und Theorbe der neblige Kern des homophonen dreiteiligen Orchesters der Zukunft bildet.

Würden wir Dante hören, so würden wir unverhofft in einen Kraftstrom eintauchen, der als Ganzes Komposition heißt, in seinem Teilaspekt aber Metapher, in seiner ausweichenden Art schließlich Vergleich, ein Kraftstrom, der die Formulierungen deshalb hervorbringt, damit sie in ihn zurückkehren, ihn in ihrem Hinschmelzen reicher machen und, kaum daß sie der ersten Freude des

Werdens für würdig befunden wurden, ihr Erstgeburtsrecht sofort wieder verlieren, indem sie sich der Materie anschließen, die zwischen die Bedeutungen strömt und sie umspült.

Der Anfang des 10. Gesanges im *Inferno*. Dante stößt uns hinein in die innere Blindheit kompositioneller Verdichtung:

»Jetzt traten wir auf einen schmalen Pfad zwischen der Felswand und den Gepeinigten: mein Meister – und hinter seinen Schultern ich ...« (*Inferno* X, 1-3).

Alle Anstrengungen sind auf den Kampf mit der Undurchdringlichkeit und Lichtlosigkeit des Ortes gerichtet. Helle Formen brechen wie Zähne durch das Dunkel. Sprechen ist hier so notwendig wie Fackeln in einer Höhle.

Dante läßt sich nie auf einen Zweikampf mit der Materie ein, ohne ein Organ zu ihrer Wahrnehmung vorbereitet zu haben, ohne ein Meßgerät zu haben für die Berechnung der konkreten, tropfenden oder tauenden Zeit. In der Poesie, wo alles Maß ist, alles vom Maß ausgeht, alles um das Maß kreist und sich um seinetwillen bewegt, sind Meßgeräte Instrumente besonderer Art, erfüllen eine besonders aktive Funktion. Hier *fügt* sich eine zitternde Kompaßnadel nicht nur dem Magnetsturm, sondern erzeugt ihn auch selber.

Da sehen wir plötzlich, daß der Dialog im 10. Gesang des *Inferno* magnetisiert ist von den Zeitformen des Verbs: unvollendete und vollendete Vergangenheit, konjunktivische Vergangenheit, selbst Gegenwart und Zukunft gebärden sich in diesem zehnten Gesang kategorial, kategorisch, autoritär.

Der ganze Gesang ist auf einigen Ausfällen des Verbs aufgebaut, die verwegen aus dem Text hervorspringen. Hier entfaltet sich gleichsam eine Fechthieb-Konjugationstabelle, und wir hören buchstäblich, wie die Zeitwörter zeitigen.

Erster Ausfall:

> *La gente che per li sepolcri giace*
> Potrebbesi *veder?* . . .
> (Inferno X, 7-8)

»Die Leute da, die in den halboffenen Särgen liegen, ob ich die wohl sehen dürfte?«

Zweiter Ausfall:

> . . . *Volgiti: che fai?*
> (Inferno X, 31)

Hier steht das Entsetzen vor der Gegenwart, eine Art *terror praesentis*. Die pure Gegenwart wird hier verstanden als ein magisches »Halt! Nicht weiter!« Völlig abgetrennt von Zukunft und Vergangenheit wird sie als reine Angst, als Gefahr konjugiert.

Drei Schattierungen der Vergangenheit, die eine Verantwortung für das bereits Geschehene von sich weist, zeigen sich in der einen Terzine:

> *»Ich hatte meinen Blick auf ihn geheftet –*
> *Er richtete sich auf in voller Größe,*
> *Als wollte er die Hölle tief verachten.«*
> (Inferno X, 34-36)

Und dann bricht wie eine mächtige Tuba die ferne Vergangenheit herein in der Frage Farinatas:

> . . . *Chi* fur *li maggior tui?*
> (Inferno X, 42)
> *»Wer waren deine Ahnen?«*

Wie ist hier das Hilfsverb, das kleine, gestutzte *fur* anstelle von *furon*, plötzlich angewachsen! Hat sich nicht genau so, durch eine Ventilverlängerung, das Waldhorn herausgebildet?

Dann kommt ein Versprecher in der vollendeten Vergangenheit. Dieser Versprecher schlägt den alten Cavalcanti völlig zu Boden: weil er über seinen Sohn, den Dichter Guido Cavalcanti, der zu dem Zeitpunkt noch lebt, dessen Altersgenossen und Freund Alighieri etwas – ganz gleich, was es ist – in der verhängnisvollen vollendeten Vergangenheit sagen hört: *ebbe.*

Wie bemerkenswert, daß gerade dieser Versprecher dem Hauptstrom des Dialoges den Weg freimacht: Cavalcanti entschwindet wie der verklingende Ton einer Oboe oder Klarinette, während Farinata wie ein bedächtiger Schachspieler den unterbrochenen Zug fortsetzt und seinen Angriff erneuert:

»E se«, continuando al primo detto,
»S'egli han quell' arte«, disse, »male appresa,
Ciò mi tormenta più che questo letto.«
(Inferno X, 76-78)

Der Dialog im zehnten Gesang des *Inferno* ist der unverhoffte Klärer der Situation. Von selbst entfließt sie dem Zwischenstromland der Rede und Gegenrede.

Alle nützlichen enzyklopädischen Auskünfte werden schon in den Anfangsversen des Gesanges mitgeteilt. Langsam und beharrlich weitet sich die Amplitude des Gesprächs; beiläufig werden Massenszenen und Bilder von Menschenmengen eingeführt.

Als Farinata sich aufrichtet, der die Hölle mit Verachtung straft wie ein ins Gefängnis geratener Herr, schwingt das Pendel des Gesprächs bereits über den ganzen Durchmesser der düsteren, von Feuerströmen durchzogenen Ebene.

Der Skandal taucht in der Literatur lange vor Dostojewskij auf, war im 13. Jahrhundert und bei Dante sogar weitaus schärfer. Dante gerät in die unerwünschte und gefährliche Begegnung mit Farinata genau so, wie Dostojewskijs Delinquenten auf ihre Peiniger trafen: am unpassendsten Ort. Eine Stimme treibt ihm entgegen – noch weiß man nicht, wem sie gehört. Immer schwieriger wird es für den Leser, den wuchernden Gesang zu dirigieren. Diese Stimme, das erste Thema Farinatas, ist ein für das *Inferno* höchst typisches kleines Dantesches *Arioso* in beschwörendem Tonfall:

»O Toskaner, der du als Lebender durch diese Stadt des Feuers gehst und so gewandt dich ausdrückst! Schlag mir's nicht ab, verweile hier eine Minute ... An deiner Mundart hab ich dich erkannt als Bürger jenes edlen Ortes, dem ich – ach weh! – wohl allzusehr Beschwer nur war ...« (*Inferno* X, 76-78).

Dante ist ein Habenichts. Ein innerer Rasnotschinez, ein besitzloser Intellektueller von altem römischem Blut. Liebenswürdigkeit ist ihm absolut nicht eigen, eher das Gegenteil. Man muß ein blinder Maulwurf sein, um nicht zu bemerken, daß sich Dante in der ganzen *Divina Commedia* überhaupt nicht zu benehmen versteht, daß er nicht weiß, wie er auftreten soll, was er zu sagen hat, wie er sich verbeugen muß. Das erfinde ich hier nicht etwa, sondern entnehme es den zahlreichen, über die ganze *Divina Commedia* verstreuten Eingeständnissen Alighieris selber.

Die innere Unruhe und eine lastende, verworrene Ungeschicktheit, die den an sich selber Zweifelnden auf Schritt und Tritt begleiten, diesen gequälten und gehetzten Menschen, dessen Erziehung irgendwie unabgeschlossen scheint und der seine innere Erfahrung nicht anzuwenden und in der Etikette zu objektivieren versteht – gerade sie verleihen dem Poem seinen Reiz und seine ganze Dramatik, gerade sie schaffen seinen Hintergrund, seine psychologische Grundierung.

Wäre Dante allein auf den Weg geschickt worden, ohne

den *dolce padre*, ohne Vergil, so wäre der Skandal unabwendbar schon gleich zu Beginn losgebrochen, und wir hätten keine Wanderung durch die Qualen und Merkwürdigkeiten vor uns, sondern eine groteske Posse.

Die von Vergil gerade noch rechtzeitig abgewendeten Ungeschicklichkeiten korrigieren und lenken systematisch den Verlauf des Poems. Die *Divina Commedia* führt uns hinein in das seelische Laboratorium Dantes. Was sich uns als untadelige Kapuze und als das sogenannte Adlerprofil präsentiert, war im Innern eine immer wieder qualvoll überwundene Ungeschicktheit, ein geradezu Puschkinscher, kammerjunkerhafter Kampf um soziale Würde und gesellschaftliche Anerkennung des Dichters. Der Kinder und alte Frauen ängstigende Schatten hatte selber Angst, und Alighieri warf es abwechselnd in Fieber und Frost: in absonderliche Anfälle von Eigendünkel und das Bewußtsein völliger Nichtigkeit.

Bis heute ist Dantes Ruhm das größte Hindernis für Erkenntnis und tieferes Verständnis seines Werkes, und wird es noch lange bleiben. Dantes lapidare Art ist nichts anderes als das Produkt einer gewaltigen inneren Unausgeglichenheit, die sich einen Ausweg sucht in geträumten Hinrichtungen, imaginären Begegnungen, schon vorher ausgeheckten und gallig gehätschelten raffinierten Repliken, die auf völlige Vernichtung des Gegners abzielten und auf den endgültigen Triumph.

Wie oft muß der zärtlichste Vater, Lehrer, Klugkopf und Mentor diesen inneren Rasnotschinez des 14. Jahrhunderts zurechtweisen, der sich nur mühsam in der sozialen Hierarchie zurechtfand, während Boccaccio – fast sein Zeitgenosse – dieselbe Gesellschaftsordnung zu genießen verstand, in sie eintauchte und sich in ihr tummelte.

Che fai? – Was machst du da? – klingt buchstäblich wie die Rüge eines Lehrers: Du hast wohl den Verstand verloren! . . . Dann hilft ihm das Spiel auf den Registern, die seine Scham übertönen und seine Bestürzung verdecken.

Sich Dantes Poem als eine lineare Erzählung oder nur als eine Stimme vorzustellen, ist völlig verfehlt. Lange vor Bach und in einer Zeit, als man noch keine monumentalen Orgeln baute, sondern nur sehr bescheidene, embryonale Prototypen des künftigen Monstrums, als das vorherrschende Instrument noch die stimmbegleitende Zither war, baute Alighieri im Raum der Sprache eine unendlich mächtige Orgel, genoß bereits alle nur denkbaren Register, ließ die Bälge sich blähen, dröhnte und girrte mit allen Orgelpfeifen.

Come avesse lo inferno in gran dispitto
(Inferno X, 36)

– ist als Vers der Urvater des ganzen europäischen Dämonismus und Byronismus. Anstatt jedoch seine Skulptur auf einen Sockel zu stellen, wie etwa Hugo es getan hätte, umhüllt Dante sie mit einem Tondämpfer, taucht sie in graublaues Halbdunkel, verbirgt sie am nebligen Grund seines Klangbalges.

Sie wird in einem immer tiefer sinkenden Register gespielt, sie fällt, taucht unter die Hörschwelle weg.

Mit anderen Worten: Das phonetische Licht ist ausgeschaltet. Die graublauen Schatten sind verflossen.

Die *Divina Commedia* raubt dem Leser seine Zeit nicht, sondern läßt sie vielmehr anwachsen, wie es ein Musikstück tut, wenn es gespielt wird.

Mit zunehmender Länge entfernt sich das Poem von seinem Ende, und das Ende selber kommt unerwartet und klingt wie ein Anfang.

Die Struktur des nach dem Registerprinzip der Orgel gebauten Danteschen Monologes läßt sich anhand einer Analogie zu Gesteinsschichten, deren Reinheit durch artfremde Einsprengsel gestört ist, gut begreifen.

Körnige Beimengungen und Lava-Äderchen deuten

auf einen einmaligen Schub oder eine Katastrophe als den Ursprung der Formbildung hin.

Dantes Verse sind geologisch formiert und gefärbt. Ihre Materialstruktur ist unendlich wichtiger als ihr vielbesagter Skulpturcharakter. Stellen Sie sich ein Monument aus Granit oder Marmor vor, dessen symbolische Absicht nicht die Darstellung von Pferd oder Reiter ist, sondern die Offenbarung der inneren Struktur des Marmors oder Granites selber. Mit anderen Worten: Stellen Sie sich ein Denkmal aus Granit vor, das zu Ehren des Granites und gleichsam zur Offenbarung seiner Idee errichtet wurde – so erhalten Sie eine recht klare Vorstellung davon, wie bei Dante Form und Inhalt zusammenhängen.

Jede Periode gebundener Rede – sei es eine Zeile, eine Strophe oder eine ganze lyrische Komposition – muß als ein einziges Wort verstanden werden. Sagen wir beispielsweise »Sonne«, stoßen wir keinen vorgefertigten Sinn aus – es wäre eine semantische Fehlgeburt –, sondern durchleben einen ganz eigentümlichen Zyklus.

Jedes Wort ist ein Strahlenbündel: Der Sinn bricht in verschiedene Richtungen aus ihm hervor und eilt nicht auf den einen, offiziellen Punkt zu. Wenn wir »Sonne« sagen, machen wir eine gewaltige Reise, an die wir uns so sehr gewöhnt haben, daß wir sie im Schlaf absolvieren. Poesie unterscheidet sich gerade dadurch von einer automatischen Rede, daß sie uns weckt und aufrüttelt in der Mitte des Wortes. Dann erweist dieses sich als weitaus länger, als wir gedacht haben, und wir erinnern uns, daß Sprechen bedeutet – immer unterwegs zu sein.

Die semantischen Zyklen der Danteschen Gesänge sind so gebaut, daß etwas mit »Honig« beginnen kann, aber mit »Kupfer« abschließt, daß etwas mit »Gebell« beginnt, aber mit »Eis« endet.

Wenn es ihm notwendig scheint, nennt Dante die Lider »Augenlippen«. Dann nämlich, wenn an den Wimpern

Eiskristalle gefrorener Tränen hängen und eine Kruste bilden, die einen am Weinen hindert.

Gli occhi lor, ch'eran pria pur dentro molli,
Gocciar su per le labbra ...
(Inferno XXXII, 46-47)

So also kreuzt das Leiden die Sinnesorgane, schafft Hybriden und führt zu lippigen Augen.

Bei Dante gibt es nicht eine Form, sondern eine Vielzahl von Formen. Sie werden eine aus der andern hervorgepreßt, und nur bedingt kann eine in die andere eingeschrieben werden.

Er selber sagt:

Io premerei di mio concetto il suco –
(Inferno XXXII, 4)

»Würde ich den Saft aus meiner Vorstellung, aus meiner Konzeption hervorpressen« – die Form also stellt sich ihm als etwas Hervorgepreßtes und nicht als Hülle dar.

So wird die Form, so seltsam es auch erscheinen mag, aus der Konzeption, aus dem Inhalt hervorgepreßt, der sie gleichsam umhüllt. Das ist Dantes exakter Gedanke.

Etwas hervorpressen, was immer es auch sei, kann man nur aus einem nassen Schwamm oder Lappen. Wie sehr wir die Konzeption auch auswringen, wir könnten keinerlei Form aus ihr hervorpressen, wenn sie nicht schon selber Form wäre. Mit anderen Worten: Jede Formbildung in der Poesie setzt Reihen, Perioden oder Zyklen eines Formklanges voraus, ganz genau wie jede einzelne ausgesprochene Sinneinheit.

Eine wissenschaftliche Beschreibung von Dantes »Komödie«, die sich als Fluß, als Strom verstünde, müßte unweigerlich zu einem Traktat über Metamorphosen werden und bestrebt sein, in die vielfältigen Zustände der poetischen Materie einzudringen, genau wie der Arzt, der eine Diagnose stellen will, hinhorcht auf die vielfältige Einheit des Organismus. Literaturkritik müßte sich in ihrer Methode einer lebendigen Medizin nähern.

III

Wenn ich nach besten Kräften in die Struktur der *Divina Commedia* einzudringen versuche, komme ich zum Schluß, daß das ganze Poem eine einzige, einheitliche und unteilbare Strophe darstellt. Genauer gesagt: nicht eine Strophe, sondern eine kristalline Figur, einen Körper. Ein unaufhaltsamer Drang nach Formwerdung geht durch das ganze Poem. Es ist ein streng stereometrischer Körper, durchgehende Entfaltung eines kristallographischen Themas. Völlig undenkbar, dieses in seiner Richtigkeit ungeheuerliche dreizehntausendflächige Gebilde mit bloßem Auge zu erfassen oder anschaulich sich vorzustellen. Das Fehlen präziser Kenntnisse in Kristallographie, meine Unwissenheit auf diesem wie auch auf vielen anderen Gebieten, wie sie in meinem Kreis überhaupt üblich ist, beraubt mich des Genusses, die wahre Struktur der *Divina Commedia* zu erkennen, doch Dantes erstaunliche stimulierende Kraft ist so groß, daß er in mir ein konkretes Interesse für Kristallographie geweckt hat, und als sein dankbarer Leser – *lettore* – möchte ich ihn zufriedenstellen.

Die Formwerdung des Poems übersteigt unsere Begriffe von Schreibkunst und Komposition. Viel richtiger wäre es, als sein Leitprinzip den Instinkt anzusehen. Die von mir vorgeschlagenen Annäherungen möchten absolut keine metaphorischen Improvisationen sein. Hier vollzieht sich ein Kampf um die Vorstellbarkeit eines Ganzen, um die Anschaulichkeit eines Gedachten. Nur mit Hilfe der Metapher läßt sich ein konkretes Zeichen für jenen formbildenden Instinkt finden, mit dem Dante die Terzinen ansammelt und weiterfließen läßt.

Man muß sich vorstellen, am Bau dieses dreizehntausendflächigen Gebildes hätten Bienen gearbeitet, die mit einem genialen stereometrischen Instinkt begabt waren und je nach Bedarf immer neue und neue Bienen beigezogen hätten. Die Arbeit dieser Bienen – die immer das

Ganze im Auge behält – ist in den einzelnen Phasen des Prozesses von unterschiedlichem Schwierigkeitsgrad. Ihre Zusammenarbeit erweitert und kompliziert sich im Ausmaß der Wabenbildung, durch die der Raum gleichsam aus sich selbst heraustritt.

Die Analogie zu den Bienen wird übrigens von Dante selber nahegelegt. Hier die drei betreffenden Verse – der Anfang des 16. Gesanges im *Inferno*:

Già era in loco onde s'udia il rimbombo
Dell' acqua che cadea nell' altro giro,
Simile a quel che l'arnie fanno rombo . . .

Dantes Vergleiche sind nie beschreibend oder rein darstellend. Immer verfolgen sie das konkrete Ziel, das innere Bild einer Struktur oder treibenden Kraft wiederzugeben. Nehmen wir die sehr reiche Gruppe der »Vogelvergleiche«, all die dahinziehenden Karawanen von Kranichen oder Saatkrähen, die klassische Soldatenphalanx der Schwalben oder das zu lateinischer Ordnung unfähige, anarchisch regellose Rabenvolk: Diese Gruppe entfalteter Vergleiche entspricht immer einem Pilgerinstinkt, einem Reise-, Kolonisations- und Umsiedlerinstinkt. Oder dann nehmen wir die nicht weniger reiche Gruppe der Flußvergleiche, die uns ein lebendiges Bild des Arno malen, wie er auf dem Apennin entspringt und die toskanische Ebene bewässert, oder des Po, der von den Alpen genährt in die Lombardei herabstürzt. Diese Gruppe von Vergleichen, die sich durch besondere Großzügigkeit und das abgestufte Weitersinken von Terzine zu Terzine auszeichnet, führt stets zum Komplex der Kultur, der Heimat, des seßhaften Bürgerlebens – zum Komplex des Politischen und Nationalen, das so stark von den Wasserscheiden, von der Mächtigkeit und vom Verlauf der Flüsse bestimmt wird.

Die Kraft des Danteschen Vergleichs ist – so seltsam das

erscheinen mag – direkt proportional zur Möglichkeit, ohne ihn auszukommen. Nie wird er von einer armseligen logischen Notwendigkeit diktiert. Sagen Sie mir doch bitte, welche Notwendigkeit bestanden haben soll, das seinem Ende zugehende Poem mit einem Teil der Garderobe zu vergleichen, mit einer *gonna* (im heutigen Sprachgebrauch ein »Rock«, im Altitalienischen eher »Umhang« oder generell »Kleid«), sich selber aber mit einem Schneider, dem plötzlich – verzeihen Sie den Ausdruck – der Stoff ausgegangen ist!

IV

Je weniger das Lesepublikum der nachfolgenden Generationen und selbst die Künstler diesem Dante noch gewachsen waren, desto mehr hüllte man ihn in ein immer größeres Geheimnis. Der Dichter selber strebte nach klarem und exaktem Wissen. Für seine Zeitgenossen war er schwierig, anstrengend, doch dafür gab er einem als Belohnung Erkenntnis. Dann aber wurde es nur noch schlimmer. Üppig gedieh der einfältige Kult einer Dante-Mystik, dem wie schon dem Begriff der Mystik selber jeder konkrete Inhalt abging. Der »geheimnisvolle« Dante der französischen Kupferstiche tauchte auf, der aus Kapuze und Adlernase bestand und auf irgendwelchen Felsen weiß der Teufel was trieb. Opfer dieser lüsternen Ignoranz von verzückten Adepten, die ihren Dante nicht lasen, war bei uns in Rußland kein geringerer als Alexander Blok:

Der Schatten Dantes mit Adlerprofil
Vom Neuen Leben singt er mir . . .

Eine innere Ausleuchtung des Danteschen Raumes, die sich nur aus strukturellen Elementen herleitet, interessierte niemanden.

Nun möchte ich zeigen, wie wenig sich die ersten, noch unbelasteten Leser Dantes um sein sogenanntes »Geheimnis« kümmerten. Vor mir liegt die Photographie einer Miniatur aus einer der frühesten Dante-Abschriften von der Mitte des 14. Jahrhunderts (Handschriftensammlung der Bibliothek von Perugia). Beatrice zeigt Dante die Dreifaltigkeit. Leuchtender Hintergrund mit Pfauenmusterung: wie ein fröhlicher bedruckter Kattunstoff. Die Dreifaltigkeit in einem Kranz von Palmzweigen: frische Gesichtsfarbe, rotwangig, kaufmännisch behäbig. Dante Alighieri als kecker junger Mann, Beatrice als lebhaftes Mädchen mit rundem Gesicht. Zwei absolut dem Alltagsleben entstammende Figuren – ein vor Gesundheit strotzender Scholar macht einer nicht weniger blühenden Städterin den Hof.

Spengler, der Dante vorzügliche Seiten gewidmet hat, sah ihn gleichwohl dauernd aus einer deutschen Burgopernloge heraus, und wenn er »Dante« sagt, muß man immer wieder »Wagner« in einer Münchener Inszenierung verstehen.

Der rein historische Zugang zu Dante ist genauso unbefriedigend wie der politische oder der theologische. Der Dantekommentar der Zukunft gehört den Naturwissenschaften, wenn sie dafür ihr bildliches Denken genügend geschärft und entwickelt haben werden.

Mit all meinen Kräften möchte ich die abstoßende Legende von Dantes angeblich trüben Farben oder seinem vielbesagten Spenglerschen Braunton widerlegen. Ich greife dafür zunächst auf das Zeugnis eines seiner Zeitgenossen zurück, eines Illuminators. Die Miniatur stammt aus derselben Sammlung in Perugia. Sie bezieht sich auf den ersten Gesang: »Ich sah die Bestie, wandte mich zurück.«

Hier die Beschreibung der Farbkomposition dieser bemerkenswerten Miniatur, die höher einzustufen ist als die bereits erwähnte und dem Text völlig adäquat ist:

»Dantes Kleidung ist *leuchtend himmelblau* (adzura chiara). Vergil trägt einen langen Bart, seine Haare sind grau. Seine Toga ist ebenfalls grau; sein Umhang ist *rosa*; die Berge sind kahl und grau.«

Wir haben hier also leuchtend azurblaue und rosa Sprenkel in einer rauchfarben grauen Natur.

Im 17. Gesang des *Inferno* kommt ein märchenhaftes Transportungeheuer namens Geryon vor, eine Art Hochleistungstank, noch dazu mit Flügeln. Es bietet Dante und Vergil seine Dienste an, nachdem es von der allgewaltigen Hierarchie die Order bekommen hat, die beiden Passagiere in den tiefergelegenen achten Kreis zu befördern.

Due branche avea pilose infin l'ascelle:
Lo dosso e il petto ed ambedue le coste
Dipinte avea di nodi e di rotelle.
Con più color, sommesse e soprapposte,
Non fer mai drappo Tartari nè Turchi,
Nè fur tai tele per Aragne imposte.
(Inferno XVII, 13-18)

Es geht hier um die Farbenpracht von Geryons Haut. Sein Rücken, seine Brust und seine Flanken sind von einem bunten Ornament aus Knötchen und Schuppenplättchen bedeckt. Eine leuchtendere Farbenpracht, sagt Dante, verwenden weder die türkischen noch die tatarischen Weber für ihre Teppiche ...

Die manufakturale Leuchtkraft dieses Vergleichs blendet einen, die Textilhändler-Perspektive, die sich in ihm offenbart, ist in höchstem Maß überraschend.

Thematisch ist der 17. Gesang der »Hölle« dem Wucher gewidmet und zeigt ein enges Vertrautsein mit dem Warensortiment und dem Geldumlauf. Der Wucher, der die Lücken eines Banksystems ausfüllte, für das bereits ein dringender Bedarf bestand, war das schreiende Übel jener Zeit, doch zugleich eine Notwendigkeit, die den Warenumschlag im Mittelmeerraum erleichterte. In der Kirche wie in der Literatur wurden die Wucherer mit Schimpf und Schande überhäuft, und doch nahm man immer wieder ihre Dienste in Anspruch. Wucher betrieben selbst die vornehmsten Familien, sonderbare Bankiers, deren Basis Grundbesitz und Agrarwirtschaft war – und das brachte Dante ganz besonders auf.

Die Landschaft des siebzehnten Gesanges besteht aus glühenden Sandflächen, was Assoziationen mit arabischen Karawanenrouten wachruft. Im Sand sitzen die berühmtesten Wucherer jener Zeit: die *Gianfigliacci* und *Ubbriachi* aus Florenz und die *Scrovegni* aus Padua. Jedem von ihnen hängt ein Beutelchen am Hals, ein Talisman oder eine Geldbörse, mit dem auf farbigen Grund gestickten jeweiligen Familienwappen: ein azurblauer Löwe auf Goldgrund beim einen, beim andern eine Gans, weißer als frischgeschlagene Butter auf blutrotem Grund, beim dritten schließlich ein himmelblaues Schwein auf weißem Grund.

Bevor Dante den Geryon besteigt und auf ihm in den Abgrund gleitet, betrachtet er diese seltsame Ausstellung von Familienwappen. Ich möchte darauf hinweisen, daß die Beutelchen der Wucherer wie Farbproben präsentiert werden. Die Energie der Farbepitheta und die Art, wie sie in den Vers eingefügt sind, übertönt alle Heraldik. Die Farben werden mit einer bestimmten professionellen Schärfe bezeichnet. Mit anderen Worten: Sie werden in jenem Stadium präsentiert, wo sie sich noch auf der Palette des Künstlers befinden, in seinem Atelier. Und was sollte daran verwunderlich sein? Dante war in der Malerei zu Hause – als Freund Giottos verfolgte er aufmerksam den Kampf der Malschulen und Moden.

Credette Cimabue nella pittura . . .
(Purgatorio XI, 94)

Nachdem sie die Wucherer lange genug betrachtet haben, sitzen sie bei Geryon auf. Vergil legt seinen Arm um Dantes Hals und sagt zum dienstbereiten Drachen: »So flieg hinab in weiten, gleichen Kreisen: und denke stets an deine neue Last!». . . (*Inferno* XVII, 97-99).

Der Wunsch, fliegen zu können, quälte und verzehrte die Menschen der Dante-Ära nicht weniger als die Alchimie. Es war ein Hunger nach Durchdringung des Raumes. Die Orientierung ist verloren. Nichts ist zu sehen. Vorn nur dieser Tatarenrücken, das schreckliche Seidengewand von Geryons Haut. Geschwindigkeit und Flugrichtung kann man nur nach der Luft beurteilen, die ins Gesicht peitscht. Noch ist die Flugmaschine nicht erfunden, Leonardos Entwürfe gibt es noch nicht, und doch ist das Problem des Gleitfluges schon gelöst.

Und zum Schluß bricht noch die Falkenjagd herein. Geryons Landemanöver werden mit der Rückkehr eines erfolglosen Falken verglichen, der nach vergeblichem Flug auf den Ruf des Falkners hin nur zögernd zurückkehrt und, kaum ist er gelandet, beleidigt wieder aufflattert und sich in einiger Entfernung niederläßt.

Versuchen wir nun, den siebzehnten Gesang als ein Ganzes zu erfassen, doch vom Gesichtspunkt der organischen Chemie der Danteschen Bildlichkeit aus, die mit Allegorie nichts zu tun hat. Statt einen sogenannten Inhalt nachzuerzählen, wollen wir dieses Kettenglied von Dantes Arbeit als eine ununterbrochene Umwandlung des materiell-poetischen Substrates betrachten, das seine Einheit bewahrt und danach strebt, ins Innere seiner selbst zu dringen.

Dantes bildliches Denken realisiert sich, wie in jeder wirklichen Poesie, mit Hilfe jener Eigenschaft der poetischen Materie, die ich Wandlungsfähigkeit oder Umkehrbarkeit nennen möchte. Die Entwicklung eines Bildes kann nur sehr bedingt eine Entwicklung genannt werden. In der Tat, stellen Sie sich – von der technischen Unmöglichkeit einmal absehend – ein Flugzeug vor, das in vollem Flug eine zweite Maschine konstruiert und losfliegen läßt. Auch wenn sie völlig mit dem eigenen Flug beschäftigt ist, schafft es diese Flugmaschine auf genau gleiche Weise, eine dritte hervorzubringen und losfliegen zu lassen. Zur Präzisierung meines als Versuch und Behelf gedachten Vergleichs möchte ich hinzufügen, daß das Hervorbringen und Losfliegenlassen dieser während des Fluges ausgestoßenen, technisch unmöglichen neuen Maschinen nicht etwa eine Zusatz- und Nebenfunktion des fliegenden Flugzeugs darstellt, sondern unabdingbare Komponente des Fluges selber ist und dessen Realisierbarkeit und Sicherheit nicht weniger gewährleistet als die Funktionstüchtigkeit des Steuers oder das störungsfreie Arbeiten des Motors.

Gewiß kann man diese Serie von Fluggeräten, die im Flug konstruiert werden und zur Wahrung einer intakten Bewegung eins aus dem andern hervorgehen, nur schwerlich eine Entwicklung nennen.

Der siebzehnte Gesang des *Inferno* ist eine glänzende Bestätigung für die Wandlungsfähigkeit der poetischen Materie im soeben genannten Sinne. Die Figuren dieser Wandlungsfähigkeit lassen sich etwa wie folgt umreißen: die Knötchen und Schuppenplättchen auf der bunten Tatarenhaut Geryons – die seidenen Teppichgewebe mit ihren Ornamenten, die sich auf einem mediterranen Ladentisch blähen und wulsten – die Meeres-, Handels- und Bankpiratenperspektive – der Wucher und die Rückkehr nach Florenz über die heraldischen Beutelchen mit ihren frischen, noch nie verwendeten Farben – der Wunsch, fliegen zu können, eingegeben von dem orientalischen Ornament, das den Stoff des Gesanges zum arabischen Märchen und seinen fliegenden Teppichen wendet – und schließlich die zweite Rückkehr nach Florenz mit Hilfe des gerade wegen seiner Unnötigkeit unentbehrlichen Falken.

Noch immer nicht zufrieden mit dieser wahrhaft wunderbaren und alle Assoziationsketten der neuesten europäischen Poesie weit hinter sich lassenden Demonstration der Wandlungsfähigkeit der poetischen Materie, läßt Dante wie zum Spott über den verdutzten Leser, nachdem alles bereits abgeladen, ausgeatmet, hergegeben ist, Geryon zur Erde niedergleiten und schickt ihn großmütig auf eine neue Reise wie einen Pfeil, der von der Sehne schnellt.

V

Dantes Entwürfe sind selbstverständlich nicht bis zu uns gelangt. Wir haben nicht die Möglichkeit, uns mit der Geschichte seines Textes zu beschäftigen. Was aber nicht heißt, daß es keine kreuz und quer überschriebenen Manuskripte gegeben hätte und der Text fertig ausgeschlüpft wäre wie Leda aus dem Ei oder Pallas Athene aus dem Kopf des Zeus. Doch die unglückliche Distanz von sechs Jahrhunderten und das an sich völlig verzeihliche Faktum nichtüberlieferter Entwürfe hat uns übel mitgespielt. Schon seit Jahrhunderten schreibt und spricht man über Dante, als hätte er sich unmittelbar auf Büttenpapier ausgedrückt!

Dantes Laboratorium? Das geht uns doch nichts an! Was sollte die einfältige Ehrfurcht damit auch anfangen? Man urteilt so, als hätte Dante schon vor Beginn der Arbeit das vollkommen fertige Ganze vor Augen gehabt und in der Moulage-Technik gearbeitet: zunächst in Gips, dann in Bronze. Bestenfalls drückt man ihm einen Meißel in die Hand und läßt ihn bildhauern oder, wie es so schön heißt, »skulpturieren«. Dabei vergißt man ein winziges Detail: der Meißel entfernt nur das Überflüssige, und der Entwurf des Bildhauers hinterläßt keine materiellen Spuren (was dem Publikum sehr gefällt). Die verschiedenen Stadien der Bildhauerarbeit entsprechen einer Serie von Textentwürfen.

Entwürfe lassen sich niemals tilgen.

In der Poesie, in der Bildhauerei und überhaupt in der Kunst fällt nichts fertig vom Himmel.

Hier steht uns die Gewöhnung an ein grammatisches Denken im Weg, unsere Gewohnheit, den Begriff »Kunst« im Nominativ zu gebrauchen. Wir ordnen den Schaffensprozeß einem zielstrebigen Präpositionalkasus unter und stellen uns vor, daß ein Stehaufmännchen mit Bleikern, nachdem es schön brav nach verschiedenen Seiten hin ein wenig gewackelt und allerlei Schwankungen nach dem bekannten Befragungsschema – worüber? über wen? durch wen? wodurch? – über sich hat ergehen lassen, schließlich in der buddhistischen, gymnasialen Ruhe des Nominativs zum Stillstand kommen müsse. Die fertige Sache ist jedoch gleichermaßen den abhängigen wie dem unabhängigen Kasus unterworfen. Überhaupt ist unsere ganze Syntaxlehre ein übermächtiges Relikt der Scholastik, und während sie in der Philosophie, in der Erkenntnistheorie auf den ihr zukommenden untergeordneten Platz verwiesen und in der Mathematik, die ihre eigene, autonome Syntax kennt, völlig überwunden ist, scheint sich diese scholastische Syntax in der Wissenschaft von den Künsten nicht überwinden zu lassen und verursacht stündlich einen kolossalen Schaden.

In der europäischen Poesie haben sich namentlich jene Dichter am weitesten von Dantes Methode entfernt und sind ihr, meine ich sogar, polar entgegengesetzt, die man Parnassiens nennt: Hérédia, Leconte de Lisle. Bedeutend näher ist ihr Baudelaire. Noch näher Verlaine, und am allernächsten in der ganzen französischen Poesie ist ihr Arthur Rimbaud. Dante ist seiner Natur nach der Dichter, der den Sinn des Bildes ins Wanken und dessen Ganzheitlichkeit zum Einsturz gebracht hat. Die Komposition seiner Gesänge erinnert an den Plan eines Luftverkehrsnetzes oder den unermüdlichen Umlauf der Brieftauben.

Das Fortbestehen des Entwurfs entspricht also dem Gesetz der Energieerhaltung im literarischen Werk. Um ans Ziel zu kommen, hat man den Wind, der in eine leicht andere Richtung bläst, aufzufangen und zu nutzen. Genau das ist das Gesetz des Kreuzens beim Segeln.

Erinnern wir uns, daß Dante Alighieri in einer Blütezeit der Segelschiffahrt und hoher Segelkunst lebte. Wehren wir uns nicht gegen die Vorstellung, daß er Beispiele des Kreuzens und Manövrierens von Segelschiffen mit eigenen Augen hat beobachten können. Dante begegnete der damaligen Kunst der Seefahrt mit größter Hochachtung. Er war geradezu ein Schüler dieses geschmeidigsten und plastischsten, der Menschheit seit Urzeiten bekannten Sportes.

Ich möchte hier auf eine der Besonderheiten der Danteschen Psyche hinweisen: auf seine Angst vor direkten Antworten, die vielleicht durch die politische Situation jenes höchst gefährlichen, verworrenen und räuberischen Jahrhunderts bedingt war.

Während die ganze *Divina Commedia*, wie bereits gesagt, ein Frage- und Antwortbuch darstellt, muß jede direkte Aussage förmlich aus Dante herausgepreßt werden, einmal mit Hilfe seiner Hebamme Vergil, ein andermal unter Mitwirkung seines Kindermädchens Beatrice etc.

Inferno, sechzehnter Gesang. Das Gespräch wird mit einer Leidenschaftlichkeit geführt, wie man sie nur im Gefängnis kennt: um die kürzeste Zusammenkunft bis zum Äußersten zu nutzen. Drei berühmte Florentiner stellen ihm Fragen. Worüber? Über Florenz natürlich. Die Knie zittern ihnen vor Ungeduld, und sie haben Angst, die Wahrheit zu hören. Die Antwort ist lapidar und grausam: ein Schrei. Nach der verzweifelten Anstrengung, sich zurückzuhalten, zittert Dantes Kinn, und er wirft den Kopf zurück – genau das besagt die Bemerkung des Dichters:

> *Così gridai colla faccia levata.*
> (Inferno XVI, 76)

Manchmal vermag Dante ein Phänomen so zu beschreiben, daß von ihm so gut wie nichts übrigbleibt. Dabei verwendet er ein Verfahren, das ich die heraklitische Metapher nennen möchte: Sie unterstreicht den fließenden Charakter des Phänomens mit solcher Kraft und überdeckt es derart mit Federstrichen der eigenen Handschrift, daß der direkten Anschauung, ist das Werk der Metapher getan, auch nicht ein Krümel übrigbleibt. Ich habe schon mehrfach darauf hingewiesen, daß Dantes metaphorische Verfahren unsere Begriffe von Komposition weit übersteigen, denn unsere Wissenschaft von der Kunst ist eine Sklavin des syntaktischen Denkens und steht ihnen hilflos gegenüber.

Wenn ein Bäuerlein, das sich auf einen Hügel schleppt
Zu jener Jahreszeit, wo das die Welt erhellende Geschöpf
Sein Antlitz uns schon weniger verborgen hält
Und all die Wassermücken nun den Schnaken weichen,
Den Tanz der Glühwürmer erblickt unten im Tal,
Wo er vielleicht als Schnitter und als Pflüger mühte –
So flimmerte von Flammenzünglein jener achte Graben
Ganz überschaubar von der Höhe, die ich da bestieg;
Und wie jener, der sich rächte mit Hilfe von Bären
Und den entschwindenden Wagen des Elias schaute,
Als das Gespann der Pferde in den Himmel stürzte,
Ganz Auge war und nichts erkennen konnte
Als nur die eine, einzige Flamme,
Die schwand wie ein steigendes Wölkchen,
So füllte die zungenförmige Flamme die Spalten der Gräber,
Verheimlichte das Gut der Särge, ihre Beute,
Und in der Hülle jeden Feuers barg sich je ein Sünder.
(Inferno XXVI, 25-42)

Wenn Ihnen nicht schwindlig geworden ist von diesem wunderbaren Höhenflug, der Bachs Orgelkünsten würdig wäre, so versuchen Sie einmal festzustellen, wo hier das zweite, wo das erste Glied des Vergleichs ist, was womit verglichen wird, wo hier die Hauptsache liegt und wo die Nebensache, durch die sie erhellt werden soll.

Eine impressionistische Haltung trifft man in einer ganzen Reihe von Dantes Gesängen. Ihr Ziel ist es, als ein verstreutes ABC, als ein springendes, leuchtendes, versprengtes Alphabet jene Elemente bereitzustellen, die sich nach dem Gesetz der Wandlungsfähigkeit der poetischen Materie zu sinnreichen Formeln verbinden müssen.

So sehen wir in dieser Einleitung den wunderleichten, leuchtenden, heraklitischen Tanz eines sommerlichen Mückenschwarms, der uns einstimmen soll auf die wichtige und tragische Rede Odysseus'.

Der 26. Gesang des *Inferno* ist von allen Kompositionen Dantes die am meisten »segelnde«, die am stärksten kreuzende, die am besten manövrierende. An Wendigkeit, Ausweichvermögen, florentinischer Diplomatie und einer Art griechischer Listigkeit kommt ihr keine gleich.

In diesem Gesang lassen sich zwei Teile klar unterscheiden: die lichtvolle impressionistische Einstimmung und die harmonisch-strenge, dramatische Erzählung Odysseus' über seine letzte Fahrt, sein Hinaussegeln in den Atlantischen Abgrund und seinen schrecklichen Untergang unter den Sternen einer fremden Hemisphäre.

In seinem freien Gedankenfluß kommt der hier besprochene Gesang einer Improvisation sehr nahe. Doch bei genauerem Hinhören scheint einem, als improvisiere der Sänger verhalten in seinem geliebten Griechisch und benutze das heimische italienische Idiom nur als Laut und Gewebe.

Wenn man einem Kind tausend Rubel gibt und es zwischen einem großen Schein und dem Kleingeld wählen läßt, wird es sich natürlich für das Kleingeld entscheiden; man könnte ihm die ganze Summe abnehmen, wenn man ihm nur ein paar Groschen schenkt. Genau dasselbe ist mit der europäischen Literaturkritik passiert, die Dante an ein paar Kupferstichen von Höllenlandschaften festgemacht hat. Noch niemand ist mit einem Geologenhammer an Dante herangegangen, um zur Kristallstruktur seines Gesteins vorzudringen, um dessen Einsprengsel, Trübungen, Augenfülle zu untersuchen und es als einen Bergkristall zu würdigen, der den buntesten Zufälligkeiten unterworfen war.

Unsere Wissenschaft sagt: Rück das Phänomen in einige Entfernung, dann werde ich mit ihm schon zurechtkommen und es mir aneignen. »Entferntheit« (ein Ausdruck Lomonossows) und Erkennbarkeit sind für sie fast gleichbedeutend.

Bei Dante trennen sich die Bilder und nehmen immerzu Abschied voneinander. Es ist schwierig, in die Klüfte seines abschiedreichen Verses abzusteigen.

Noch haben wir uns nicht von dem toskanischen Bäuerlein losreißen können, das sich über den phosphoreszierenden Tanz der Glühwürmchen freut, noch haben wir das impressionistische Flimmern von Elias' Wagen in den Augen, der sich auflöst zu einer Wolke, da wird auch schon der Scheiterhaufen des Eteokles zitiert und Penelope genannt, da verpassen wir auch schon das Trojanische Pferd, da leiht bereits Demosthenes dem Odysseus seine republikanische Beredsamkeit und – das Schiff des Altertums steht ausgerüstet da.

Das Altertum ist in Dantes Verständnis allem zuvor Panoramablick, höchste Gesamtschau, Weltumspannung. Im Odysseus-Gesang ist die Welt bereits rund.

Es ist ein Gesang über die Zusammensetzung des menschlichen Blutes, in dem das Salz des Ozeans enthalten ist. Das Prinzip der Reise liegt im System der Blutgefäße begründet. Das Blut ist planetarisch, solar, salzig ...

Mit allen Windungen seines Gehirns verachtet Dantes Odysseus die Sklerose, ähnlich wie Farinata die Hölle verachtet.

»Wir sind doch nicht dazu geboren, wie sattes Vieh dahinzuleben; sollten wir die uns verbleibende Handvoll Abendgefühle nicht dem Wagnis widmen, westwärts zu segeln, über die Säulen des Herakles hinaus, dorthin, wo die Welt ohne Menschen weitergeht?« (*Inferno* XXVI, 114-120).

Der Stoffwechsel des Planeten vollzieht sich im Blut,

und der Atlantik nimmt Odysseus in sich auf, verschlingt sein hölzernes Schiff.

Undenkbar, Dantes Gesänge zu lesen, ohne sie auf die Gegenwart zu beziehen. Dazu sind sie geschaffen. Sie sind Gerät zum Einfangen der Zukunft. Sie verlangen einen Kommentar im Futurum.

Die Zeit ist für Dante der Inhalt der Geschichte, die er als einen einzigen synchronistischen Akt versteht, und umgekehrt: Der Inhalt der Geschichte ist das mit seinen Gefährten, Mitsuchern, Mitentdeckern gemeinsam gehaltene Gut der Zeit.

Dante ist ein Antimodernist. Seine Gegenwart ist unerschöpflich, unermeßlich, unversiegbar.

Deshalb kann die Odysseus-Rede, die gewölbt ist wie die Linse eines Brennglases, gleichermaßen auf den Krieg der Griechen gegen die Perser, auf die Entdeckung Amerikas durch Kolumbus, auf die kühnen Experimente des Paracelsus und auf das Weltreich Karls V. gerichtet werden.

Der Odysseus und Diomedes gewidmete 26. Gesang ist eine glänzende Einführung in die Anatomie des Danteschen Auges, das ganz natürlich nur zur Aufdeckung der Struktur der Zukunft geschaffen scheint. Dante besaß das Sehvermögen eines Raubvogels, das nicht für die Orientierung im Nahbereich geschaffen ist: zu groß war sein Jagdrevier.

Auf Dante selber lassen sich die Worte des Stolzkopfs Farinata beziehen:

> *Noi veggiam, come quei ch'ha mala luce.*
> (Inferno X, 100)

Das bedeutet: wir Sünderseelen sind nur fähig, die ferne Zukunft zu sehen, denn dafür haben wir eine besondere Gabe. Wir werden absolut blind, sobald die Türen der Zukunft vor uns zuschlagen. Darin gleichen wir einem, der mit der Dämmerung kämpft und ferne Gegenstände unterscheidet, doch nicht ausmachen kann, was ganz in seiner Nähe liegt.

Das Prinzip des Tanzes kommt in der Rhythmik der Terzinen des 26. Gesanges sehr stark zum Ausdruck. Verblüffend ist hier die völlige Unbeschwertheit des Rhythmus. Die Versfüße fügen sich einer Walzerbewegung:

E se già fosse, non saria per tempo.
Così foss' ei, da che pure esser dee!
Chè più mi graverà com' più m'attempo.
(Inferno, XXVI, 10-12)

Für uns Anderssprachige ist es schwierig, ins letzte Geheimnis des fremden Verses einzudringen. Nicht uns steht ein Urteil zu, nicht wir haben das letzte Wort. Doch mir scheint, daß gerade hier jene fesselnde Geschmeidigkeit des Italienischen zu finden sei, die allein das Ohr eines gebürtigen Italieners voll zu erfassen vermag.

Hier will ich Marina Zwetajewa zitieren, die einmal von der »Geschmeidigkeit des Russischen« gesprochen hat.

Verfolgt man aufmerksam die Mundbewegungen eines klugen Rezitators, so scheint einem, als gebe er Taubstummen Unterricht, als spreche er mit dem Vorsatz, auch ohne Laute verstanden zu werden, indem er jeden Vokal mit pädagogischer Anschaulichkeit artikuliert. Und so genügt es, sich anzuschauen, wie der 26. Gesang klingt, um ihn auch zu hören. Ich würde meinen, die Vokale in diesem Gesang seien unruhig, zuckend.

Der Walzer ist allem zuvor Wellentanz. Es wäre unmöglich, etwas ihm auch nur entfernt Entsprechendes in der hellenischen oder in der ägyptischen Kultur zu finden, denkbar aber wäre es in der chinesischen, und völlig normal erscheint er in der neueren europäischen Kultur (diese Gegenüberstellung verdanke ich Spengler). Grundlage des Walzers ist die rein europäische Leidenschaft für sich wiederholende, schwingende Bewegungen, jenes Hinhören auf die Welle, das unsere ganze Schall- und Lichttheorie durchdringt, unsere ganze Lehre von der Materie, unsere Poesie und unsere Musik.

VI

Du Poesie, beneide ruhig die Kristallographie, kau dir die Nägel vor Wut und Ohnmacht! Denn es ist allgemein anerkannt, daß die mathematischen Kombinationen, die zur Kristallbildung notwendig sind, sich nicht aus dem dreidimensionalen Raum herleiten lassen. Dir aber versagt man die elementare Achtung, die jedes Stückchen Bergkristall genießt.

Dante und seine Zeitgenossen kannten keine geologische Zeit. Die paläontologische Uhr war ihnen noch unbekannt: die Uhr der Steinkohle, die Uhr des Fossilienkalks, die Uhr der Körnigkeit, des Feinstaubs, der Schichtenfolge. Sie drehten sich im Kreis des Kalenders, teilten den Tag in Quadranten. Dennoch paßte das Mittelalter nicht recht ins Ptolemäische Weltsystem: Es war ihm nur notdürftige Hülle.

Der biblischen Genesis fügte man die aristotelische Physik bei. Die beiden Dinge waren schwerlich vereinbar und wollten nicht zusammenwachsen. Die gewaltige Sprengkraft der Schöpfungsgeschichte, die Idee einer spontanen Genesis, attackierte von allen Seiten her das winzige Inselchen der Sorbonne, und wir gehen nicht fehl, wenn wir sagen, daß Dantes Menschen in einer Archaik lebten, die ringsum von Gegenwart umspült wurde wie der Erdball von Tjutschews Ozean. Wir können uns nur schwer vorstellen, daß absolut jedem bekannte Dinge – der einfachste Schulkram, der zu jedem Elementarunterricht gehört – wie die biblische Kosmogonie samt christlichen Zusätzen von den gebildeten Leuten jener Zeit buchstäblich wie die neueste Zeitung, wie ein druckfrisches Extrablatt aufgenommen wurden.

Wenn wir uns Dante unter diesem Gesichtspunkt nähern, zeigt sich, daß er an der biblischen Überlieferung weniger die heilige und blendende Seite sah, als vielmehr den Stoff, der durch heiße Reportage und leidenschaftliches Experimentieren effektvoll umgesetzt werden konnte.

Im 26. Gesang des *Paradiso* geht Dante sogar bis zu einem persönlichen Gespräch mit Adam: ein echtes Interview. Dabei wird er vom Evangelisten Johannes assistiert, dem Autor der Apokalypse.

Ich behaupte, daß in Dantes Umgang mit der Überlieferung bereits alle Elemente modernen Experimentierens zu finden sind, nämlich: die Schaffung spezieller Rahmenbedingungen für den Versuch, die Verwendung von Instrumenten, an deren Präzision nicht zu zweifeln ist, sowie eine Überprüfung des Resultats, die anschaulich sein muß.

Die Situation des 26. Gesanges im *Paradiso* läßt sich als feierliches Examen unter Konzertbedingungen auf optischen Instrumenten verstehen. Musik und Optik bilden den Knoten dieses Textes.

Die Antinomie des Danteschen Versuchs liegt darin, daß er zwischen Beispiel und Experiment hin und her springt. Das Beispiel wird dem patriarchalischen Futtersack des alten Bewußtseins entnommen, um sofort wieder dort zu landen, sobald es nicht mehr gebraucht wird. Das Experiment, das aus der Summe der Erfahrung die ihm notwendigen Fakten bezieht, gibt sie nicht laut Pfandschein wieder zurück, sondern setzt sie in Umlauf.

Die Gleichnisse der Evangelien und die scholastischen Beispiele der Schulweisheit sind ein Kraut, das gegessen und vertilgt wird. Die experimentelle Wissenschaft aber entnimmt einer zusammenhängenden Wirklichkeit Fakten und bildet aus ihnen gleichsam einen Samenfundus – das geschützte, unantastbare Eigentum einer noch ungeborenen Zeit, die erst entstehen muß.

Die Position des Experimentators, der mit den Fakten ein zuverlässiges Bündnis eingehen will, ist im wesentlichen schwankend, unruhig, seitwärts verschoben. Sie erinnert an die bereits erwähnte Figur des Walzers, denn nach jeder halben Drehung der seitwärts versetzten Fußspitze kommen die Fersen des Tänzers wohl wieder zusammen, doch jedesmal auf einem anderen Parkettstück und auf qualitativ neue Weise. Der schwindelerregende Mephisto-Walzer des Experimentierens hat seinen Keim im Trecento, vielleicht aber lange zuvor schon im Prozeß der poetischen Formwerdung, in der wellenartigen Prozeßhaftigkeit, in der Wandlungsfähigkeit der poetischen Materie, der genauesten aller Materien, der prophetischsten und der unzähmbarsten.

Vor lauter theologischer Terminologie, Schulgrammatik und allegorischen Einfältigkeiten haben wir die Experimentaltänze der Danteschen »Komödie« übersehen. Nach dem Vorbild einer toten Wissenschaft haben wir Dante mit Würden überhäuft, wo seine Theologie doch ein Gefäß voller Dynamik war.

Für die tastende Hand, die sich auf den Hals eines erwärmten Kruges legt, bekommt dieser seine Form dadurch, daß er warm ist. Wärme geht in diesem Fall der Form voraus, gerade sie leistet die skulpturierende Funktion. Im Zustand der Kälte, gewaltsam ihrem Glühen entrissen, taugt Dantes »Komödie« nur gerade zu einer Zerlegung mittels mechanistischer Zängelchen, nicht aber zum Lesen, zur ausführenden Lektüre.

Come quando dall'acqua o dallo specchio
Salta lo raggio all'opposita parte,
Salendo su per lo modo parecchio
A quel che scende, e tanto si diparte
Dal cader della pietra in egual tratta,
Sì come mostra esperienza ed arte . . .
(Purgatorio XV, 16-21)

»Wie der Sonnenstrahl, wenn er auf eine Wasserfläche oder einen Spiegel trifft, im gleichen Winkel abprallt, in dem er eingefallen ist, was ihn von einem fallenden Stein unterscheidet, der senkrecht von der Erde zurückspringt – wie uns die Erfahrung zeigt und auch die Kunst . . .«

In dem Moment, als Dante das Bedürfnis ankam, die Daten der Überlieferung empirisch nachzuprüfen, als er zum ersten Mal Geschmack fand an dem, was ich »heilige Induktion» nennen möchte, hatte die Konzeption der *Divina Commedia* bereits Gestalt gewonnen, ihr Gelingen war innerlich bereits gesichert.

Das Poem ist mit seiner dichtestbelaubten Seite der Autorität zugewandt, am rauschendsten, am konzertantesten ist es gerade dort, wo das Dogma es liebkost, der Kanon, das starke, goldmundige Predigerwort. Das Problem ist, daß wir in der Autorität, genauer gesagt im Autoritarismus, nur eine Absicherung gegen Irrtümer sehen und gar kein Ohr mehr haben für jene grandiose Musik der Zutraulichkeit und des Vertrauens, für jene feinsten, alpinen Regenbogen-Nuancen der Glaubhaftigkeit und der Glaubensfestigkeit, über die Dante verfügt.

> *Col quale il fantolin corre alla mamma –*
> (Purgatorio XXX, 44)

so schmiegt sich Dante an die Autorität.

Eine Reihe von Gesängen des *Paradiso* zeigt eine Examenshülle, die harte Einkapselung in ein Examen. An einigen Stellen hört man sogar deutlich den Baß des Examinators und das zitternde Stimmchen des Baccalaureus. Die Einsprengsel von Groteske und Genrebild (»Das Examen des Baccalaureus«) sind notwendige Bestandteile der hochfliegenden und konzertanten Kompositionen des dritten Teils. Eine erste kleine Probe davon finden wir bereits im zweiten Gesang des »Paradieses« (Beatrices Disput über den Ursprung der Mondflecken).

Um die Natur von Dantes Umgang mit den Autoritäten wirklich zu begreifen, d. h. die Form und Methode seiner Erkenntnis, sollten wir die Konzertsituation der Scholarengesänge der »Komödie« berücksichtigen, aber auch die Vorbereitung der Organe zu ihrer Wahrnehmung. Ich will mich nicht weiter bei der höchst erstaunlichen Inszenierung des Experiments mit der Kerze und den drei Spiegeln aufhalten, wo bewiesen wird, daß der Rückweg des Lichts seinen Ursprung in der Brechung des Lichtstrahls hat, doch muß ich unbedingt die Vorbereitung des Auges auf die Apperzeption neuer Gegenstände erwähnen.

Diese Vorbereitung gerät zu einer richtigen Anatomielektion: Dante ahnt den Schichtenaufbau der Netzhaut: *di gonna in gonna* . . .

Die Musik ist hier kein zufällig anwesender Gast, sondern Teilnehmerin am Disput. Genauer gesagt, fördert sie den Stoffwechsel der Meinungen, reguliert ihn, begünstigt die syllogistische Verdauung, breitet die Prämissen aus und verdichtet die Schlußfolgerungen. Ihre Rolle ist eine absorbierende und auflösende, sie spielt eine geradezu chemische Rolle.

Wenn man Dante mit Schwung und voller Überzeugung liest, wenn man voll und ganz ins Wirkungsfeld der poetischen Materie einzieht, sich selber Verbindungsglied werden läßt und seine eigenen Intonationen in Einklang bringt mit den Zurufen der Orchester- und Themengruppen, die fortwährend an der aufgewühlten und bewegten Oberfläche des Sinns zum Vorschein kommen; wenn man beginnt, in dem rauchfarbenen Kristall des Formklangs die tiefen Einsprengsel zu entdecken, die Beiklänge und Nebengedanken, die ihm nicht von einer poetischen, sondern von einer geologischen Intelligenz zubestimmt wurden, dann geht die rein stimmliche, intonierende und rhythmische Arbeit über in ein weit mächtigeres, koordinierendes Tun, nämlich ins Dirigieren, und über dem stimmführenden Raum tritt, aus der Stimme hervorgetrieben wie eine mathematisch komplexere Dimension aus der Dreidimensionalität, die ihn teilende Hegemonie des Dirigentenstabes in Kraft.

Was kommt zuerst: Hören oder Dirigieren? Wenn das Dirigieren nur ein leichtes Anschieben einer ohnehin fließenden Musik ist, wenn das Orchester schon an sich gut ist und tadellos zusammenspielt, wozu ist es dann da, das Dirigieren? Das Orchester ohne Dirigent, ein lange gehegter Traum, gehört zur selben Sorte abgeschmackter gesamteuropäischer »Ideale« wie die Weltsprache Esperanto, die das linguistische Zusammenspiel der ganzen Menschheit symbolisieren soll.

Schauen wir nach, wann der Dirigentenstab in Erscheinung trat, so sehen wir, daß er nicht spät und nicht früh, sondern genau dann aufkam, als er aufkommen mußte: Als ein neues, eigenständiges Tun schuf er sich in der Luft seine neue Oberhoheit.

Hören wir, wie der moderne Dirigentenstab aus dem Orchester geboren wurde, oder genauer: ausschlüpfte.

1732: Der Takt (Tempo oder Schlagmaß) wurde früher mit dem Fuß geschlagen, jetzt gewöhnlich mit der Hand. Der Dirigent ist der *conducteur*, der *Anführer* (Walther, »Musicalisches Lexicon«).

1753: Baron Grimm nennt den Dirigenten der Pariser Oper einen »Holzhacker« aufgrund der Gewohnheit, den Takt für alle hörbar laut zu schlagen, die seit Lullys Zeiten in der französischen Oper vorherrschend war (Schünemann, »Geschichte des Dirigierens«, 1913).

1810: Auf dem Frankenhausener Musikfest dirigierte Spohr mit einem Stöckchen aus zusammengerolltem Papier, »ohne das geringste Geräusch und ohne alle Grimassen« (Spohr, »Autobiographie«).

Der Dirigentenstab kam mit einiger Verspätung zur Welt: das chemisch reaktive Orchester war ihm zuvorgekommen. Die Nützlichkeit des Dirigentenstabes ist keineswegs der ausschließliche Grund für seine Entstehung. Im Tanz des Dirigenten, der dem Publikum den Rücken zukehrt, findet die chemische Natur der Orchesterklänge ihren Ausdruck. Und dieser Stab ist gewiß kein äußerliches, administratives Zubehör oder eine Art symphonische Polizei, die in einem idealen Staat wegfallen könnte. Er ist eine tanzende chemische Formel, welche die für das Gehör wahrnehmbaren Reaktionen integriert. Ebenso bitte ich darum, ihn nicht als zusätzliches, stummes Instrument aufzufassen, das zu größerer Anschaulichkeit und höherem Genuß erfunden worden wäre. In gewissem Sinne enthält dieses unanfechtbare Stöckchen qualitativ alle Elemente des Orchesters. Aber wie? Es riecht nicht nach ihnen und kann auch nicht nach ihnen riechen. Es riecht genausowenig, wie die chemische Formel für Chlor nach Chlor riecht, wie die Formel für Salmiak oder Ammoniak nach Ammoniak oder Salmiak riecht.

Ich habe Dante nicht deshalb zum Thema dieses Gesprächs gewählt, um ihn im Sinne eines »Lernen wir bei den Klassikern« als geeignetes Objekt anzubieten und ihn mit Shakespeare und Lew Tolstoj an eine bizarre Kirpotinsche Table d'hôte zu setzen, sondern deshalb, weil er der größte und unbestreitbare Meister der umkehrbaren und fortwährend sich wandelnden poetischen Materie ist, der früheste und zugleich kraftvollste chemische Dirigent einer einzig in Fluten und Wellen, einzig im Aufschwung und im Kreuzen existierenden poetischen Komposition.

VII

Dantes Gesänge sind Partituren eines besonderen chemischen Orchesters. Für das äußere Ohr am deutlichsten vernehmbar sind in ihnen die Vergleiche, die mit Ausbrüchen gleichzusetzen sind, und die Solopartien, d. h. Arien und Ariosos: eigentümliche Selbstbekenntnisse, Selbstgeißelungen oder Autobiographien, einmal kurz und auf einer Handfläche unterzubringen, lapidar wie eine Grabinschrift, dann wieder ausgedehnt wie eine von einer mittelalterlichen Universität ausgestellte Belobigungsurkunde, oder stark entwickelt, gegliedert und eine dramatische Opernreife erreichend wie die berühmte Kantilene Francescas.

Der 33. Gesang des *Inferno*, in dem Ugolino erzählt, wie Ruggieri, der Erzbischof von Pisa, ihn zusammen mit seinen drei Söhnen im Gefängnisturm verhungern ließ, ist in die Klangfarbe eines Violoncello gehüllt, die dickflüssig und schwer ist wie bitter gewordener, vergifteter Honig.

Die dickflüssige Klangfarbe des Violoncello ist zur Wiedergabe des Wartens und quälender Ungeduld wie keine andere geeignet. Keine Kraft der Welt könnte die Bewegung des aus dem geneigten Glas fließenden Honigs beschleunigen. Deshalb kam das Violoncello erst dann zu seiner Gestalt und Klangweise, als in Europa die Analyse der Zeit genügend fortgeschritten war, als die gedankenlosen Sonnenuhren überwunden waren und der bisherige Beobachter des Schattenstäbchens, das sich den römischen Ziffern im Sand entlangbewegte, sich zum leidenschaftlichen Teilhaber an der Differentialpassion, zum Märtyrer der unendlich-kleinen Größen verwandelt hatte. Das Violoncello verhält den Ton, auch wenn es sich noch so beeilt. Fragen Sie Brahms, der weiß das. Fragen Sie Dante, der hat das gehört.

Ugolinos Erzählung ist eine der bemerkenswertesten

Danteschen Arien, einer jener Fälle, wo ein Mensch die einmalige, nie wiederkehrende Möglichkeit erhält, endlich angehört zu werden, und sich vor den Augen des Zuhörers völlig verwandelt, wie ein Virtuose auf seinem Unglück spielt und seinem Elend ein nie gehörtes und ihm selber unbekanntes Timbre entlockt.

Man sollte sich strikte daran erinnern, daß die Klangfarbe ein Strukturprinzip ist, ähnlich der Alkalität oder dem Säuregehalt einer chemischen Verbindung. Nicht der Glaskolben ist der Raum, in dem die chemische Reaktion sich vollzieht. Das wäre zu einfach.

Die Violoncellostimme des im Gefängnis bärtig gewordenen, hungernden Ugolino, der mit seinen Söhnen eingesperrt ist, seinen Nestlingen, von denen der eine den markant violinenhaften Namen Anselmuccio trägt, fließt aus einer engen Spalte hervor –

> *Breve pertugio dentro dalla muda,*
> (Inferno XXXIII, 22)

und reift im Resonanzraum des Gefängnisses: Hier wird das Violoncello allen Ernstes dem Gefängnis zum Bruder gemacht. *Il carcere* – das Gefängnis – ergänzt die Sprecharbeit des autobiographischen Violoncello und bedingt sie akustisch.

Im Unterbewußtsein des italienischen Volkes spielte das Gefängnis eine gewichtige Rolle. Gefängnisalbträume wurden mit der Muttermilch eingesogen. Das Trecento warf die Menschen mit erstaunlicher Unbekümmertheit in den Kerker. Die gewöhnlichsten Gefängnisse standen der Besichtigung offen wie die Kirchen oder unsere Museen. Das Interesse am Gefängnis wurde sowohl von den Gefängniswärtern als auch vom Einschüchterungsapparat der kleinen Staaten ausgenutzt. Zwischen dem Gefängnis und der freien Außenwelt herrschte lebhafter Austausch, eine Art Diffusion, gegenseitige Durchdringung.

Und da ist nun Ugolinos Geschichte, eine jener herumgeisternden Anekdoten, ein kleiner Albtraum, mit dem Mütter ihren Kindern Angst einjagen, einer jener angenehmen Schrecken, die man als Medizin gegen die Schlaflosigkeit mit Wohlbehagen vor sich hinmurmelt, wenn man sich im Bett von einer Seite auf die andere wälzt. Sie ist bekannt wie eine Ballade, wie Bürgers Lenore, wie die Loreley oder der *Erlkönig*.

In dieser Hinsicht gleicht sie dem Glaskolben, der simpel und verständlich ist, unabhängig von der Qualität des in ihm ablaufenden chemischen Prozesses.

Doch das Violoncello-Largo, das uns Dante in Ugolinos Namen darbringt, hat seinen eigenen Raum und seine eigene Struktur, die sich über die Klangfarbe offenbaren. Der Balladenglaskolben mit seiner Allbekanntheit ist in Scherben gegangen. Jetzt beginnt die Chemie mit ihrem architektonischen Drama.

I' non so chi se', nè per che modo
Venuto se' quaggiù; ma Fiorentino
Mi sembri veramente quand' io t'odo.
Tu dei saper ch' io fui Conte Ugolino . . .
(Inferno XXXIII, 10-13)

». . . Ich weiß nicht, wer du bist und wie du hierher gekommen bist, doch Florentiner scheinst du wirklich mir, wenn ich dich sprechen höre. Du mußt wissen, daß ich Graf Ugolino war . . .«

»Du mußt wissen« – *tu dei saper* – ist der erste Cellostrich, erstes Hervorbrechen des Themas.

Zweiter Cellostrich: Wenn du jetzt nicht weinen mußt, dann weiß ich nicht, was überhaupt dich weinen machen könnte . . . Da tun sich wahrhaft grenzenlose Horizonte des Mitleids auf. Mehr noch: der Mitleidende wird zum neuen Partner, schon dringt aus der fernen Zukunft seine vibrierende Stimme bis hierher.

Nicht zufällig habe ich von der Ballade gesprochen. In ihrer Chemie ist Ugolinos Erzählung eine echte Ballade, auch wenn sie in eine Gefängnisretorte eingeschlossen ist. Hier die Elemente der Ballade: das Gespräch des Vaters mit seinen Söhnen (erinnern Sie sich an den »Erlkönig«); der Wettlauf mit einer außer Kontrolle geratenden Geschwindigkeit, d. h., um die Parallele mit dem »Erlkönig« fortzuführen, auf der einen Seite der rasende Ritt mit dem zitternden Sohn in den Armen, auf der andern Seite die Gefängnissituation, das Abzählen der herabtropfenden Takte, die den Vater mit seinen drei Kindern der mathematisch denkbaren, dem väterlichen Bewußtsein jedoch unmöglich scheinenden Schwelle des Hungertodes näherbringen. Derselbe galoppierende Rhythmus erscheint hier in verhüllter Form, im dumpfen Aufheulen des Violoncello, das mit aller Kraft versucht, der Situation zu entfliehen und so das Klangbild eines noch grausameren, langsamen Wettlaufs liefert, indem es die Geschwindigkeit in die feinsten Fasern zerlegt.

Ähnlich wie das Violoncello irregeworden mit sich selber spricht und Fragen wie Antworten aus sich selber hervorpreßt, drängen sich in Ugolinos Erzählung schließlich die anrührenden und hilflosen Repliken der Söhne:

... ed Anselmuccio mio
Disse: »Tu guardi sì, padre: che hai?
(Inferno XXXIII, 50-51)

»... Und mein Anselmuccio sagte: ›Vater, was schaust du so? Was hast du?«

Die dramatische Struktur der Erzählung hat also ihren Ursprung in der Klangfarbe, und diese Klangfarbe wird nicht etwa nachträglich für sie ausgesucht und ihr wie einem Schuhleisten übergespannt.

VIII

Mit scheint, Dante habe aufmerksam alle Sprachdefekte studiert, den Stotterern gelauscht, den Lisplern, den Näselnden, allen Aussprachefehlern, und habe viel von ihnen gelernt.

Diesen Eindruck erweckt das Lautkolorit des 32. Gesanges im *Inferno*.

Eine eigentümliche Lippenmusik: *abbo – gabbo – babbo – Tebe – plebe – zebe – converrebbe*. Als sei an der Erschaffung der Phonetik ein Kindermädchen beteiligt. Einmal werden die Lippen nach Kinderart vorgewölbt, dann wieder verlängern sie sich zu einem Rüsselchen.

Die Labiale bilden gleichsam den »bezifferten Baß«, den *basso continuo*, d. h. die Akkordgrundlage einer Harmonisierung. Ihnen schließen sich schnalzende, saugende, pfeifende, aber auch klirrende und summende Dentale an.

Ich ziehe willkürlich einen dieser Fäden heraus: *cagnazzi – riprezzo – guazzi – mezzo – gravezza*.

Zupfen, Schnalzen und labiale Explosionen brechen auch nicht eine Sekunde ab.

In den Gesang ist ein kleiner Wortschatz eingesprengt, den ich als Sortiment von Seminarzöglingshetze oder blutdürstigen Schülersticheleien bezeichnen würde: *cuticagna* (Genickhaar); *dischiomi* (du rupfst Haarbüschel aus); *sonar con le mascelle* (das Maul aufreißen, krakeelen); *pigliare a gabbo* (prahlen, aufschneiden). Mit dieser absichtlich schamlosen, bewußt infantilen Orchestrierung züchtet Dante die Kristalle für die lautliche Landschaft der Giudecca (der Kreis des Judas) und der Kaina (der Kreis Kains).

Non fece al corso suo sì grosso velo
D'inverno la Danoia in Osterlic,
Nè Tanai là sotto il freddo cielo,

Com'era quivi; chè, se Tambernic
Vi fosse su caduto, o Pietrapana,
Non avria pur dall'orlo fatto cric.
(Inferno XXXII, 25-30)

Plötzlich quakt da mir nichts, dir nichts eine slawische Ente: *Osterlic, Tambernic, cric* (das lautmalerische Wörtchen »krach!«).

Das Eis verursacht eine phonetische Explosion und zerfällt in die Namen Donau und Don. Die Kältetendenz des 32. Gesanges rührt vom Eindringen der Physik in eine moralische Idee her: Verrat, gefrorenes Gewissen, die Ataraxie der Schande, der absolute Nullpunkt.

Der zweiunddreißigste Gesang ist seinem Tempo nach ein modernes Scherzo. Doch was für eins? Ein anatomisches Scherzo, das die Degeneration des Sprechens an lautmalerischem, infantilem Material untersucht.

Hier eröffnet sich ein neuer Zusammenhang: Essen und Sprechen. Die Schandrede tritt den Rückweg an, kehrt zurück ins Schmatzen, Beißen, Glucksen, Käuen.

Essen und Sprechen zeigen beinahe dieselbe Artikulation. Da entsteht eine seltsame Heuschreckphonetik:

Mettendo i denti in nota di cicogna –
(Inferno XXXII, 36)

»Mit den Zähnen arbeitend in der Art der Heupferdkiefer.«

Zum Schluß ist noch anzumerken, daß dieser 32. Gesang voll ist von anatomischer Lustbegierde.

»Jener berühmte Stoß, der die Ganzheit des Körpers zerstörte und zugleich seinen Schatten zerfetzte . . .« (*Inferno* XXXII, 61-62). Ebenda mit einem geradezu chirurgischen Vergnügen: »Der, dem Florenz die Halswirbel durchschlug . . .« –

Di cui segò Fiorenza la gorgiera . . .
(Inferno XXXII, 120)

Und weiter: »Gierig wie ein Hungernder aufs Brot sich stürzt, warf sich der eine auf den andern, grub seine Zähne ganz genau in jene Stelle, wo der Hinterkopf in den Nakken übergeht . . .« –

Là 've il cervel s'aggiunge con la nuca . . .
(Inferno XXXII, 129)

All das tänzelt her wie ein Dürersches Skelett mit seinen Scharniergelenken und führt hin zur deutschen Anatomie.

Denn ein bißchen ist der Mörder auch Anatom.

Denn für das Mittelalter war der Henker ein klein wenig auch wissenschaftlicher Arbeiter.

Kriegskunst und Hinrichtungskunst sind der Vorraum zum anatomischen Theater.

IX

Das *Inferno* ist ein Pfandleihhaus, in dem alle Dante bekannten Länder und Städte unauslösbar hinterlegt sind. Die gewaltige Konstruktion der Höllenkreise besitzt ein Gerippe. Sie läßt sich nicht in Gestalt eines Trichters wiedergeben. Sie läßt sich nicht auf einer Reliefkarte darstellen. Die Hölle hängt auf dem Eisendraht des Egoismus der Städte.

Es wäre falsch, das *Inferno* als etwas Räumliches zu denken, als eine Vereinigung riesiger Zirkusse, heißer Sandwüsten, stinkender Sümpfe, babylonischer Metropolen und rotglühender Moscheen. Die Hölle hat keinen Inhalt und keinen Umfang: genau wie eine Epidemie, eine Seuche oder die Pest – wie jede Seuche breitet sie sich aus, ohne im eigentlichen Sinne räumlich zu sein.

Stadtliebe, Stadtleidenschaft, Haß auf die Stadt – das ist die Materie des *Inferno*. Die Höllenkreise sind nichts anderes als die Saturnringe des Exils. Dem Verbannten ist seine einzige, verbotene und unwiederbringlich verlorene Stadt ein Überall – er ist von ihr eingekreist. Ich möchte damit sagen, daß das *Inferno* eingekreist ist von Florenz. Die italienischen Städte bei Dante – Pisa, Florenz, Lucca, Verona, diese lieben Planeten ihrer Bürger – sind zu ungeheuren Ringen ausgedehnt, zu Gürteln geweitet, in einen nebelhaften, gasförmigen Zustand zurückversetzt.

Der Anti-Landschaftscharakter des *Inferno* ist gleichsam Bedingung für seine Anschaulichkeit.

Stellen Sie sich vor, das grandiose Experiment Foucaults würde nicht mit einem, sondern mit vielen Pendeln durchgeführt, die ineinander schwingen. Hier existiert der Raum nur als Futteral für die Amplituden. Dantes Bilder genauer zu fassen, ist ebenso undenkbar, wie die Familiennamen all derer aufzuzählen, die an der Völkerwanderung teilgenommen haben.

»Wie die Flamen zwischen Zuidzande und Brügge aus

Furcht vor der peitschenden Meeresflut Deiche errichten, damit das Meer zurücklaufe; und wie die Bürger von Padua entlang dem Ufer der Brenta Dämme aufschütten aus Sorge um die Sicherheit ihrer Städte und Schlösser und in Voraussicht des Frühlings, der den Schnee der Chiarentana (ein Teil der Schneealpen) zum Schmelzen bringt – so waren auch diese, nicht ganz so monumentalen Dämme, wer immer auch ihr Ingenieur gewesen war . . .« (*Inferno* XV, 4-12).

Hier schwingen die Monde des vielteiligen Pendels von Brügge bis nach Padua, halten eine Vorlesung in europäischer Geographie, einen Vortrag über Ingenieurskunst, über die technische Sicherung der Städte, über die Organisation öffentlicher Arbeiten und über die staatsweite Bedeutung der alpinen Wasserscheide für Italien.

Wir, die wir vor einer einzigen Verszeile auf den Knien kriechen, was haben wir von diesem Reichtum bewahrt? Wo sind seine Erben, wo seine Verfechter? Was sollen wir anfangen mit unserer Poesie, die so schändlich hinter der Wissenschaft zurückbleibt?

Schrecklich zu denken, daß die blendenden Explosionen der modernen Physik und Kinetik schon 600 Jahre vor ihrem Erdonnern genutzt wurden, und kein Wort ist scharf genug, die beschämende, barbarische Gleichgültigkeit anzuprangern, die die jämmerlichen Setzer eines vorgefertigten Sinns ihnen gegenüber an den Tag legen.

Poetische Sprache erschafft ihre Instrumente im Gehen, und im Gehen vernichtet sie sie auch.

Von all unseren Künsten ist einzig die Malerei, besonders die neuere französische, noch imstande, Dante zu hören. Eine Malerei, die die Körper der Pferde in die Länge dehnt, wenn sie sich auf der Rennbahn der Ziellinie nähern.

Jedesmal, wenn eine Metapher die pflanzlichen Farben des Seins zum artikulierten Ausbruch steigert, erinnere ich mich dankbar an Dante.

Wir beschreiben immer gerade das, was nicht beschrieben werden kann, nämlich den zum Stillstand gebrachten Text der Natur, und haben verlernt, das einzige zu beschreiben, was seiner Struktur nach sich der poetischen Darstellung fügt, nämlich Ausbrüche, Intentionen, Schwingungen.

Ptolemäus ist durch die Hintertür zurückgekommen! Giordano Bruno hat man ganz umsonst verbrannt!

Unsere Schöpfungen sind bereits im Mutterleib allen und jedem bekannt, doch Dantes vielgliedrige, unter vielen Segeln segelnde und kinetisch aufglühende Vergleiche haben bis heute den Reiz des noch nie Gesagten bewahrt.

Verblüffend ist seine »Reflexologie des Sprechens«, eine ganze, bis heute nicht verwirklichte Wissenschaft von der spontanen psycho-physiologischen Einwirkung des Wortes auf die Gesprächspartner, auf die Zuhörer und auf den Sprechenden selber, auch gewisse Mittel, den Drang zu sprechen wiederzugeben, etwa den plötzlichen Wunsch, sich zu äußern, mit einem Lichtzeichen zu signalisieren.

Hier kommt er der Wellentheorie von Schall und Licht sehr nahe, hier determiniert er ihre Verwandtschaft.

»So wie ein Tier unter einer Pferdedecke sich erregt und gereizt bewegt, und nur die sich rührenden Falten des Stoffes seine Unzufriedenheit verraten, so bezeigte mir die erstgeschaffene Seele (Adam) durch die Hülle (des Lichts), wie gern, mit wieviel Freude sie auf meine Frage Antwort geben wolle . . .« (*Paradiso* XXVI, 97-102).

Im dritten Teil der »Komödie«, dem *Paradiso*, sehe ich ein wahres kinetisches Ballett. Hier finden sich alle Arten von Lichtfiguren und Tänzen, bis hin zu den stampfenden Absätzen eines Hochzeitstanzes.

»Vor mir brannten vier Fackeln, und die mir am nächsten war, lebte plötzlich auf und färbte sich rosarot, als hätten Jupiter und Mars sich in Vögel verwandelt und würden unter sich die Federn tauschen« (*Paradiso* XXVII, 10-15).

Ist das nicht seltsam: Ein Mensch, der zum Sprechen ansetzt, rüstet sich mit einem straff gespannten Bogen, legt einen Vorrat gefiederter Pfeile bereit, richtet Spiegel und gewölbte Linsengläser ein und blinzelt nach den Sternen wie ein Schneider, der einen Faden ins Nadelöhr einfädeln will . . .

Dieses Sammelzitat, das verschiedene Stellen der »Komödie« vereinigt, habe ich mir ausgedacht, um die sprechvorbereitenden Schritte von Dantes Poesie möglichst genau zu charakterisieren.

Die Vorbereitung des Sprechens ist noch mehr seine Sache als die Artikulation, das Sprechen selber.

Erinnern Sie sich an die wundervolle Bitte, die Vergil an den listigsten aller Griechen richtet.

Sie wird ganz und gar gewiegt von der Weichheit italienischer Diphtonge.

Es sind die sich windenden, schmeichelnden und stotternden Zünglein ungeschützter Öllämpchen, die den durchtränkten Docht umbrabbeln . . .

O voi, che siete due dentro ad un foco,
S'io meritai di voi, mentre ch'io vissi,
S'io meritai di voi assai o poco . . .
(Inferno XXVI, 79-81)

Dante bestimmt Herkunft, Schicksal und Charakter eines Menschen nach der Stimme, wie die Medizin seiner Zeit den Gesundheitszustand nach der Farbe des Urins beurteilte.

X

Er ist durchdrungen vom Gefühl unsagbarer Dankbarkeit für den blendenden Reichtum, der ihm in die Hände fällt. Seine Sorge ist nicht eben klein: Er muß Raum schaffen für das Anströmende, das erstarrte Sehen vom Star befreien, sich darum bekümmern, daß die großzügig hervorströmende poetische Materie nicht zwischen den Fingern zerrinnt, nicht ein leeres Sieb hinterläßt.

Tutti dicean: »Benedictus qui venis!«
E fior gittando di sopra e dintorno:
»Manibus o date lilia plenis!«
(Purgatorio XXX, 19-21)

Das Geheimnis seines Fassungsvermögens liegt darin, daß er nicht ein einziges Wörtchen von sich aus dazutut. Alles mögliche treibt ihn an, nur nicht das Erfundene, nicht der Erfindergeist. Dante und die Phantasie – das ist doch unvereinbar! Schämt euch, ihr französischen Romantiker, ihr unglücklichen *Incroyables* mit euren roten Westen, die ihr Alighieri verleumdet habt! Was für eine Phantasie hat er denn? Er schreibt nach Diktat, er ist Kopist, ein Übersetzer. Sein Rücken ist krumm geworden in der Haltung des Schreibers, der erschrocken auf das illuminierte Original schielt, das ihm aus der Bibliothek des Priors ausgeliehen wurde.

Ich vergaß vielleicht zu sagen, daß die »Komödie« gleichsam in einer hypnotischen Séance entstanden ist. Das ist die Wahrheit, wenn auch vielleicht etwas zu grell formuliert. Betrachtet man dieses erstaunliche Werk unter dem Gesichtspunkt der Schriftkultur, unter dem Gesichtspunkt einer eigenständigen Schreibkunst, die um das Jahr 1300 der Malerei und der Musik völlig gleichberechtigt gegenüberstand und zu den meistgeachteten Berufen gehörte, so fügt sich den bereits vorgeschlagenen

Analogien eine weitere hinzu: das Schreiben nach Diktat, das Abschreiben, das Kopieren.

Manchmal, sehr selten, zeigt er uns sein Schreibgerät. Die Feder heißt *penna*, hat also Anteil am Vogelflug. Tinte heißt *inchiostro*, zeigt ihre Zugehörigkeit zum klösterlichen Leben. Verse heißen ebenfalls *inchiostri*, oder sie werden mit dem lateinischen Schulausdruck *versi* genannt, oder – noch bescheidener – *carte*, was eine erstaunliche Vertauschung von Versen und beschriebenen Seiten darstellt.

Wenn alles niedergeschrieben und fertig ist, so wird noch lange kein Punkt gesetzt: Man muß es irgendwo hintragen, irgendwem zeigen, damit es geprüft und gelobt werde.

Abschreiben ist gar kein Ausdruck: Hier geht es um eine Reinschrift nach dem Diktat der grausamsten und ungeduldigsten Diktierer. Der Diktierer und Anordner ist weit wichtiger als der sogenannte Dichter.

... Jetzt bemühe ich mich noch ein wenig, dann muß das tränengenetzte Heft des bärtigen Schülers der strengen Beatrice vorgelegt werden, die nicht nur in Ruhm, sondern auch in Gelehrsamkeit erstrahlt.

Lange vor Rimbauds Farbenalphabet hatte Dante die Farbe mit dem Vollaut artikulierter Sprache verknüpft. Doch er ist ein Färber, ein Textilarbeiter. Sein ABC ist ein Alphabet sich bauschender, mit bunten Pulvern, pflanzlichen Farben gefärbter Gewebe:

Sopra candido vel cinta d'oliva
Donna m'apparve, sotto verde manto,
Vestita di color di fiamma viva.
(Purgatorio XXX, 31-33)

Sein Drang zu Farben ist eher textil- als alphabetbezogen. Farbe offenbart sich ihm erst im Gewebe. Das Textil ist bei

Dante höchste Intensität materieller Natur als einer Substanz, die durch ihre Farblichkeit definiert ist. Webkunst ist das Tun, das dem Qualitativen, der Qualität am nächsten steht.

Nun will ich versuchen, einen der zahllosen Dirigierflüge von Dantes Dirigentenstab zu beschreiben. Wir betrachten diesen Flug in seiner Einfügung in den realen Rahmen einer kostbaren und auf den Augenblick bezogenen Arbeit.

Beginnen wir beim Schreiben selber. Die Feder zeichnet kalligraphische Buchstaben, malt Eigennamen und Gattungsnamen. Die Feder ist ein Teilchen des Vogelkörpers. Dante, der nie die Herkunft der Dinge vergißt, erinnert sich natürlich daran. Die Technik des Schreibens mit ihren Strichen und Bögen geht über in den Figurenflug von Vogelschwärmen:

E come augelli surti di rivera
Quasi congratulando a lor pasture,
Fanno di sè or tonda or altra schiera;
Sì dentro ai lumi sante creature
Volitando cantavano, e faciensi
Or D, or I, or L, in sue figure.
(Paradiso XVIII, 73-78)

Wie die Buchstaben unter der Hand eines Schreibers, der dem Diktierer gehorcht und die Literatur nicht als ein fertiges Produkt erlebt, vom Lockmittel des Sinns angelockt werden wie von einer herrlichen Speise, genauso picken die Vögel, magnetisiert vom grünen Gras, bald einzeln, bald gemeinsam, was ihnen vor die Schnäbel kommt, entfalten sich einmal zu einem Kreis, ziehen dann wieder in einer Linie dahin . . .

Schreiben und Sprechen sind nicht vergleichbar. Buchstaben entsprechen den Intervallen. Die alte italienische

Grammatik ist genau wie unsere russische ein erregter Vogelschwarm, eine bunte toskanische *schiera*, die florentinische Menschenschar, die Gesetze wie Handschuhe wechselt und gegen Abend schon vergißt, was sie am Morgen zum Allgemeinwohl erlassen hat.

Es gibt keine Syntax: Es gibt nur den magnetisierten Ausbruch, die Sehnsucht nach dem Schiffsheck, die Sehnsucht nach der Würmerspeise, die Sehnsucht nach dem noch nicht erlassenen Gesetz, die Sehnsucht nach Florenz.

XI

Kommen wir noch einmal zur Frage der Danteschen Farbgebung zurück.

Das Innere des Berggesteins, der in ihm verborgene Aladinsche Raum, das Laternenhafte, Lampenhafte, lüsterhaft Hängende der in ihm angelegten Fischkammern ist der allerbeste Schlüssel zur Farbgebung der »Komödie«.

Eine Mineraliensammlung ist der herrlichste organische Kommentar zu Dante.

Ich erlaube mir ein kleines autobiographisches Bekenntnis. Die von der Flut angespülten Steinchen des Schwarzen Meeres haben mir nicht wenig geholfen, als die Konzeption dieses Gesprächs heranreifte. Ich habe mich freimütig mit den Chalzedonen, den Karneolen, den kristallinen Gipsen, den Spaten, den Quarzen usw. beraten. Da wurde mir plötzlich klar, daß der Stein gleichsam ein Tagebuch des Wetters ist, meteorologische Verdichtung. Der Stein ist nichts anderes als das aus dem atmosphärischen in einen funktionalen Raum übergeführte Wetter selber. Um das zu verstehen, muß man sich vorstellen, daß alle geologischen Veränderungen und selbst die großen Schübe vollkommen in Elemente des Wetters zerlegbar sind. In diesem Sinne ist die Meteorologie ursprünglicher als die Mineralogie, sie umfaßt sie, umspült sie, bestimmt ihr Alter und verleiht ihr einen Sinn.

Die wunderbaren Seiten, die Novalis dem Bergmanns- und Steigerwesen widmet, konkretisieren die Wechselbeziehung von Stein und Kultur, lassen die Kultur wie eine Gesteinsschicht anwachsen, leuchten sie aus mit dem Licht steingewordenen Wetters.

Der Stein ist das impressionistische Tagebuch des Wetters, angesammelt in Millionen unruhigster Jahre. Doch er ist nicht nur Vergangenheit, er ist auch Zukunft: In ihm birgt sich Periodizität. Er ist Aladins Wunderlampe, die das geologische Halbdunkel künftiger Zeiten durchdringt.

Das Unvereinbare vereinend, veränderte Dante die Struktur der Zeit, und vielleicht auch umgekehrt: Er war gerade deshalb gezwungen, den Weg der Glossolalie der Fakten, den Weg des Synchronismus durch Jahrhunderte getrennter Ereignisse, Namen und Überlieferungen zu beschreiten, weil er die Obertöne der Zeit hörte.

Die von Dante gewählte Methode ist anachronistisch: ihr bester Wortführer ist Homer, der mit dem Degen an der Seite in Gesellschaft von Ovid, Horaz und Lukan aus dem trüben Schatten milder Orpheuschöre hervortritt, wo sie sich zu viert im literarischen Gespräch eine tränenlose Ewigkeit verkürzen.

Zeichen für das Stehenbleiben der Zeit sind für Dante nicht nur die sphärischen astronomischen Körper, sondern grundsätzlich alle Dinge und Personen. Alles Maschinelle ist ihm fremd. Der Kausalität gegenüber empfindet er Widerwillen: Derartige Prophezeiungen sind gerade recht als Streu für die Schweine.

Faccian le bestie Fiesolane strame
Di lor medesme, e non tocchin la pianta,
S'alcuna surge ancor nel lor letame . . .
(Inferno XV, 73-75)

Auf die direkte Frage, was die Dantesche Metapher sei, würde ich antworten: Ich weiß es nicht, denn die Metapher kann man nur metaphorisch definieren, und das ist wissenschaftlich begründbar. Doch mir scheint, daß Dantes Metapher das Stehenbleiben der Zeit bezeichnet. Ihre Wurzel liegt nicht in dem Wörtchen »wie«, sondern im Wort »als«. Sein *quando* klingt wie ein *come*. Das Dröhnen Ovids war ihm näher als die französische Redekunst Vergils.

Immer wieder wende ich mich an den Leser und bitte

ihn, sich etwas »vorzustellen«: Ich greife also zur Analogie mit dem einen Ziel, die Unzulänglichkeit unseres Begriffssystems auszugleichen.

Stellen Sie sich also vor, daß die folgenden Personen in eine singende und dröhnende Orgel wie in ein offenes Haus eintreten und sich darin verborgen halten: der Patriarch Abraham und König David, das ganze Volk Israel mit Isaak, Jakob und allen Verwandten, auch Rahel, um derentwillen Jakob soviel gelitten hat.

Zuvor schon eingetreten sind unser Urvater Adam mit seinem Sohn Abel, der alte Noah und Moses, der Gesetzgeber und Gehorchende ...

Trasseci l'ombra del primo parente,
D'Abel suo figlio, e quella di Noè,
Di Moisè legista e ubbidiente;
Abraam patriarca, e David re,
Israel con lo padre e co' suoi nati,
E con Rachele, per cui tanto fe' ...
(Inferno IV, 55-60)

Dann bekommt die Orgel auch noch die Fähigkeit, sich zu bewegen, all ihre Pfeifen und Bälge geraten in ungewöhnliche Erregung, und tobend und wütend tritt sie plötzlich ab.

Würden die Säle der Eremitage plötzlich verrückt, würden sich die Bilder aller Schulen und Meister plötzlich von den Nägeln lösen und ineinander übergehen, sich mischen und die Zimmerluft mit futuristischem Gebrüll und tobender Erregung der Farben füllen, bekämen wir etwas, was der Danteschen »Komödie« vergleichbar wäre.

Dante der Schulrhetorik zu entreißen, hieße der ganzen europäischen Aufklärung einen wichtigen Dienst erweisen. Ich hoffe, daß es dazu nicht der Arbeit von Jahrhunderten bedarf, doch wird es nur mit vereinten, weltweiten

Anstrengungen gelingen, einen echten Anti-Kommentar zur Arbeit ganzer Generationen von Scholasten, kriechenden Philologen und Pseudo-Biographen zu schaffen. Die mangelnde Achtung vor der poetischen Materie, die nur im ausführenden Vollzug, nur im Flug des Dirigentenstabes erkannt werden kann, war der Grund für die allgemeine Blindheit gegenüber Dante, dem größten Meister und Gestalter dieser Materie, dem größten Dirigenten der europäischen Kunst, der die Formierung eines Orchesters um Jahrhunderte vorweggenommen hat, das – wem wohl? – dem Integral des Dirigentenstabes bereits adäquat war ...

Kalligraphische Komposition, verwirklicht mit den Mitteln der Improvisation: So etwa könnte die Formel für Dantes schöpferischen Ausbruch lauten, den man gleichzeitig als Flug und als etwas Vollendetes aufzunehmen hätte. Vergleiche sind artikulierte Ausbrüche.

Die von der Konstruktion her komplexesten Teile des Poems werden auf einer Hirtenflöte, auf einer Lockpfeife gespielt. Immer wieder wird die Hirtenflöte vorangeschickt.

Hier meine ich Dantes Introduktionen, die er gleichsam auf gut Glück, als Versuchsballons losschickt.

Quando si parte il giuoco della zara,
    Colui che perde si riman dolente,
    Ripetendo le volte, e tristo impara;
Con l'altro se ne va tutta la gente:
    Qual va dinanzi, e qual di retro il prende,
    E qual da lato gli si reca a mente:
Ei non s'arresta, e questo e quello intende;
    A cui porge la man più non fa pressa;
    E così dalla calca si difende.
    (Purgatorio VI, 1-9)

»Ist das Würfelspiel zu Ende, spielt der Verlierer in trauriger Einsamkeit die Partie noch einmal durch, wirft verzagt seine Würfel. Dem erfolgreichen Spieler hängt sich die ganze Kumpanei an: Einer läuft ihm voraus, ein andrer zupft ihn von hinten, ein dritter drängt sich von der Seite schmeichelnd an ihn und will sich ihm in Erinnerung bringen; doch der Glückspilz geht einfach weiter, hört alle ohne Unterschied an, gibt jedem die Hand und befreit sich damit von den lästigen Dränglern . . .«

So also klingt dieses »Straßenlied« im »Fegefeuer« mit seinem Gedränge von lästigen Florentinerseelen, die es erstens nach Klatsch, zweitens nach Protektion und drittens wieder nach Klatsch verlangt, klingt auf der Lockpfeife des Genres, auf der typischen flämischen Hirtenflöte, die in der Malerei erst dreihundert Jahre später auftaucht.

Noch eine interessante Überlegung drängt sich hier auf: Der (erläuternde) Kommentar ist ein nicht wegzudenkendes Strukturelement der »Komödie« selber. Das Wunderschiff hat bereits mit den an ihm haftenden kleinen Muscheln seine Werft verlassen. Der Kommentar entspringt dem Straßenpalaver, dem Gerücht, der florentinischen Verleumdung mit ihren vielen Mündern. Er ist unvermeidlich wie der Eisvogel, der Batjuschkows Schiff hinterherfliegt.

. . . Da, da, schauen Sie nur: Da geht der alte Marzucco. Wie prächtig der sich gehalten hat auf der Beerdigung seines Sohnes! Ein außergewöhnlich tapferer Alter . . . Und wissen Sie, Pietro della Broccia hat man ganz umsonst geköpft – der war so rein wie Glas . . . Da ist doch eine dunkle Frauenhand im Spiel . . . Übrigens, da ist er ja selber – gehen wir hin, fragen wir ihn . . .

Die poetische Materie hat keine Stimme. Sie malt nicht mit Farben und drückt sich nicht mit Worten aus. Sie hat keine Form und keinen Inhalt, aus dem einfachen Grund, weil sie einzig im Vollzug existiert. Der fertige Text ist nichts anderes als ein kalligraphisches Produkt, das unvermeidlich nach dem vollzogenen Ausbruch übrigbleibt. Wird die Feder wieder ins Tintenfaß getaucht, ist der fixierte, festgehaltene Text nichts anderes als eine Ansammlung von Buchstaben, die völlig den gleichen Status hat wie das Tintenfaß.

Spricht man über Dante, sollte man weniger die Formwerdung im Auge behalten als das Werden des Ausbruchs – diese textilen, segelnden, scholarenhaften, meteorologischen, ingenieurtechnischen, stadtbezogenen, kleinhandwerklichen und anderen Ausbrüche, deren Liste man ins Unendliche fortsetzen könnte.

Mit anderen Worten: Die Syntax läßt uns in die Irre gehen. Alle Nominative müßten durch richtungsweisende Dative ersetzt werden. Das ist das Gesetz der umkehrbaren und fortwährend sich wandelnden poetischen Materie, die einzig im Vollzug, im Ausbruch existiert.

... Hier ist alles anders: Das Substantiv ist das Ziel, nicht das Subjekt des Satzes. Gegenstand der Danteforschung wird einmal, hoffe ich, dies sein: das Verhältnis von Ausbruch und Text.

1933

Entwürfe zum »GESPRÄCH ÜBER DANTE« (Notizbuch)

(1)

Was aber ist ein Bild? Instrument in der Metamorphose gekreuzter poetischer Sprache.

Mit Dantes Hilfe werden wir das verstehen. /Bei seiner Hilfe werden wir Scham verspüren für unsere Zeitgenossen, falls Scham als Gefühl noch nicht »überlebt« ist./

Doch Dante wird uns das Wesen der Instrumente nicht lehren können: Er hat sich bereits abgewandt und ist verschwunden. Er ist selber Instrument in der Metamorphose der sich ballenden und entfaltenden *literarischen Zeit*, die zu *hören* wir verlernt haben, die wir jedoch bei uns wie auch im Westen studieren als eine Nacherzählung sogenannter »kultureller Formationen«.

Hier ist es angebracht, ein wenig von dem Begriff der sogenannten »Kultur« zu sprechen und sich die Frage zu stellen, ob denn die poetische Sprache sich als Ganzes so unbestreitbar in den Inhalt der Kultur einordnen läßt, welch letztere ja nichts anderes ist als eine Summe verbindlicher Anstandsregeln gewisser in ihrer Entwicklung gehemmter und in passivem Verstehen verharrender geschichtlicher Formationen.

/»Ägyptische Kultur« bedeutet im wesentlichen ägyptische Anstandsregeln; »mittelalterliche Kultur« also mittelalterliche Anstandsregeln. Liebhaber des Begriffs der »Kultur«, die mit dem Amun-Ra-Kult oder den Thesen des Tridentiner Konzils im Grunde nicht einverstanden sind, werden also, ob sie es wollen oder nicht, in einen Kreis sozusagen »unanständiger Anstandsregeln« hineingezerrt. Genau das ist das Wesen der Kulturanbetung, die im vorigen Jahrhundert Universität und Schule in Europa überschwemmt und das Blut all derer vergiftet hat, die die echten Baumeister der aktuellen geschichtlichen Formationen hätten sein können. Und was am allerschmerzlichsten ist: Sie hat immer wieder gerade dem die Gestalt schlimmster Ignoranz verliehen, was ein lebendiges, konkretes, glänzendes, in die Vergangenheit wie auch in die Zukunft tragendes Wissen hätte sein können./

Die poetische Sprache in die »Kultur« als in eine Nacherzählung der geschichtlichen Formation hineinzudrängen, ist schon deshalb ungerecht, weil dabei die Roh-Natur der Poesie mißachtet wird. Entgegen allem eingebürgerten Denken ist die poetische Sprache unendlich roher, unendlich unbehauener als die sogenannte »Umgangssprache«. Mit der Rezitations- und Aufführungskultur steht sie gerade über diesen Rohstoffcharakter in enger Berührung.

Ich werde dies am Beispiel Dantes zu zeigen versuchen und schicke dem schon hier voraus, daß es in der ganzen Danteschen »Komödie« keinen Moment gibt, der nicht direkt oder indirekt die rohstoffhafte Eigenständigkeit der poetischen Sprache bestätigen würde.

Die Usurpatoren des päpstlichen Throns fürchteten vielleicht die Klänge nicht, die Dante ihnen entgegenschleuderte, sie begegneten vielleicht mit Gleichgültigkeit der instrumentalen Hinrichtung, mit welcher Dante sie nach den Gesetzen der poetischen Metamorphose bedachte. Doch die Sprengung des Papsttums als einer geschichtlichen Formation wird hier in dem Maße vorausgesehen und durchgespielt, wie die unendliche Roh-Natur der poetischen Klangweise sich entblößt und offenbart, die außerhalb der Kultur als einer Summe von Anstandsregeln liegt, ihr niemals traut, sie kränkt mit ihrer gespannten Aufmerksamkeit und sie ausspuckt wie ein Gurgelmittel, mit dem man seine Kehle reinigt.

(2)

Es gibt eine mittlere Tätigkeit zwischen Hören und Sprechen. Der Rezitations- und Aufführungskunst ist diese Tätigkeit sehr nah und bildet gleichsam ihr Herzstück. Das klaffende Intervall zwischen Hören und Sprechen ist seinem Wesen nach idiotisch. Material ist nicht Materie.

(3)

Die Unvertrautheit der russischen Leser mit den italienischen Dichtern (ich meine Dante, Ariost und Tasso) ist um so erstaunlicher, als kein anderer als Puschkin von diesen Italienern Sprengkraft und überraschende Harmonie geerbt hat.

In Puschkins Verständnis, das er von den großen Italienern als freies Erbe übernommen hat, ist die Poesie ein Luxus, doch ein Luxus, der so lebensnotwendig ist wie Brot und manchmal genauso bitter.

> *Dà oggi a noi la cotidiana manna . . .*
> (Purgatorio XI, 13)

Großartig ist der Vershunger der alten Italiener, ihr raubtierhafter, jugendlicher Appetit auf Harmonie, ihr sinnliches Verlangen nach dem Reim – *il disio*!

Die herrlichen weißen Zähne Puschkins – männliche Perlen der russischen Poesie!

Was macht Puschkin mit den Italienern verwandt? Der Mund arbeitet, ein Lächeln bewegt den Vers, klug und fröhlich röten sich die Lippen, und die Zunge schmiegt sich zutraulich an den Gaumen.

Eine Strophe Puschkins oder eine Oktave Tassos läßt uns *aufleben* und belohnt hundertfach die Anstrengung des Lesers.

Das innere Bild des Verses ist nicht zu trennen vom unendlichen Mienenspiel, das über das Gesicht des sprechenden und erregten Rezitators huscht.

Die Kunst des Sprechens nämlich verzerrt unser Gesicht, sprengt seine Ruhe, zerstört seine Maske.

/Übrigens ist die gegenwärtige russische Poesie derart tief gesunken, daß das Schreiben einer Kritik oder das laute Vorlesen einem so widerwärtig geworden ist, als sei es bloße Dienstleistung./

Einzig Puschkin stand an der Schwelle zu einem echten, reifen Dante-Verständnis.

Die ganze neuere Poesie ist doch, wenn Sie so wollen, nur eine Freigelassene Alighieris und wurde von übermütigen Wildfängen der Nationalliteraturen auf einem verschlossenen und kaum gelesenen Dante aufgebaut.

Auch wenn sich Puschkin nie zu einem direkten Einfluß der Italiener auf ihn bekannt hat, zog es ihn doch unwiderstehlich in die harmonisch-sinnliche Sphäre Ariosts und Tassos. Mir scheint, der rein vokale, physiologische Reiz des Verses habe ihm nie genügt, und er habe sich gehütet, sein Sklave zu werden, um nicht das traurige Los Tassos auf sich zu ziehen, seinen krankhaften Ruhm, seine wunderbare Schande.

Für den damaligen vornehmen Pöbel war das Italienische, das man von einem Opernsessel aus sich anhören konnte, eine Art poetisches Gezwitscher. Damals wie heute hat sich niemand in Rußland ernsthaft mit der italienischen Poesie beschäftigt, weil man sie als vokales Zubehör und Anhängsel der Musik ansah.

Die russische Poesie wuchs auf, als hätte es Dante nie gegeben. Dieses Unglück ist uns bis heute nicht bewußt geworden. Batjuschkow – das Notizbuch des ungeborenen Puschkin – ging daran zugrunde, daß er von Tassos Zauber gekostet hatte, ohne dafür eine *Impfung* durch Dante bekommen zu haben.

(4)

Das Kind bei Dante ist ein Kleinkind, *il fanciullo*. Kindsein als philosophischer Begriff von ungewöhnlicher, konstruktiver Tragfähigkeit.

Es wäre gut, aus der *Divina Commedia* all jene Stellen herauszuschreiben, wo Kinder erwähnt werden . . .

/*Col quale il fantolin corre alla mamma* . . .
(Purgatorio XXX, 44)

Er ist es doch, der da zu Beatrice hinläuft – dieser bärtige Sünder und hochgebildete Mann, der so viel durchlebt hat./

Und wie oft hängt er Vergil am Rockschoß – *il dolce padre*! Oder plötzlich mitten im strengsten Schulexamen im siebenten Stockwerk des Himmels: das Bild der Mutter im bloßen Hemd, wie sie das Kind aus dem Feuer rettet.

(5)

Die Gründe, weshalb man sie mit diesem Seminaristenbeinamen »Klassiker« beleidigt, liegen eben darin, daß man mit ihnen auf der Ellipse dynamischer Unsterblichkeit irgendwo hinlaufen muß, daß es für das Verstehen keine Grenzen gibt /und gerade das zwingt einen ja, um die Arbeit herumzulaufen, blinzelnd abzuschätzen, den jungen Sinn einer alten Weisheit nicht etwa im Buch zu suchen, sondern in den zusammengekniffenen Augen./

(6)

Dante unternahm einen Erkundungsgang für die gesamte neuere europäische Kunst, hauptsächlich für die Mathematik und für die Musik.

(7)

Dante kann nur mit Hilfe der Quantentheorie verstanden werden.

(8)

Das Orchester ist ein dreiteiliger Körper aus Saiten-, Holzblas- und Blechblasinstrumenten. Jede Gruppe ist harmonisch und melodisch unabhängig und ihrem Wesen nach chromatisch.

Der Einfluß des Ortes, der Stadt, der Reise, der Fahrtstrecke auf die Partitur und die Zusammensetzung des Orchesters.

Der Kontrabaß, in Italien einst unter dem Namen Violone bekannt, hat keine restlose Verwandlung über die Viola in die Violine durchgemacht und hat bis heute einige Züge seines ursprünglichen Wesens bewahrt . . .

(9)

Haben Sie bemerkt, daß der Autor in Dantes »Komödie« durchaus nicht handeln darf, daß er einzig dazu verurteilt ist, zu gehen, nachzudenken, zu fragen und zu antworten?

(10)

Ich erlaube mir die Bemerkung, daß die Zeitformen des Verbs für den zehnten Gesang in Königsberg von Immanuel Kant hergestellt wurden.

(11)

Die Kraft der fechtenden Konjugation liegt darin, daß sie sich kühn von nahen und verwandten Formen abgrenzt. Ein konjunktivisches Futurum grenzt sich gegen das reine Futurum ab. Nach dem Aufwirbeln der Verbformen – der Rückfluß: die Klarheit schaffende, gurrende Abfuhr durch Vergil, ein paar Worte über das Josaphat-Tal, den unglückseligen Epikur und seine Anhänger.

(12)

Doch die Figur des zehnten Gesanges ist die Figur des Gewitters, das in der Nähe vorbeizieht. /Es ist als ungeheurer Zweikampf gedacht, wie in einem . . ./ Das ganze Wesen dieses Gesanges liegt im allmählichen Anschwellen von Farinatas wichtigster Antwort. Allerdings wird . . .

(13)

Doch die Kompositionsgrundlage eigentlich aller Gesänge des *Inferno* ist die Bewegung eines Gewitters, das als meteorologisches Phänomen heranreift, und alle Fragen und Antworten drehen sich im wesentlichen um das eine: kommt das Gewitter oder kommt es nicht.

Genauer – es ist die Bewegung eines Gewitters, das *vorbeizieht*, nur in der Nähe auszumachen ist.

(14)

In Vergils Antwort schwillt Dantes Frage zu einer ganz anderen Größe an. Mit der ihm eigenen pädagogischen, professoralen Scharfsicht antwortet er auf das Motiv der Frage, schält es heraus aus Dantes Formulierung. Alle werden sie, sagt Vergil, zugedeckt werden, die Gräber versiegelt, wenn das auferstandene Fleisch dieser Personen, von der Posaune des Erzengels zum Jüngsten Gericht ins Josaphat-Tal getrieben, von dort zurückkehren wird, doch nicht mehr in ihre realen Gräber, sondern hierher, mit Fleisch und Knochen, und sich hier zu den Schatten legen wird. Dieses Vergnügen steht Epikur bevor und seinen Anhängern.

(15)

Was ich über die Vielzahl der Formen gesagt habe, läßt sich auch auf den Wortschatz beziehen. Ich sehe bei Dante eine Vielzahl von Wortschatztendenzen. Da ist eine barbarische Tendenz: zu germanischem Zischen und slawischer Kakophonie. Eine lateinische Tendenz: einmal zum *Dies irae* und *Benedictus qui venis*, dann wieder zum Küchenlatein. Und dann ist da der mächtige Drang zur Mundart seiner Heimatprovinz: die toskanische Tendenz.

(16)

Dante betrachtet die menschliche Sprache nie als abgesonderte Vernunftinsel. Seine Wortschatzkreise sind zutiefst barbarisiert. Damit die Sprache gesund bleibt, fügt er ihr stets ein barbarisches Beimengsel zu. Ein gewisser Überschuß an phonetischer Energie zeichnet ihn vor den anderen italienischen und anderssprachigen Dichtern aus, als ob er gleichsam nicht nur spreche, sondern auch esse und trinke, und einmal die Haustiere nachahme, einmal das Piepsen und Zirpen der Insekten, einmal das blökende Gejammer der Alten, einmal das Schreien der auf der Folterbank Gefolterten, dann wieder die Stimme der Klageweiber und schließlich das Lallen eines zweijährigen Kindes.

Die Phonetik der Gebrauchssprache ist für Dante nur eine punktierte Linie, eine vereinbarte Markierung . . .

(17)

Da haben Sie ein Beispiel: Der 32. Gesang des *Inferno* erkrankt ganz plötzlich an einem barbarischen Slawenmischmasch, der für ein italienisches Gehör völlig unerträglich und obszön klingt . . .

Die Sache ist nämlich die, daß das *Inferno* in seiner Problematik der Festkörperphysik gewidmet ist. In ganz verschiedener sozialer Einkleidung – einmal in einem historischen Drama, dann wieder in der Mechanik eines Landschaftstraumes – werden diese Dinge analysiert: Schwere, Gewicht, Dichte, Beschleunigung eines fallenden Körpers, Rotationsträgheit eines Kreisels, die Wirkung von Hebel und Winde, und schließlich der menschliche Gang oder Schritt /als das Grundprinzip aller Schritte/, als die komplexeste Art bewußtseinsregulierter Bewegung. (Der Gedanke stammt von B. N. Bugajew.)

Je mehr wir uns dem Zentrum der Erde nähern, d. h. der Giudecca, desto lauter klingt die Musik der Schwere, desto differenzierter wird die Dichteskala und desto schneller die innere Molekularbewegung, die die Masse bildet.

(18)

Bei Blok: »Der Schatten Dantes mit Adlerprofil/ vom Neuen Leben singt er mir.«

Nichts hat er gesehen, außer dieser Gogolschen Nase!

Eine Dantesche Vogelscheuche aus dem 19. Jahrhundert! Um sich derart über eine spitze Nase auszulassen, war es geradezu notwendig, Dante *nicht* gelesen zu haben.

(19)

Poetische Bilder verwenden genau wie chemische Formeln gewisse unbewegliche Zeichen, besagen jedoch eine endlose Bewegung. Das Innenleben der Formel deckt sich . . .

(20)

Die Fragen und Antworten dieses »Reiseberichtes mit Gesprächen«, der *Divina Commedia* heißt, lassen sich klassifizieren. Ein bedeutender Teil der Fragen fügt sich in eine Gruppe mit dem Titel: »Wie bist du hierhergekommen?« Eine andere Gruppe von Fragen bei der Begegnung könnte etwa so überschrieben werden: »Was gibt es Neues in Florenz?«

Eine erste Runde von Fragen und Antworten entspinnt sich gewöhnlich zwischen Dante und Vergil. Dantes Neugier, sein Fragereiz beruht immer auf einem konkreten Anlaß, dieser oder jener Einzelheit. Er stellt nur Fragen, wenn er von etwas gestochen wird. Er selber definiert seine Neugier gern als Dorn, als Stachel oder als Biß usw. Recht häufig gebraucht er den Terminus *il morso*, »der Biß«.

(21)

Die Kraft einer Kultur liegt im Nichtbegreifen des Todes, eine der Grundqualitäten der Dichtung Homers. Deshalb fühlte sich das Mittelalter zu Homer hingezogen und fürchtete sich vor Ovid.

(22)

Wirkliche Geheimräte der katholischen Hierarchie sind die Apostel, und vor ihnen bestehen muß nicht ein verstörter oder vor lauter unreifem Stolz viel Geschrei machender, lobeshungriger Scholar, sondern der ernste, bärtige Zögling, als der sich Dante empfiehlt – unbedingt bärtig, Giotto und der ganzen europäischen Tradition zum Trotz.

(23)

/Den Anfang des 33. Gesanges bestreiten die Maulaffen von der Art Gargantuas./ Wer sind diese Kerle, diese maulenden Giganten? Da wiederholt ein ganzer Zug von Gargantuas ein explosives ABC. Irgendwelche Riesensäuglinge werden auf der Maultrommel unterrichtet.

(24)

... Hier wird das »Ziel der Läuterung und Ziel der Selbsterschaffung« erreicht, von dem unser Apollon Grigorjew sprach, heiser geworden vom Haß auf die Nacherzähler, die überhaupt nichts bewegenden Wanderkünstler, /die Asketen, die jede Bewegung abtöten,/ die Beschreiber.

Die »Schlußfolgerung« in der Poesie hat man ganz

wörtlich zu verstehen als ein in seinem Drang gesetzmäßiges und in seiner Struktur zufallsbestimmtes *Hinausgehen* über die Grenzen alles Gesagten.

(25)

Ich vergleiche, also bin ich, hätte Dante sagen können. Er war der Descartes der Metapher. Denn für unser Bewußtsein (und wo ein anderes hernehmen?) offenbart sich die Materie nur über die Metapher, denn es gibt kein Sein außerhalb des Vergleichs, denn das Sein selber ist Vergleich.

(26)

Erlauben Sie mir, ein anschauliches Beispiel anzuführen, das fast die gesamte »Komödie« als Ganzes umgreift.

Das *Inferno* ist das Höchstmaß an urbanistischen Träumereien eines mittelalterlichen Menschen. Es ist im vollen Wortsinn eine Weltstadt. Was ist dagegen das kleine Florenz mit seiner *bella cittadinanza*, die von neuen, Dante verhaßten Verhältnissen auf den Kopf gestellt wurde! Setzen wir Rom an die Stelle des *Inferno*, ergibt sich ein nicht ganz so großer Unterschied. So war wohl das Verhältnis Rom/Florenz der Anstoß für den schöpferischen Ausbruch, der das *Inferno* hervorbrachte.

(27)

Die Lektüre der »Göttlichen Komödie« muß als ein riesiges Aufführungsexperiment gestaltet werden. Sie ist an sich ein wissenschaftlicher Versuch.

(28)

Alle wissen, daß Dante das Wetter »hochachtete« und in diesem Sinne nicht schlechter arbeitete als eine mustergültige Wetterstation in den Alpen mit ihren vorzüglichen Beobachtern und bestem Gerät. Nicht weniger berühmt sind die Lichteffekte im *Inferno* und im *Purgatorio*: Bewölkung, Luftfeuchtigkeit, indirekte Beleuchtung, Bergsonne usw.

Der pyrotechnische Einfall des *Paradiso* tendiert ganz und gar zu den öffentlichen Festlichkeiten und Feuerwerken der Renaissance.

Die ungeheuer aktive Rolle des Lichtes im neueren europäischen Theater – sei es Drama, Oper oder Ballett – wurde natürlich von Dante vorgegeben.

(29)

Wie stark ist bei ihm das Konzertgefühl entwickelt, die Virtuosität! Im 18. Gesang des *Paradiso* können sich Karl der Große, Roland, Gottfried und Robert Guiscard, die in einem Diamantkreuz phosphoreszieren, nicht enthalten, der ihre Namen aufzählenden Beatrice mit Lichtsignalen zu antworten: Sie grüßen einander und geben eine Zugabe ... Und die Seele des guten Florentiner Sippenältesten – Dantes Urgroßvater Guido Cacciaguida – wartet geradezu auf ein Kompliment von seinem dabeistehenden Urenkel: »Mein Urgroßvater«, sagt Dante, »gab mir zu verstehen, daß er bei weitem nicht der letzte Künstler sei in der Schar der andern Vokalinterpreten.«

(30)

Die Vorstellung ist recht verbreitet, daß Dante ein Uhrmacher sei, der Erbauer eines Planetariums mit außerräumlichem Zentrum: dem Empyreum, das über einen Kreis von Fixsternen auf sieben andere schwebende Sphären Intensität und Qualität ergießt. Ganz abgesehen davon, daß das *Dantesche* Planetarium himmelweit entfernt ist von der Konzeption mechanischer Uhren, weil die treibende Kraft dieser kristallinen Maschine nicht mit Transmissionen und Zahnrädchen arbeitet, sondern unermüdlich Intensität in Qualität überführt – ganz zu schweigen vom ...

(31)

... transzendentalen Antrieb. Die treibende Kraft selber ist kein Ausgangspunkt, sondern nur Übertragungsstation, ein Kommunikator, ein Übermittler. Die Arbeit dieser treibenden Kraft besteht darin, Intensität in Qualität überzuführen. Der folgende Himmel, an dem die Fixsterne haften, die sich von ihrer Sphäre unterscheiden, jedoch in sie eingesprengt sind, ergießt auf diese Sterne eine bestimmte Ladung an Sein, das er von der treibenden Kraft, d. h. vom Verteiler bekommen hat. Die sieben anderen beweglichen Sphären tragen in sich ein qualitativ bereits differenziertes Sein, das wiederum den Anstoß gibt zur Entstehung vielgestaltiger konkreter Wirklichkeit.

Und ähnlich wie ein einheitlicher vitalistischer Strom sich Organe schafft: Gehör, Auge, Herz, /Blutkreislauf, und im Danteschen Verständnis des menschlichen Körpers erschafft er sie nicht nur, sondern strömt buchstäblich in ihnen und durch sie weiter fort, denn die Organe sind koordinierte Ströme in dem einen Strom und nur durch sie kann der vitalistische Lebensimpuls sich überhaupt verwirklichen,/ so sind die auf Konkretisierung hinwirkenden Sphären Pflanzstätten jener Qualitäten, die in die Materie eingeführt werden. Schaut man sich dieses Schema genauer an, kommt man unweigerlich zum Schluß, daß die interessanteste und glänzendste . . .

(32)

Bei den Italienern jener Zeit war die *urbane Neugier* stark entwickelt. Der Florentiner Klatsch lief wie ein Lichtfleck von Haus zu Haus, und manchmal über die sanft abfallenden Hügel sogar von Stadt zu Stadt. Jeder auch nur irgendwie bemerkenswerte Stadtbürger – ein Brotbäcker, ein Kaufmann, ein sich als Kavalier aufspielender Jüngling . . .

(33)

In das *Convivio* sind da und dort lebendige Krümel von Dantes persönlichem Gesprächsstil eingestreut. Hier ist einer von ihnen.

> *Veramente io vidi lo luogo, nelle coste d'un monte in Toscana, che si chiama Falterona, dove il più vile villano di tutta la contrada, zappando, più d'uno staio di Santelene d'argento finissimo vi trovò, che forse più di mille anni l'avevano aspettato.*
> (IV, 11, 76-82)

Den Ackerbau liebt er nicht. Immer spricht er geringschätzig von ihm und sogar gereizt.

> *. . . giri fortuna la sua rota,*
> *Come le piace, e il villan la sua marra.*
> (Inferno XV, 95-96)

Es scheint, die Technik des Ackerbaus habe ihn zu wenig interessiert. Er lebt nur dann auf, wenn er den Weinbau berührt. Dem Hirtenberuf und der Weidewirtschaft gegenüber zeigt er sich liebevoll und aufmerksam (*pecorella* . . . *mandria* . . . die zahlreichen Pastoralen im *Purgatorio*) . . .

Übrigens waren seine vornehmen und weniger vornehmen Gönner fast alle *Grundbesitzer*. Er verstand nicht recht, wovon die eigentlich lebten . . .

(34)

Falterona (*Convivio* IV, 78; *Purgatorio* XIV, 17). Da wie dort dieselbe durchdringend persönliche Intonation. Meine Ursprünge sind dunkel. Mich kennt man noch nicht. Ich werde mich erst noch zeigen. Der Arno bedeckt sich, je tiefer er fließt, mit Schmutz, er wird zum Tier.

Convivio IV ist die Apologie einer möglichen Bedeutsamkeit des Habenichts und Beobachters der wirtschaftlichen Unternehmungen. Eines unbeteiligten, außenstehenden Beobachters. Eine Provokation für die Verbrauchermentalität und die Anhäufung von Gütern aller Art (vgl. mit Savonarola).

Den Kaufleuten ist er schon eher geneigt. Sympathisiert mit dem ehrlichen, klug betriebenen Handel: *quando per arte o per mercatanzia o per servigio meritato* . . . Als einzig gerechtfertigte Einkommensquelle sieht er die *Belohnung* an; *per servigio meritato*. Taub ist er für das zeitgenössische System der Wirtschaft und des Warenumsatzes. Wahllos verurteilt er das alles. Was ihm vorschwebt, ist ein zunächst florentinisches, dann ein gesamtitalienisches und schließlich ein *weltweites* Verteilsystem von Belohnungen. In seinen ökonomischen Ansichten stützt sich Dante auf keine der aktiven Gesellschaftsgruppen ab, sondern geht über die Köpfe der Produzenten hinweg zu den Verteilerinstanzen. Er strebt nach einer Abschaffung aller Zwischenglieder zwischen Arbeit (erbrachte Leistung) und Geldwert (Belohnung). Daher die Tragik seiner Konzeption der zeitgenössischen Wirtschaft.

(35)

> . . . *Nè la diritta torre*
> *Fa piegar rivo, che da lungi corre –*
> (Convivio IV, Canzone III, 54-55)

»Die Strömung des Flusses kann den aufrechten Turm nicht beugen.«

Hier (*Convivio* IV) wird auf breitem Raum dargelegt, daß der »Adel« (la nobiltà) außerhalb von wirtschaftlichen und Standesprivilegien liege. Der Fluß: die vererbten »Reichtümer«. Der Turm: der Adel an sich.

Der herkömmliche Schulvergleich mit dem positiven und dem negativen Argument erhält eine zusätzliche Befrachtung: Der Vergleich als Ganzes kämpft gegen den Determinismus in der Poesie, und vielleicht auch in der Wissenschaft. Er analysiert eine christlich-feudale Tugend wie eine Bildkomposition.

Im *Purgatorio* V, 14-15:

> *Sta come torre ferma che non crolla*
> *Giàmmai la cima per soffiar de' venti.*

Fluß und Turm sind ein beständiger Zusammenklang der toskanischen Landschaft. Der Turm unterstreicht bei den Malern die Biegung eines Flusses und lenkt den Fluß gleichsam.

Dante gibt sich nicht damit zufrieden, daß Turm und Fluß in keinerlei kausalem Zusammenhang stehen. Er will geradezu, daß der Turm den Fluß hinter sich herführe, seinen Lauf vorausnehme.

(36)

Es ist unbedingt notwendig, einen neuen, der Zukunft zugewandten Dante-Kommentar zu schaffen, der seine Verbindungen zur neueren europäischen Poesie offenlegt.

(37)

Vor ein paar Tagen, in Koktebel, zeigte mir ein Zimmermann, ein sehr verständiger junger Bursche, den Weg zum Grab M. A. Woloschins, das hoch über dem Meer liegt, am linken Schildkrötenufer der Iphigenienbucht. Als wir die sterblichen Überreste auf den im Testament des Dichters bezeichneten Berg hinaufgetragen hatten, so erklärte er mir, waren alle verblüfft über die Neuheit der Aussicht, die sich da auftat. Nur M. A. selber – der größte Fachmann in Sachen Scharfsicht, laut den Worten des Zimmermanns – konnte sich für seine letzte Ruhestätte einen derart passenden Ort aussuchen.

Der Zimmermann hielt ein Magneteisen deutscher Fabrikation in seinen Händen. Er tauchte den nackten blauen Stahl in die Nägel ein und zog ihn über und über besetzt von festhaftenden eisernen Insektchen wieder heraus. M. A. – dieser ehrenamtliche Wachmann über die wunderbare geologische Zufälligkeit, die den Namen Koktebel trägt – hatte sein ganzes Leben der Magnetisierung der ihm anvertrauten Meeresbucht gewidmet. Er hatte eine hervorragende Dantesche Arbeit der Verschmelzung mit der Landschaft geleistet und wurde prämiert mit dem Ausspruch des Zimmermanns.

IV

(1935)

GOETHES JUGEND
(Eine Rundfunk-Skizze)

I

Das Jagdrecht für Hirsche war dem Senat vorbehalten. Einmal im Jahr wurde den Senatoren bei einem feierlichen öffentlichen Mahl ein gebratener Hirsch aufgetragen. Alle Hirsche der Umgebung wurden jedoch von den Adligen abgeschossen, die damit das Jagdrecht des Senates verletzten. Neue Hirschrudel mußten gezüchtet werden. Der Weideplatz der Hirsche lag auf Stadtgebiet. Nun konnte den Senatoren jeden Tag gebratenes Wild aufgetischt werden. Eines Tages wurde der Weideplatz aufgehoben. An seiner Stelle baute man ein Haus. Es war Goethes Geburtshaus.

Um das Haus herum war kein Platz für einen Garten. Statt eines Gartens gab es Blumen vor den Fensterchen des Zimmers, das »Gartenzimmer« genannt wurde. Es war das Kinderzimmer. Durch seine Fenster sah man auf fremde Gärten. Auf dem Grundstück des Roßmarktes legten sich Hausbesitzer und Bürger Gärten an. In diesen Gärten spielten sie Kegel. Mit lautem Gepolter rollten die Kugeln und warfen die Kegel um.

»Wem gehören diese Gärten?«

»Fremden Leuten.«

»Darf man da hineingehen?«

»Nein. Man darf sie nur durchs Fenster sehen.«

*

Dafür stand der Markt allen und jedem offen. Am »Römer« vorbei, dem Rathaus mit seinen riesigen, gewölbten Sälen, wo man hineingehen konnte, wenn man den Türsteher sehr darum bat, und die Fresken sich anschauen konnte, und die Sitzbank der Schöffen, und die Bank der angesehensten Bürger, und die Bank der Handwerker, und den Tisch des Protokollführers – vorbei am mittelalterlichen Nürnberger Hof, der von einer Festungsmauer umgeben war, an der Fabrik vorbei, an der Färberei, an der Bleiche vorbei – auf den Markt!

*

Auf dem Markt hatte man viel Geschirr eingekauft, und auch für den Knaben wurden Spielzeugtöpfe und Schälchen besorgt.

»Und wenn ich jetzt einen Teller zum Fenster hinauswerfe? Es ist ja keiner zuhause!« Wie der lustig zerbrach, wie die Scherben fröhlich klirrten! . . . Der Knabe klatschte in die Hände, schrie und lachte drauflos. Die Brüder Ochsenstein, seine Nachbarn, hörten das Geklirr des zerschlagenen Tellers und schrien:

»Los doch, noch mehr!«

Dem Teller flog ein Topf hinterher.

»Noch mehr!« schrien die Nachbarsjungen. Nun mußte er das Geschirr in der Küche holen: Teller um Teller – zum Fenster hinaus! Auf den Regalen standen Teller. Auch sie – zum Fenster hinaus!

»Los, noch mehr!« schrien die Nachbarsjungen. Und nochmal in die Küche. Und wieder flogen die Teller. Das Kaffeekännchen und die Tassen, und auch das Sahnekrüglein – auf direktestem Weg zum Fenster hinaus. Unterm Fenster liegt schon ein ganzer Scherbenhaufen. Ein ganzer Haufen von zerbrochenem Geschirr.

Der Zerstörer heißt Wolfgang Goethe, ist dreieinhalb Jahre alt und hat sämtliches Geschirr im Haus zerbrochen.

*

Zweimal im Jahr wirds ihm zuviel,
Es überschwemmt sein Land der Nil . . .
Ein heiliger Fluß ist jener Ganges –
Ein Flußlauf allerersten Ranges . . .

Das Grammatiklehrbuch war ganz in Reimen gehalten. Die lateinische Grammatik auch.

*

Im Zimmer des Knaben stand ein Musikpult von rotlakkiertem Holz, in Gestalt einer stumpfen Pyramide mit verschiedenen Abstufungen – sehr geeignet für musikalische Quartette. Auf den Abstufungen wurde in schöner Ordnung die Mineraliensammlung ausgelegt: der durchscheinende Glimmer und der bröcklige Kalk, rosiger Feldspat und geäderter Marmor, kristalliner Kristall, daneben Bodenproben von der Schwarzerde bis zu roten Lehmen, auch Naturalien: Ähren, getrocknete Ästchen, Samen, Tannzapfen.

»Was für eine herrliche Mineraliensammlung«, sagten die Leute, wenn sie das Zimmer betraten. Der Knabe schwieg – keiner wußte, daß das ein Natur-Altar war. Am Morgen, wenn die Sonne hinter den Nachbarhäusern aufgegangen war und sich endlich über die Dächer ergoß, nahm er ein Brennglas und führte den Strahl zum Räucherkerzchen, das in einer Porzellanschale auf dem Gipfel der Pyramide stand.

Das Pult war ein Natur-Altar. Die Natur ist allmächtig, und der Knabe ihr Priester. Das Räucherkerzchen war eine Opfergabe. Es brannte nicht, es glomm. Jeden Morgen wurde auf dem Altar die wohlriechende Opferflamme entzündet. Keiner wußte etwas davon.

*

Die Schwester bekommt Musikunterricht. Der Lehrer schlägt den Takt:

»Mit dem kleinen Fingerchen – schneller! Hopp, hopp! Das Mimi-Mi mit dem kleinen Fingerchen, das Fa mit dem Häkelchen . . . Mit dem Mittelfingerchen das So – So, So, So wie die Sonne. Und eins auf die schwarze Taste . . . Leichter, leichter, schneller . . .«

Jede Taste hatte ihren eigenen Namen, jeder Finger seinen Spitznamen.

*

Über das Puppentheater kein schlechtes Wort! Vergeßt nicht, wieviel Freude es Euch gebracht hat. Sein Leben lang hat sich Goethe an die Sprünge und Gesten all dieser Mohren und Mohrinnen erinnert, an diese Schäfer und Schäferinnen, Zwerge und Zwerginnen, und an den schweren Schritt des Doktor Faustus, der seine Seele dem Teufel verkaufte.

Eines Abends sagte er seiner Mutter einen seiner Lieblingsmonologe aus der Puppenkomödie »König David« auswendig auf, und sie erzählte dem Direktor einer Puppengesellschaft davon, voller Stolz über das unerwartete Talent ihres Sohnes. Von diesem Augenblick an wurde er zum ständigen Helfer des Puppenspielers, und der weihte ihn in alle Geheimnisse seiner Kunst ein. Nun führte er selber Puppen an ihren Fäden, und einmal, während einer Aufführung, zu der die Nachbarskinder eingeladen waren, ließ er versehentlich seinen Riesen fallen, sprang hinter dem Vorhang hervor, zerstörte damit die ganze Illusion und stellte den Riesen unter lautem Gelächter der Zuschauer wieder auf die Beine.

Doch bald waren ihm diese wiederholten immergleichen Stücke zu langweilig. Er beschloß, das Repertoire zu erneuern, und übte seine eigene Phantasie, schuf allerlei dramatische Fragmente, schnitt aus Pappe neue Bühnenbilder aus und bemalte sie. Einmal brachte er seine Spielkameraden dazu, ein richtiges Schauspiel aufzuführen. Für das Kostüm des Helden, eines strengen und hochherzigen Ritters, verwendete er graues Papier, für seine Feinde goldenes und silbernes. Doch in der Hast der Vorbereitungen ließ er völlig außer acht, daß jeder Schauspieler wissen muß, wann und was er zu sprechen habe. Schon fanden sich die Zuschauer ein, und seine verstörten Schauspieler fragten sich, was sie nun eigentlich zu tun hätten. Kostümiert und sich als Tankred fühlend, trat er auf die Bühne und sagte ein paar feierliche Verse auf. Keiner seiner Schauspieler kam hervor. Keiner konnte ihm antworten. Die Zuschauer lachten schallend drauflos.

Da vergaß er seine Ritterleidenschaften und Zweikämpfe und ging zur biblischen Sage vom kleinen König David und dem Riesen Goliath über, der jenen zum Kampf herausforderte. Die Kinder freuten sich über das bekannte Stück und kamen endlich hervor, um mit ihm zu spielen. Das Spektakel war gerettet.

II

Der junge Bürger einer großen Stadt streift durch ihre Straßen. Manchmal kommen Ereignisse vor, die den ruhigen Gang des Lebens stören: Einmal vernichtet ein Brand irgendein Haus, dann wird ein Verbrechen begangen, dessen Untersuchung und Bestrafung die Stadt mehrere Wochen lang in Atem hält.

Weshalb drängt sich dort das Volk auf den Straßen? Widerschein eines brennenden Scheiterhaufens auf den Fenstern der benachbarten Häuser ... Wegen Verstoß gegen Religion und gute Sitten verfügte das Gericht, die ganze Ausgabe eines leichtsinnigen französischen Romans der Verbrennung zu übergeben. Mit eisernen Gabeln wird der Haufen brennenden Papiers gewendet und geschürt.

Plötzlich ein Windstoß, und Hunderte von brennenden Blättern, brennende Papierschmetterlinge mit knisternden roten Flügeln, flogen in die Luft. Die Menschenmenge stürzte gierig darauf zu, um sie einzufangen.

Auch Goethe benutzte den Aufruhr, um ein von den Flammen noch unberührtes Exemplar des verbotenen Buches aus dem Feuer zu ziehen.

Für jeden Vogel gibt es einen Köder.

*

Ein großes dunkles Zimmer in einem unbekannten Haus. Der Bürgersohn Wolfgang Goethe in Gesellschaft fröhlicher und geselliger junger Leute. Beim Fenster, am Spinnrad, sitzt ein Mädchen – Gretchen, Margarete . . .

»Margarete, geh in den Laden hinunter, bring uns Wein.«

Goethe: »Wie kann man ein hilfloses Mädchen allein, ohne Begleitung in die dunkle Nacht hinausschicken . . .«

1. Jüngling: »Hab keine Angst, sie ist sich das gewöhnt. Die Weinstube ist gleich gegenüber. Sie kommt gleich zurück.«

2. Jüngling: »Wißt ihr, womit der reiche Lehmann angefangen hat? Mit Schwefelhölzchen hat er gehandelt, und jetzt ist er einer der angesehensten Leute in Frankfurt.«

1. Jüngling: »Ein kluger Mann geht niemals unter.«

2. Jüngling: »Und was hast du heute gemacht?«

1. Jüngling: »Für einen Tuchmacher bin ich herumgelaufen. Der ist so faul geworden, daß er sogar bereit ist, mit einem Makler seinen Gewinn zu teilen.«

2. Jüngling: »Goethe, wir haben für dich eine neue Bestellung für ein Hochzeitsgedicht bekommen. Das andere, das du geschrieben hast – du weißt schon, das Grablied – ist schon vertrunken. Mach dich ans Schreiben. In einem Stündchen sind wir zurück.«

Eine große Schiefertafel liegt auf dem Tisch. Goethe

schreibt mit Kreide seine Verszeilen drauf, wischt sie mit einem Schwämmchen aus, schreibt von neuem.

Margarete: »Wozu brauchen Sie das? Hören Sie auf damit. Gehen Sie fort, bevor es Unannehmlichkeiten gibt. Hören Sie auf mich, gehen Sie fort . . .«

Goethe: »Gretchen, wenn jemand, der Sie liebt, schätzt und verehrt . . .«

Margarete: »Nur nicht küssen . . . Wir sind doch Freunde . . .«

Eine Kumpanei von Jugendlichen, die die Polizei verulkt und sich durch lose Streiche und schwer durchschaubare Betrügereien hervorgetan hatte, wurde von den Spürhunden der städtischen Obrigkeit ausfindig gemacht. Rat Schneider führt mit Verbeugungen und einem süßlichen Lächeln im Hause von Vater Goethe das Verhör.

»Wo haben Sie sich kennengelernt?«

»Auf Spaziergängen.«

»Wo haben Sie sich getroffen? Wer war jeweils zugegen? Nennen Sie die Straße . . .»

Wolfgang legte sich krank zu Bett. Ein Nervenfieber.

Es ist schwierig, zwischen dem Frankfurter Gretchen und dem Gretchen im »Faust« etwas Gemeinsames zu finden. Was wurde aus ihm, jenem ersten Gretchen? Goethe hat nie etwas darüber erfahren. Nur weg von Frankfurt, sich losreißen, wegfahren!

III

Straßburg. Goethe schließt seine Universitätsstudien ab. Die hohen Türme des Straßburger Münsters sieht man von allen Seiten der Stadt. Es war das erste, glanzvolle Beispiel gotischer Architektur, das Goethe zu sehen bekam. An breiten Wasserstraßen, an den Knotenpunkten des Handelsverkehrs und in Marktzentren erhoben sich die pfeilgleichen Kolosse der gotischen Kathedralen. Von fern glichen sie steinernen Wäldern, von Türmen überragt. Von nah verblüfften sie das Auge durch ihren Reichtum an pflanzenhaften Spiralen und phantastischen Skulpturen mit Tierschnauzen, Blatt- und Blumenmotiven. Dem Zentrum jedes Gewölbes entsprangen mächtige Rippen. Gleichgewicht und Aufflug waren das Grundgesetz dieser Architektur.

Es gibt nur *ein* Leben, in all seinen Erscheinungen. Alles muß man erproben, alles verstehen lernen, an allem sich freuen.

Straßburg ist die Grenze zu Frankreich.

Was bewegt dieses Häuflein junger Leute, die sich gegenseitig Genies nennen, selbst im Freundeskreis, selbst unter vier Augen? Vielleicht sind sie gepackt von den Befreiungsideen Frankreichs, das bereits in Schwung gekommen ist für seine große bürgerliche Revolution? Die Philosophen der künftigen Revolution, in erster Linie Voltaire, kennen sie natürlich. Doch diese Jünglinge leben ganz in ihren inneren, geistigen Stürmen. Sie meinen, die verachteten feudalen Kleinfürsten müßten nur schon vor ihrer Begeisterung erzittern. Das Ungestüm ihrer geistigen Höhenflüge, eine freie Poesie, die ihre Kraft aus dem Volksschaffen schöpft, wird siegen über die deutsche Erstarrung, wird sie niederwerfen, die Ärmlichkeit einer Gesellschaftsordnung, die sich überlebt hat.

Wie wird das gelingen?

*

Über die gebohnerten Böden einer Bildergalerie, durch ihre feierliche Stille schritt ein Jüngling mit sanft aufsteigender Stirn, straff in den Nacken gebundenem und zu einem Zöpfchen geflochtenen Haar, einer scharfgeschnittenen, gleichsam suchenden Nase und braunen, fragenden Augen. Ihm auf den Fersen folgte trippelnd der Museumsführer und unentwegte Bilderklärer.

Der junge Mann suchte bei aller Höflichkeit diesen Begleiter möglichst rasch wieder loszuwerden, der ihn jedoch als seine rechtmäßige Beute betrachtete und mit Namen von Malschulen und Malern um sich warf . . . Den Jüngling ärgerten ganz offensichtlich all diese lobenden Ausrufe: göttlich! bezaubernd! unsagbar! luftig! unvergleichlich! . . .

Als er sich endlich von seinem Weggenossen befreit hatte, ging er mit beschleunigtem Schritt durch die Säle der italienischen Malerei, wo auf dem Hintergrund eines leuchtendblauen Himmels und zwischen scharfgezackten Felsen und dünnen Baumstämmen Hirten und Lämmer, langgesichtige Frauen mit einer Blume in der ausgestreckten Hand oder ein rundlicher, über eine Wiege gebeugter Junge dargestellt waren.

All das ist ja schön, doch nicht jetzt, lieber später . . . Nur hin zu den Holländern, den unsterblichen nördlichen Meistern mit ihren Äpfeln, Fischen, Fäßchen und Bauern, die unter einer Eiche tanzen und unter dem riesigen Baum wie erwachsene Zwerge scheinen mit ihren flatternden Rockschößen. Frauen in schweren Samtkleidern und Kinder mit großen Köpfen, die ihnen am Rocksaum hängen; Zinngießer und Böttcher mit zottigem Haar und völlig in ihre Arbeit versunken, und schließlich die Familie eines Schusters: ein Schlafraum, ein Wohnraum, der auch Werkstatt ist. Braunes Halbdunkel, ein Stück Brot mit steckendem Messer auf dem Tisch, der Hammer, der auf einem Leisten den Schuh beschlägt, die hölzerne Barke einer Wiege mit ihrem Segel, dem Vorhang, ein offener Schrank mit schimmerndem Geschirr und bizarr geschnittene Lederstücke, die auf dem Boden verstreut sind.

Das ist doch genau die Werkstatt des Schusters und Spaßmachers Fritz! Kunst und Leben haben sich getroffen.

Vor der Abreise hatte der Schuster seinem Goethe ein Paar robuste, doch nicht sehr elegante Stiefel geschenkt.

*

Ereignisse ... Genüsse ... Passionen ... Leiden ...

Ereignisse? Was für Ereignisse können das sein in einem feudal regierten deutschen Städtchen? Der Herzogin ist das Lieblingshündchen eingegangen. Die Frau eines Staatssekretärs hat Zwillinge geboren. Der Dirigent der städtischen Musikkapelle hat den Flötisten entlassen, weil der sich während eines Konzerts bei Hofe zu laut geschneuzt hat.

Den Hoflakaien werden neue Livreen geschneidert. Die Weber- und die Schneidergilde jubilieren.

Ein in Mode stehender Architekt kam in die Stadt und baut ein Haus mit Außentreppe statt Innentreppe, weil sie für mehrere Familien bestimmt ist. Stellen Sie sich so etwas vor: drei Familien unter einem Dach!

Das Land ist bettelarm. Eine schlafende Industrie. Die Bürger können sich nirgends entfalten. Die Jugend der Mittelschicht weiß nicht wohin mit ihren Kräften. Doch ihr Streben nach Wachstum und Größe ist nicht umzubringen.

Die in Nebel gehüllte Vogesen-Kette entschwindet in der Ferne, dehnt sich südwärts. Unten liegt das Tal der Saar. Die Türme des Straßburger Münsters blieben weit zurück.

Der alte Wegezeiger trägt am einen Fuß einen Schuh, am andern einen Pantoffel. Immer wieder zerrt er an den heruntersrutschenden Strümpfen. Sein Sohn ist Gießer.

Was ist das für ein Flüßchen? Kommst du in eine neue Gegend, schau, in welche Richtung die Flüsse und Bäche fließen – so kannst du das Profil erkennen, die geologische Struktur des Gebietes.

Was sind hier die Brotpreise? Unerschöpfliche Bodenschätze – Kohle, Eisen, Quarze, Schwefel –, doch dem Land droht der Hunger. Ein Krämer in Pfalzburg wollte ihnen gestern kein Brot verkaufen.

Woher kommt dieser Schwefel- und Brandgeruch, und der Rauch aus den Erdspalten?

Ein unterirdischer Brand, der in den ausgebeuteten Stollen schwelt ... Schon zehn Jahre dauert er.

Ein einstöckiges Häuschen mit weißen Vorhängen am Fenster. Hier auf einem Berg des Bergbaugebietes lebt der Kohlephilosoph und Chemiker Stauf. Goethe kam auf der Reise durch das Saarland zu ihm, um über die Wirtschaft des Landes zu sprechen und die Nutzung der Bodenschätze:

»Doch mich freute die Herstellung von Eisendraht. Dieses Schauspiel ist geeignet, jeden Menschen in Begeisterung zu versetzen: Eine schwere Handarbeit wurde durch eine Maschine ersetzt. Sie arbeitet wie ein vernünftiges Wesen.«

IV

Goethe legte seinen Steigerhammer auf den Tisch.

»Haben Sie es schon gehört – der Schriftsteller Gottsched hat geheiratet. Sie ist neunzehn, er fünfundsechzig ... Sollte man ihn nicht einmal besuchen?«

Gottsched lebte sehr anständig im ersten Stock des »Goldenen Bären«. Sein dankbarer Verleger hatte ihm diese Wohnung zur Verfügung gestellt.

Die Gäste wurden in ein großes Zimmer geführt. Gottsched kam herein, ein breiter, riesenhafter Mann im grünseidenen, mit rotem Taft gefütterten Schlafrock. Auf seinem kahlen Kopf kein einziges Härchen. Hinter ihm sprang ein Diener hervor mit einer riesigen Perücke in den Händen, deren Locken bis zu den Ellbogen fielen. Furchtsam reichte er seinem Herrn den üppigen Kopfschmuck. Gottsched verpaßte seinem Diener gelassen eine schallende Ohrfeige, schwang sich die Perücke auf den Kopf, ließ sich auf einem Sessel nieder und begann mit den jungen Studenten über allerlei hohe Gegenstände zu sprechen.

*

»Wer kann hier Rabenfedern zuschneiden?«

»Schreib du erst mal mit Gänsefedern.«

»Ihr versteht überhaupt nichts . . .«

Behrisch, ein Original und Witzbold mit langer Nase, markanten Gesichtszügen, Hut unterm Arm und Degen an der Seite, ein Spaßmacher und Nichtstuer, der einem alten Franzosen ähnelte und dessen Anzug stets grau war, in einer hochkomplizierten Skala verschiedenster Schattierungen von Grau, was allgemeinen Spott hervorrief – dieser dreißigjährige Behrisch, der Hauslehrer, der wegen seiner Freundschaft zum Studenten Goethe und seiner Leidenschaft für literarische Traktate aus dem gräflichen Haus gejagt wurde, war ein Meister der sprachlichen Karikatur.

Behrisch: «Die frischen Kuchen unseres guten Bäckers Hendel – beachten Sie, wie sein Aushängeschild den Ohren schmeichelt, an die breite, ruhige und schöne Musik des gleichnamigen Komponisten erinnert – ziehe ich den altbackenen Erzeugnissen des verehrten Professors Gottsched vor, die aus fauligem historischem Mehl gebacken und mit Fremdwörtern gewürzt sind . . . Den alten Klopstock nennt man einen göttlichen Dichter. Einverstanden. Der ist schon deshalb gut, weil er keine altgriechische Säule verschluckt hat. Doch sein berühmtes »Messias«-Poem, das die Evangelien nachplappert, ist derart lang, daß man einen Lastenträger mieten müßte, um es auf einen Spaziergang mitzuschleppen. Die Reden seiner heiligen Personen sind einschläfernd wie Predigten in der Kirche, doch plötzlich lebt der Autor auf und gewinnt Kraft und Feuer, Farbe und Klang. Armer Kerl, dieser Klopstock! Er ahnt bereits die Sprache der Leidenschaften, die Sprache einer lebendigen Natur – doch Orgelmusik zu hören und achtundvierzig Stunden hintereinander Tränchen zu vergießen! . . . Nein danke . . .«

Behrisch verspottet die Bürger und Liebhaber kriegerischer Heldentaten, die Friedrich den Zweiten hochleben lassen, welch letzterer sieben Jahre lang einen verheerenden Krieg führte und nicht mehr aufhören konnte. Behrisch lacht auch über die Pedanten von Professoren:

»Was sind Ihre Vorlesungen? Die Vermögensverhältnisse der römischen Quiriten und Studium der Pandekten unter dem Gesichtspunkt der Begriffsbestimmung von Besitztum, Vermögen, Bemächtigung, Besitzverrückung und . . . sonstiger Verrücktheit. Ein Professor ›von vier bis fünf‹, der Name tut nichts zur Sache . . .«

*

Donnerstag, den 10. November 1767, sieben Uhr abends. »Ach, Behrisch, Behrisch! Was für ein bedrückender Augenblick! O Gott, o Gott! Wenn ich mich nur ein wenig beruhigen könnte . . . Behrisch, verflucht soll die Liebe sein . . . Wenn Du mich sehen könntest, du würdest aufseufzen vor Mitleid mit mir.

Mein Blut hat sich besänftigt. Ich beruhige mich und kann jetzt sprechen. Ob es auch vernünftig klingen wird? Kann ein Wahnsinniger vernünftig sein? Hätte ich nur Ketten um meine Hände, ich wüßte wenigstens, wo ich mich festbeißen könnte . . . Ich habe die Feder angespitzt, um etwas zu verschnaufen. Nur ruhig jetzt, ruhig . . . Ich werde Dir alles der Reihe nach erzählen . . .«

Er sitzt an einem kleinen Arbeitstischchen bei einem hohen Fenster ohne Vorhänge. Ein geschnitzter Stuhl mit sehr hoher Rückenlehne, der vom Tisch leicht absteht. Das Zimmer eines Studenten und jungen Künstlers. Auf einer Staffelei ein angefangenes Bild – ein sturmgepeitschter Baum im holländischen Stil. Daneben eine bauchige Flasche mit irgendeinem Getränk, ein Glas, mit einem Untertellerchen zugedeckt. Goethe in einer kurzen Arbeitsjoppe. Zorniges, angespanntes Gesicht. Er ist ungekämmt, das Zöpfchen baumelt hin und her. Das schwere Kinn eines störrischen Schuljungen. Seine Handschrift ist voll wildester Bewegung und zugleich Harmonie. Die Buchstaben sehen Angelhaken ähnlich und neigen sich diagonal. Als fliege ein ganzer Schwalbenschwarm leicht und kraftvoll schräg über das Blatt.

»All das hat mich so schmerzlich verletzt, daß ich tatsächlich Fieber bekommen habe. Die ganze Nacht wälzte ich mich in Fieber und Kälte. Den ganzen Tag über saß ich zuhause. Am Abend dann schickte ich aus irgendeinem Grund die Magd hinaus; das Mädchen kommt zurück und erzählt, Käthchen sei mit ihrer Mutter – wo denkst Du wohl? – im Theater! Im Theater, während ihr Liebster krank ist . . .«

In der Stadt war soeben ein neues Theater gebaut worden. In Scharen besuchten die Studenten den Bühnenbildner auf seinem Dachboden. Dort lag ein frischgemalter Vorhang ausgebreitet ihnen zu Füßen. Darauf schwebten die Musen nicht mehr im Himmel oben, sondern standen auf der Erde. Ein Mann ging auf einen Tempelportikus zu. Alle freuten sich, daß er keinen griechischen Chiton, sondern ein Alltagskleid trug. Es war Shakespeare. Der Gedanke des Malers war klar: Shakespeare allein hat sich einen Weg gebahnt zum Pantheon der Künste. An Shakespeare können sie sich nicht sattlesen, Shakespeare verschlingen sie förmlich. An ihm schätzen sie die geistige Kühnheit, die Tiefe des Gefühls, die wunderbaren Übergänge von Zorn zur Zärtlichkeit, den Schwung in der Darstellung menschlicher Charaktere und mehr als alles andere – die Bitterkeit und Scham über die Gegenwart, die man bei Shakespeare unter allen Masken erkennen kann.

Die Studenten schauten von den hohen Gerüsten auf die Bühne hinab, die ihnen allzu klein schien für eine Shakespearesche Handlung. Alle wollten, daß »Götz von Berlichingen«, Goethes Jugenddrama, ein Stück werde, das Shakespeares würdig sei.

*

Basedow hatte sich eine Modellschule ausgedacht. Das Geld dafür wollte er bei den Reichen beschaffen. Basedow beginnt mit seiner Bitte und dann – für ihn selber ganz unerwartet – beleidigt er den Menschen, an den er sich wendet. Wen wundert es, daß er nur Absagen bekommt?

Merck, der Mann mit der giftigen Zunge, ist das Vorbild für Mephistopheles. Goethe vergleicht ihn mit einer Schnecke, die unversehens den Leuten die Hörner zeigen kann.

Bei Goethe findet sich ein bemerkenswertes Urteil über Lavater. »Was ist das für ein Mensch, der wunderbar alle Einzelheiten zu beobachten vermag, doch kein eigentliches Ziel hat? Er sieht, welche Falte da auf einer Stirn steht, doch weiß er nicht, warum sie so ist und nicht anders.«

Die Photographie existierte damals bekanntlich noch nicht.

Und da ist noch ein Mensch mit einem so weichen Gesichtsausdruck, einem so aufgeworfenen Mund und so schwungvollen Augenbrauen, als komponiere er Musik, mit einem Ausdruck von Kränklichkeit und Kraft in jedem seiner Züge – der Volksliedsammler, Dichter und Denker Herder. Von ihm hat es Goethe erfahren: Poesie ist nie privates, persönliches Tun. Poesie ist ernsthafte Arbeit. Herder lächelt und sagt: Gedanke und Wort, Gefühl und Ausdruck sind untrennbar, unablösbar wie zwei Zwillinge.

*

Um zu begreifen, wie Goethes Leben und Tun sich entwickelt hat, muß man sich auch daran erinnern, daß seine Beziehungen zu Frauen bei aller Tiefe und Leidenschaftlichkeit des Gefühls nur die soliden Brücken waren, auf denen er von einer Lebensperiode in die nächste überging.

Friederike Brion in einem bäuerlichen Kleid mit kurzen Ärmeln. Lange Zöpfe. Sie wendet den zöpfchenbedeckten Kopf wie ein Lamm nach dem Klang eines Glöckchens. Pastorstochter. Lebhafte ländliche Familie.

Lotte, die Braut eines andern, immerzu rührig und freundlich zu allen, ist jene ältere Schwester aus der »Werther«-Erzählung, der die jüngeren Brüder und Schwestern am Rockschoß hängen. Beschränktes, recht mittelmäßiges Bürgertum.

Lili Schönemann oder ganz einfach Lili – ein lachendes, herausforderndes Profil, doch würde man es auf eine Münze prägen, würden dieselben feinen Lippen, dieselbe griechische Haartracht herrisch wirken. Bankierstochter, die Cembalo spielt und in ihren Launen recht hart sein kann.

Und da möchte man nun fragen: Warum hat dieser gesellige, liebende und auch geliebte Goethe tiefer als alle andern Dichter seiner Zeit die Einsamkeit zum Ausdruck gebracht?

»Wer sich der Einsamkeit ergibt,
Ach! der ist bald allein;
Ein jeder lebt, ein jeder liebt
Und läßt ihn seiner Pein.

Ja! laßt mich meiner Qual!
Und kann ich nur einmal
Recht einsam sein,
Dann bin ich nicht allein.«

Die Antwort auf diese Frage finden wir im »Werther«, dem Buch der Verzweiflung des jungen Goethe. Das Buch säte eine Selbstmordseuche im wohlversorgten bürgerlichen Milieu. Die empfindsame Jugend verstand es als Anleitung zum Selbstmord. Doch der Autor hatte es mit gegenteiliger Absicht geschrieben: wie ein Genesender von seiner Krankheit erzählt. Der hellblaue Frack, den Werther trug, wurde zum Symbol siegreicher Flucht aus der Wirklichkeit. Tatsache aber war, daß diese literarische Gestalt, die Gestalt des empfindsamen jungen Bürgers, der über seinem Milieu steht, ganz ungeachtet des Todes von ein paar Dutzend unglücklichen Nachahmern Werthers geradezu der Stärkung der Lebenskraft seiner Klasse diente, und nicht umsonst nahm ihn Napoleon mit sich ins Feld und las ihn sieben Mal.

... Die Moral der Fabel ist klar: Der Mensch darf nicht gedemütigt werden. Die fünf Sinne sind, nach Meinung des Chronisten, nur die Vasallen, die in einem feudalen Dienstverhältnis stehen zum vernünftigen, denkenden, sich seiner Würde bewußten »Ich«.

Solche Dinge werden geschaffen, weil Menschen mitten in der Nacht aufspringen voller Scham und Entsetzen darüber, daß noch nichts getan und gotteslästerlich viel Leben bereits gelebt ist. Schöpferische Schlaflosigkeit, wache Verzweiflung dessen, der nachts in Tränen auf seinem Bett sitzt, wie Goethe es im »Meister« geschildert hat ...

Als Kavallerie der Schlaflosigkeiten bewegt sich die Kunst der Völker fort, und da, wo sie durchgeht, gibt es Poesie oder Krieg.

V

Tra-ta-ta-ta! Tra-ta-ta-ta! Blas nur, du Postillon auf deinem Kutschbock! Flammt auf, ihr Wipfel roter Ahornbäume! Leb wohl, du plumpes, liebes Deutschland ...

Die Chaussee ist nicht gerade eben, doch das ist nicht weiter schlimm.

Mit allen sprechen möchte man wie mit guten Bekannten.

Jedem Bettler möchte man etwas Gutes sagen.

Der heisere Leierkasten eines Wandermusikanten ist besser als jedes Konzert.

Das Muhen satter Tirolerkühe scheint voller Sinn und voller Leben, als hätte die Erde selber eine Stimme bekommen und erzählte, wie gut sie von den herbstlichen Regengüssen getränkt worden sei.

Die Kutsche verlangsamt ihre Fahrt. Zwei Gestalten stehen mitten im Weg. Ein Mädchen von etwa elf Jahren winkt verzweifelt mit dem Saum seiner roten Pelerine. Neben ihr ein Mann mit schwarzem Bart. Auf seinem Rücken ein großes dreieckiges Futteral.

Der kleine Wildling mit der Harfe ist Mignon. Ein Mädchen aus dem Süden, das seine Heimat verloren hat, die Verkörperung der Sehnsucht nach dem blühenden Süden, doch ist sie keine Italienerin. Der Alte schaute stolz und demütig unter seinen zusammengekniffenen Augenbrauen hervor.

»Das Mädchen ist müde. Reisender Herr, schlagen Sie es nicht ab, sie mitzunehmen.«

In der dahinsausenden Kutsche scherzt Goethe mit dem scheuen Tierchen, mit der ehrgeizigen kleinen Harfenistin. Er neckt sie, stellt sie auf die Probe. Sie kann einen Ahorn nicht von einer Ulme unterscheiden. Doch auch das Mädchen bleibt dem Fragenden nichts schuldig. Unter anderem erklärt sie, daß die Harfe ein hervorragendes Barometer sei: Verstimme sich die Diskantsaite nach oben, gebe es immer gutes Wetter.

Nach dem Brenner, zu Beginn der Alpenüberquerung, sah er die erste Lärche, und nach Schönburg den ersten sibirischen Ahorn. Sicher hätte ihn die kleine Harfenistin auch da wieder ausgefragt.

*

»Mit dieser Reise will ich ein für allemal meine Seele sättigen, die es nach den Schönen Künsten drängt. Sollen sich deren Bilder meinem Bewußtsein einprägen: Ich werde sie zu stillem, konzentriertem Genuß aufbewahren. Doch nachher, wenn ich nach Hause komme, will ich mich den Handwerken zuwenden, Mechanik und Chemie studieren. Die Zeit des Schönen hat sich überlebt. Nur Nützlichkeit und strenge Notwendigkeit lenken unsere Gegenwart.«

Schwer zu glauben, daß diese Worte in Italien geschrieben wurden, auf dem eigentlichen Höhepunkt eines mächtigen existentiellen Aufschwungs. Läßt sich diese Notiz nicht mit der großen seelischen Erregung erklären, die den Italienreisenden Goethe ergriffen hatte?

. . .

Zuhause hatte er es vermieden, sich in die Antike, in die klassische Alte Welt zu vertiefen, weil »verstehen« für ihn »sehen« bedeutete, mit dem Tastsinn prüfen. Die erste Begegnung mit einem Denkmal der klassischen Antike – einer lebendigen Antike, die nicht weniger lebendig ist als die Natur – fand im Amphitheater von Verona statt, einem jener Zirkusse, die von den römischen Imperatoren für Massenschauspiele erbaut worden waren.

Er schritt den Zirkus im Bereich der oberen Sitzreihen ab, und er machte einen seltsamen Eindruck auf ihn: Ein Amphitheater müsse man nicht dann sich anschauen, wenn es leer ist, sondern wenn es voller Menschen sei. Wenn das Volk sich auf diese Art versammelt sehe, müsse es über sich selber staunen, dieses vielstimmige, geräuschvolle, erregte Volk sähe sich plötzlich zu einem einzigen edlen Ganzen vereinigt, zu einer einzigen Masse gegossen, zu einem einzigen Körper. Jeder Zuschauerkopf sei ein Maß für die Kolossalität des ganzen Gebäudes.

Der Wind, der von den antiken Gräbern herweht, über die rosenbedeckten Hügel kommt, ist durchdrungen von deren Wohlgerüchen. Die Grabmäler sind voller Ausdruck, anrührend und stellen immer das Leben wieder her. So dieser Mann, der aus seiner Nische wie aus einem Fenster herausschaut, auf seine Frau ... Und dort ein Vater und eine Mutter, und zwischen ihnen ein Sohn, und sie schauen einander mit unaussprechlicher Zärtlichkeit an.

Ein paar Tage später ging in einem kleinen Theater Venedigs ein ziemlich albernes Stück über die Bühne: Im Verlauf der Handlung hatten sich nahezu alle Akteure gegenseitig erdolcht. Das tobende Venezianer Publikum rief die Schauspieler auf die Bühne und brüllte: »Bravo, Ihr Leichen!«

Was war es denn, worüber sich Goethe in Italien so unablässig, so großzügig und funkensprühend gefreut hat?

Die Popularität und Ansteckungskraft der Kunst, die Nähe der Künstler zur Menschenmenge, deren lebhaftes Echo, deren Begabtheit, Empfänglichkeit. Mehr als alles war ihm die Abtrennung der Kunst vom Leben zuwider.

Hören Sie hin auf die Schritte des Ausländers auf dem warmen Stein eines bereits menschenleeren Kais am Canal Grande. Das ist kein Mensch, der zu einem Stelldichein geht: zu groß der Schwung seiner Gangart, zu entschieden und jäh kehrt er um, wenn er zweihundert oder dreihundert Schritte getan hat.

In der weichen Nachtluft erklingen – einmal von hinten, einmal von vorn – unablässig Männerstimmen. Sie geben einander eine Melodie weiter, führen sie fort und können zu keinem Ende kommen mit irgendeiner leidenschaftlichen Erzählung in Versen.

Jedesmal, wenn er auf eine frische Welle des Gesanges stößt, wendet sich Goethe zu dem andern, soeben verstummten Sänger zurück, und von der Melodie begleitet, entfernt er sich von ihr – der neuen, erwarteten Welle ihrer Fortsetzung entgegen.

Die einander zurufenden Gondolieri singen Verse des alten Dichters Torquato Tasso. Ganz Italien kennt Tasso.

Der wahnsinnige Tasso, der sieben Jahre an der Kette in den Verliesen des Herzogs von Ferrara abgesessen hat, derselbe Tasso, den sie auf dem Kapitol in Rom mit Rosen krönen wollten ... Doch sie kamen zu spät: Er hat es nicht mehr erlebt, er war schon tot. Der Sänger mediterraner Weiten erzählt, wie sie in verzauberten Hainen Holz schlugen und Türme auf Rädern bauten zur Belagerung muselmanischer Städte.

Der hochherzige Dichter warf Türken, Araber und europäische Kreuzfahrer in denselben Topf; irgendwelche Zauberer und Teufel stellte er beinah höher als den Christengott und verlor den Verstand vor Angst, Kirche und Machthaber könnten ihn zum Häretiker erklären.

Ein alter Gondoliere trat auf Goethe zu:

»Seltsam, wie dieser Gesang an die Seele rührt, besonders wenn sie ihn so voller Kunst singen, so echt.«

Am 14. Oktober 1786 verließ Goethe Venedig und fuhr nach Rom. Am 18. Juni 1788 kehrte er nach Weimar zurück.

1935

Aus den Entwürfen zu »GOETHES JUGEND«

Wie sehr wollte ich mir noch einmal das Puppentheater ansehen. Doch mein Vater war der Meinung, man dürfe weder die Großen noch die Kleinen verwöhnen, und je seltener man den Kindern eine Freude bereite, desto stärker sei der Eindruck.

Ich hatte bemerkt, daß es in dem noch nicht ganz bewohnten Haus eine Tür gab, die hinter dem Speisezimmer lag und stets verschlossen war. Eines Morgens hatte meine Mutter den Schlüssel im Schlüsselloch vergessen. Ich ging also in die Rumpelkammer und warf einen flinken Blick auf all die Pappschachteln, Schatullen, Säcke, Kisten, Gläser und Büchsen und den Geschirrvorrat. Ich räumte ein paar getrocknete Äpfel weg und hatte mich bereits bis zur Tür vorgearbeitet, als ich plötzlich zwei neben mir liegende Kisten bemerkte, aus denen Puppenzeug hervorguckte. Was für eine Freude, als ich erkannt hatte, daß in diesen Kisten die Helden und Requisiten meiner Tragödien verpackt waren. Ich hob den leichten Deckel etwas an: Obenauf lag ein handgeschriebenes Büchlein. Es war die Komödie von König David. Von dem Moment an drehten sich all meine Gedanken um diese Komödie, in jeder freien Minute sagte ich mir heimlich ihre Verse auf und stellte mir vor, wie alles auf der Bühne aussehen würde ...

Trommelwirbel auf reinlichen Plätzen.

Zur Musik der Kirchenorgeln predigen Frömmler und Schleicher.

Leierkästen von Wandermusikanten tragen die kleine, in der Kammer oder im Gärtchen geborene kleinbürgerliche Schwermut und Freude in die Dörfer und Städtchen hinaus.

Vergoldete Kutschen fahren zu Fanfarenklängen hochmütige Gesandte aus, die für das Waschen der herrschaftlichen Wäsche besorgt sind.

Wo ist der Sieg über die Erstarrung? Wie wird er zustande kommen?

»Wen du nicht verlässest, Genius,
Nicht der Regen, nicht der Sturm
Haucht ihm Schauer übers Herz.
Wen du nicht verlässest, Genius,
Wird dem Regengewölk,
Wird dem Schloßensturm
Entgegensingen,
Wie die Lerche,
Du da droben.«

Die Revolution liebt den Gesang der Lerche, doch nie und nirgendwo haben Lerchen eine Revolution hervorgebracht.

*

»Knabe sprach: ich breche dich,
Röslein auf der Heiden.
Röslein sprach: ich steche dich,
Daß du ewig denkst an mich,
Und ich wills nicht leiden.
Röslein, Röslein, Röslein rot,
Röslein auf der Heiden.

Und der wilde Knabe brach
's Röslein auf der Heiden.
Röslein wehrte sich und stach,
Half ihm doch kein Weh und Ach,
Mußt es eben leiden.
Röslein, Röslein, Röslein, rot,
Röslein auf der Heiden!«

Emilie tanzte mit ihm ein Menuett.

Emilie: Lucinde ist krank und liegt im Bett. Sie sagt, sie sterbe, weil ein treuloser Freund zuerst für sie geschwärmt, sie dann aber einer andern wegen verlassen habe.

Goethe: Das ist nicht meine Schuld, ich habe nie für Lucinde geschwärmt. Ich weiß, wer das bestätigen kann. Etwa nicht Sie, Emilie?

Emilie: Mein Vater sagt, er schäme sich, von Ihnen Geld für die Stunden zu nehmen: Sie kennen ja bereits alle Tänze.

Goethe: Emilie, so raten Sie mir also, Sie zu verlassen?

Emilie: Gestern haben wir eine Wahrsagerin gerufen. Zwischen Ihnen und Lucinde lag die Karo-Dame. Was ist, wenn ich das bin? Wenn mein Verlobter zurückkommt – was wird er sagen? Und Lucinde! Die eine Schwester ist unglücklich Ihrer Liebe wegen, die andere wegen Ihrer Gleichgültigkeit. Leben Sie wohl – und zum Zeichen, daß dies unser letztes Treffen ist . . .

(Die Tür flog auf, und Lucinde kam hereingestürzt.)

Lucinde: Aha, du küßt ihn also? Du sollst nicht allein von ihm Abschied nehmen!

Emilie: Das wäre im Theater eine Szene für eine gute französische Schauspielerin.

Lucinde: Es ist nicht das erste Herz, das du mir entwendest. Dein Verlobter, war der nicht der meine? All das habe ich ertragen müssen. O meine Tränen, ich bin einfach und leichtgläubig, offen und ehrlich! Du aber bist listig, böse und verschlagen.

Emilie: Gehen Sie fort! Wozu sollen Sie sich das anhören?

Lucinde: Halt! Ich weiß, daß du für mich verloren bist. Aber du sollst ihn auch nicht haben, Schwester! Leb wohl . . . mein erster und mein letzter Kuß . . . Emilie, hör zu: Ich verfluche diejenige, die nach mir diese Lippen küßt! Wenn du willst, versuch es doch, doch paß auf, du wirst dem Unglück nicht entgehen! Und was machen Sie hier noch? Eilen Sie! Gehen Sie fort! So schnell es geht.

Goethe lief weg und schwor sich, nie wieder zu diesem Tanzmeister zu gehen.

(Musik, ein Menuett).

Kommst du in eine neue Gegend, schau, in welche Richtung die Flüsse und Bäche fließen – so kannst du das Profil erkennen, die geologische Struktur des Gebietes.

Was sind hier die Brotpreise? Unerschöpfliche Bodenschätze – Kohle, Eisen, Quarze, Schwefel –, doch dem Land droht der Hunger. Ein Krämer in Pfalzburg wollte uns gestern kein Brot verkaufen.

Woher kommt dieser Schwefel- und Brandgeruch, und der Rauch aus den Erdspalten?

Ein unterirdischer Brand, der in den ausgebeuteten Stollen schwelt. Schon zehn Jahre dauert er.

Ein einstöckiges Häuschen mit weißen Vorhängen an den Fenstern. Hier auf einem Berg des Bergbaugebietes lebt der »Kohlephilosoph« und Chemiker Stauf. Goethe kam auf der Reise durch das Saarland zu ihm, um über die Wirtschaft des Landes zu sprechen und die Nutzung der Bodenschätze.

»Doch mich freute die Herstellung von Eisendraht. Dieses Schauspiel ist geeignet, jeden Menschen in Begeisterung zu versetzen: Eine schwere Handarbeit wurde durch eine Maschine ersetzt. Sie arbeitet wie ein vernünftiges Wesen.«

Goethe legte seinen Steigerhammer auf den Tisch.

Und Mozart auf dem Wasser, Schubert in Vogelstimmen,
Und Goethe pfeifend auf dem wirren Pfad durchs Kraut,
Und Hamlet denkend in beklommen bangen Schritten –
Hörten den Puls der Menge, haben ihr vertraut . . .

Das schöpferische Geheimnis eines Künstlers – wie gut das ist, welche Tiefe!

Ein weiser Rat, der einen zu nützlichem Handeln antreibt – wie herrlich ist das!

Doch aus beiden fügt sich der *Geheime Rat* Goethe.

»Der Geier zerpickte die Leber des Götterstreiters Prometheus.«

»Meine Wurzeln sind abgehauen«, rief Götz von Berlichingen im Sterben aus.

Lottes schwarze Augen scheinen Werther der Abgrund zu sein, der ihn in den Wahnsinn, in den Tod lockt.

Diese drei aus seiner Phantasie Geborenen zerbrachen, kamen um. Er aber, der noch nicht zu warten verlernt hat, der es noch kennt, das Fieber der Erwartung – er stößt sich ab vom Tod.

»Neues freut mich nicht, und ausgestattet
Ist genugsam dies Geschlecht zur Erde.
Freilich frönt es nur dem heut'gen Tage . . .«

Worauf wartet er denn?

Die Hofkutsche will noch immer nicht erscheinen.

Die Kutsche, die ihm Weimarer Beamte zu senden versprachen, geruht sich zu verspäten.

Auf dem Kutschenhof in Straßburg schlägt man eine Schlaf-Equipage mit hellblauem Damast aus, eine sogenannte Dormeuse. Der Kutschkasten wird mit Lack überzogen. Das Weimarer Wappen auf den Türchen wird vergoldet.

Die Straßburger Kutschenmeister verfertigen ohne Eile ein Gefängnis auf Rädern, einen lackierten Sarg auf Stoßdämpfern, in dem sie Deutschlands größten Dichter in einen Zwergstaat verfrachten werden, ins Herzogtum Weimar, wo er bei einem besseren Gutsbesitzer Minister sein wird und als Fabeltierchen den Gästen vorgeführt werden kann.

1935

Tschechow. Die handelnden Personen des »Onkel Wanja«. Serebrjakow Alexander Wladimirowitsch, Professor im Ruhestand. Jelena Andrejewna, seine Frau, 27 Jahre alt. Sofja Alexandrowna (Sonja), seine Tochter aus erster Ehe. Wojnizkaja Marja Wassiljewna, Geheimratswitwe, Mutter der ersten Frau des Professors. Wojnizkij Iwan Petrowitsch, ihr Sohn. Astrow Michail Lwowitsch, Arzt. Telegin Ilja Iljitsch, verarmter Gutsbesitzer. Marina, eine alte Kinderfrau. Ein Arbeiter.

Um die internen Beziehungen dieser handelnden Personen als System zu begreifen, muß man die Tschechowsche Personenliste auswendig lernen, sie sich richtig einpauken. Was für ein fades, trübes Kopfzerbrechen. Warum sind die alle beisammen? Wer ist wessen Geheimrat? Bestimmen Sie doch einmal die Verschwägerung oder Verwandtschaft Wojnizkijs, des Sohnes der Witwe des Geheimrats, dieser Mutter der ersten Frau des Professors, mit Sofja Alexandrowna – dem Töchterchen des Professors aus erster Ehe! Um festzustellen, daß der und der dem und dem ein Onkel ist, muß man eine ganze Tabelle intus haben. Mir zum Beispiel fällt es leichter, den trichterartigen Plan von Dantes »Komödie« mit ihren Kreisen, Marschrouten und ihrer Sphärenastronomie zu verstehen als diesen kleinlichen Registrierbeamten-Unsinn.

Ein Biologe würde das Tschechowsche Prinzip ökologisch nennen. Das Zusammenleben ist für Tschechow die entscheidende Basis. In seinen Dramen gibt es keinerlei Handlung, sondern nur Nachbarschaft mit den aus ihr entstehenden Unannehmlichkeiten.

Tschechow entnimmt mit einem Fangnetz eine Probe aus einem menschlichen »Tümpel«, die es gar nie gegeben hat. Die Leute leben zusammen und können sich absolut nicht voneinander trennen. Das ist alles. Gebt ihnen Fahrkarten, zum Beispiel den »drei Schwestern«, und das Stück ist zu Ende.

Nehmen Sie eine Liste der handelnden Personen etwa bei Goldoni. Das ist eine Traube mit Traubenbeeren und Blättern, etwas Lebendiges und Ganzes, das man mit Vergnügen in die Hand nimmt. *Personaggi*: Fabrizio, ein alter Mann, Stadtbürger; Eugenia, Fabrizios Nichte; Flamminia, Fabrizios Nichte, eine Witwe; Fulgenzio, Stadtbürger, in Eugenia verliebt; Clorinda, Fulgenzios Cousine; Roberto, ein Adliger usw. Hier haben wir eine blühende Vereinigung, einen geschmeidigen und freien Zusammenschluß handelnder Kräfte an dem einen biegsamen Zweig.

Doch Tschechow und die Biegsamkeit sind unvereinbare Begriffe. In der Antike hat der athenische Herrscher Aiakos, als sein ganzes Volk an einer Seuche, an verdorbener Luft starb, aus Ameisen Menschen gemacht. Auch unser Tschechow ist gar nicht übel: Bei ihm werden Menschen zu Ameisen.

Dieser Tage kam ich ins Woronescher Stadttheater, zum dritten Akt des »Kirschgartens«. Die Schauspieler schminkten sich oder ruhten sich im Umkleideraum aus. Ein altes Theatermädchen im schwarzen Kleid und mit weißem Halstuch kam auf mich zu. Es war Warja. Der Großbauer Lopachin, der soeben den Kirschgarten aufgekauft hatte, bemühte sich noch, in seinen Gesichtszügen den Ausdruck des schlauen, doch einfühlsamen Krämerhechts zu unterdrücken. Auf seinen karierten Knien schaukelte er leise den silbermondhaften Duma-Bojaren aus dem Stück Alexej Tolstojs, aus jenem, das ein Polizeioffizier in Zusammenarbeit mit dem Apoll von Belvedere verfaßt hat, und diesmal trug mein Mstislawskij einen langschößigen »rrrrussischen« Gehrock: ein Gutsbesitzer mit Namen Pistschik.

Im allgemeinen waren die Ruinen des Stücks, seine Rückseite sozusagen, gar nicht schlecht. Nachdem sie ihren Tschechow gespielt hatten, traten die Schauspieler irgendwie erkältet und ein bißchen schuldbewußt ab.

Zwischen dem Theater und dem sogenannten Leben herrscht bei Tschechow ein Verhältnis wie zwischen Erkältung und Gesundsein.

/Ein paar Tage zuvor hatte das Theater große Schelte bekommen: Es wurde von der lokalen Zeitung gerügt, weil der »Kirschgarten« ohne die nötige Stimmung gespielt und zur kecken Komödie umfunktioniert worden sei.

Ich hatte Angst vor der Löwin, die im Stück die Herrin gespielt hatte, und plauderte über dies und jenes mit dem Schauspieler, der die Rolle des Kontoristen Jepichodow spielte. Ich mußte in ihm geradezu den Lebenskünstler sehen, der seine Stelle aufgrund eines Inserates im »Petersburger Blättchen« bekommen hatte. Während andere Schauspieler in würdevoller Haltung »nicht für mich, sondern für meinen Namen« sprachen, während sie alle sich wie unwürdige Priester bewegten und geradezu darauf warteten, daß irgendwer sie »Eure Heiligkeit« nannte und aufs Händchen küßte, wußte einzig dieser Jepichodow, wo sein Platz war./

Mit viel Geräusch trat die Löwin ein, die im Stück die Herrin gespielt hatte. Ihr Schuhwerk war eine Nummer zu groß und glich darin aufs Haar ihrer Stimme. Jepichodows Schnurrbart zitterte.

/Dieser Komödienschauspieler, ein Abkömmling des Suworinschen Kleinen Theaters, hat seine Heimatstadt seit zwanzig Jahren nicht mehr gesehen. Das »Petersburger Blättchen«! Die Anstellung aufgrund eines Inserates. Ein Glas Bier. Ein belegtes Brot mit gekochtem Schweinefleisch. Die Paradiesvögel der Krawatten in einem Galanteriewarengeschäft./

1935

ÜBER DAS TRAGISCHE

Wenn ein Schriftsteller es sich zur Pflicht macht, um jeden Preis »tragisch vom Leben zu künden«, jedoch auf seiner Palette keine tief kontrastierenden Farben besitzt; und das Wichtigste – wenn ihm das Feingefühl für jenes Gesetz abgeht, demzufolge das Tragische, in welch kleinem Bereich es auch erscheinen möge, sich in ein *allgemeines Bild der Welt* fügen muß, wird er ein »Halbfabrikat« des Schrekkens und der Erstarrung liefern, nur gerade deren Rohmaterial, das bei uns ein Gefühl des Widerwillens hervorruft und in der wohlmeinenden Kritik besser unter dem Kosenamen »Alltags- und Milieustudie« bekannt ist.

1935/1936

ÜBER DIE AUFMERKSAMKEIT

Die Aufmerksamkeit ist die eigentliche kühne Leistung des lyrischen Dichters, Zerzaustheit und Zerstreutheit sind nur die Ausflüchte einer lyrischen Faulheit.

1935/1936

NOTIZEN

Die russischen Vorlagen stammen im wesentlichen aus zwei Quellen. Einerseits aus der von G. P. Struve und B. A. Filippov besorgten amerikanischen Mandelstam-Edition, nämlich aus Vol. II (New York 1971, 2. Auflage), Vol. III (New York 1969) und dem Ergänzungsband Vol. IV (Paris 1981, herausgegeben von den bereits Genannten sowie Nikita Struve). Andererseits aus dem sowjetischen Auswahlband: Osip Mandel'štam, SLOVO I KUL'TURA (Das Wort und die Kultur), Zusammenstellung und Anmerkungen von Pavel Nerler, Vorwort von M. Ja. Poljakov, Moskau: Sovetskij Pisatel' 1987. Für alle weiteren Auskünfte vgl. den Anfang der NOTIZEN im ersten Band: ÜBER DEN GESPRÄCHSPARTNER, Gesammelte Essays I: 1913-1924, Ammann Verlag Zürich 1991, S. 251 ff.

JULES ROMAINS

Zuerst als Vorwort zu Mandelstams russischer Übersetzung von Jules Romains' Stück »Cromedeyre-le-Vieil«, erschienen im Staatsverlag GIZ, Leningrad-Moskau 1925. Übersetzt nach der amerikanischen Ausgabe Vol. II, 1971.

S. 7 *Jules Romains* (1885-1972): frz. Lyriker, Romancier und Dramatiker des »Unanimisme«, benannt nach dem programmatischen Gedichtband »La Vie unanime« (1908, Das einmütige Leben), der die Gruppen-Seele feiert, die menschliche Gemeinschaft, die Verschmelzung mit der Menge; Romains ist v. a. bekannt durch seinen Romanzyklus »Les Hommes de bonne volonté« (1932-1946). Zu Mandelstams Interesse für den frz. Unanimismus als eine humanistisch fundierte Alternative zum kommunistischen Totalitarismus vgl. mein Buch: Ralph Dutli, Ossip Mandelstam, Ammann Verlag 1985, S. 219-233. – Außer dem »Cromedeyre«-Stück (1920) hat M. auch Jules Romains' Erzählung »Les Copains« (1913) ins Russische übersetzt (unter dem Titel »Obormoty« im Staatsverlag GIZ, Leningrad 1925) und ev. auch das unsignierte Vorwort dazu verfaßt. Beide Texte präsentiert er in seinem Artikel »Neue Werke von Jules Romains« in der »Večernjaja Krasnaja Gazeta«, Leningrad 1925, 17. Januar, Nr. 15. Um Überschneidungen und Wiederholungen zu vermeiden, wurde nur das Vorwort zu »Cromedeyre« in den vorliegenden Band aufgenommen – die anderen Texte sind russisch abgedruckt in der Zeitschrift »Russian Literature« XV, 1981, 1, S. 16-21.
Schon Flaubert und die Goncourts: vgl. M.s Kritik des frz. analytischen Romans in »Das 19. Jahrhundert« (1922) im Band Essays I.

S. 8 *»Tod eines Jemand«:* Jules Romains' Erzählung »Mort de quelqu'un« von 1910.
Duhamels »Ode an einige Menschen«: »Ode à quelques hommes« in Georges Duhamels Gedichtband »Compagnons« (Poèmes 1910-1912), von Mandelstam selber ins Russische übertragen, gedruckt in der Zeitschrift »Sovremennyj Zapad« 1923, Nr. 3. Vgl. M.s kritische Auseinandersetzung mit Duhamels »Herzensgeographie Europas« im vorliegenden Band.

»Die Armee in der Stadt«: Jules Romains' Stück »L'Armée dans la ville« von 1911.

S. 9 *Volkstümlerische Illusionen:* hier und im folgenden Anspielung auf die russ. Volkstümlerbewegung, die Narodniki, die ab den 1860er Jahren das russ. Landvolk idealisierten und von einem bäuerlichen Sozialismus träumten.

TATARISCHE COWBOYS

Zuerst in der Zeitschrift »Sovetskij ėkran« 1926, Nr. 14, 6. April. Übersetzt nach dem Ergänzungsband der amerikanischen Ausgabe, Vol. IV, 1981.

Vgl. auch die anderen kritischen Filmrezensionen M.s im vorliegenden Band, »Die millionenschwere Puppe« und »Ein Maulheld« (1929), sowie den parodistischen Text »Ich schreibe ein Szenario« (1927).

Nur der Titel des besprochenen Films ist bekannt, »Pesni na kamne« (Lieder auf Stein), Regisseur und Kameramann sind bisher nicht identifiziert.

S. 13 *So von der Krim zu sprechen, von den Tataren:* Die Krimtataren sind Abkömmlinge der »Goldenen Horde«, des Mongolensturms von 1240; bildeten ein selbständiges Khanat, anerkannten die ottomanische Oberhoheit (1475); 1783 von Rußland annektiert, 1922 Autonome Republik, im November 1941 von den Deutschen besetzt, im Mai 1944 von den Sowjettruppen zurückerobert; zahlreiche Tataren ließ Stalin als »den deutschen Faschisten ergebene, unzuverlässige Elemente« nach Sibirien deportieren.

DAS »BERESIL«-THEATER

Zuerst in der Zeitung »Kievskij proletarij«, Kiew 1926, 7. Mai (Teil 1), und »Večernjaja Krasnaja Gazeta«, Leningrad 1926, 17. Juni (Teil 2, mit Untertitel »Aus Kiewer Impressionen«). Übersetzt nach dem sowjetischen Auswahlband von 1987, da die amerikanische Ausgabe, Vol. III, 1969, beide Teile vermischt und unvollständig wiedergibt.

Vgl. auch die anderen Theaterporträts M.s, »Das ›Grotesk‹-Theater« (1922) und »Das Moskauer Künstlertheater und das Wort« (1923) im Band Essays I, im vorliegenden Band »Michoëls« (1926) und »Jachontow« (1927).

S. 17 *Das »Beresil«-Theater:* 1922 in Kiew gegründet, der Name bedeutet »März, Frühlingsanfang«; Experimentierbühne, die den neuen Einflüssen der Revolutionszeit offenstand, geleitet von Les (Alexander) Kurbas (1887-1942); 1926 wurde das Theater nach Charkow verlegt, Anfang der 30er Jahre begann die Kampagne gegen das »Beresil« und Kurbas, der 1933 verhaftet wurde und in einem Straflager umkam.

S. 18 *»La Jacquerie«:* Prosper Mérimées (1803-1870) dramatische Chronik eines Bauernaufstandes (1828).
»Die Kommune in den Steppen«: Stück des sowjet. Autors Nikolaj Kulisch (1925).
»Die Gajdamaken«: Stück nach einem Poem des ukrainischen Nationaldichters Taras Schewtschenko (1814-1861); »Gajdamaken« sind ukrainische Kosaken.
»Die Gaunerbande«: Stück des sowjet. Autors Wolodimir Jaroschenko.
»Jimmy Higgins«: Stück nach dem Roman von Upton Sinclair.

S. 19 *Meyerhold* Wsewolod (1874-1942): Theaterregisseur, Initiator des wichtigsten Experimentiertheaters der 20er Jahre, Schöpfer der »Biomechanik«, einer verfremdenden, grotesken Kreuzung von Konstruktivismus und Akrobatik auf der Bühne, enge Zusammenarbeit mit Majakowskij, dessen Stücke »Mysterium Buffo«, »Die Wanze« und »Schwitzbad« er inszenierte; eigenes Staatstheater in Moskau, 1920 gegründet, 1938 gewaltsam geschlossen, Meyerhold starb im Gefängnis.
Kammertheater: 1914 in Moskau gegründet von Alexander Tairow (1885-1950), dem Schöpfer des »entfesselten« Theaters.
»Fuente Ovejuna«: Drama von Lope de Vega (1618).
Drisen N. W. (1868-1935): russ. Theatermann und Theaterhistoriker.

S. 21 *In diesen Tollerschen und Kaiserschen Käfigen:* zu Ernst Toller (1893-1939), dessen Stück »Masse Mensch« Mandelstam selber ins Russische übersetzte, vgl. den Text »Ein Revolutionär im Theater« (1923) im Band Essays I; Georg Kaisers (1878-1945) expressionistisches Stück »Gas« (1918/20) inszenierte das »Beresil« 1924.

S. 22 *Biomechanik:* s. o. Notiz zu S. 19 (Meyerhold).

S. 23 *»Das Mandat«:* von Meyerhold uraufgeführtes satirisches Stück (1925) von Nikolaj Erdman (1902-1970).
»Luftkuchen«: groteske Gaunerkomödie aus der NEP-Zeit von Boris Romaschkow (1895-1958).
Ostrowskij Alexander (1823-1886): nach Gogol einer der wichtigsten russ. Dramatiker des 19. Jh., »Das Gewitter« (1859), »Der Wald« (1871) u. a.

JACQUES WURDE GEBOREN UND STARB

Zuerst in der Zeitung »Večernjaja Krasnaja Gazeta«, Leningrad 1926, 3. Juli. Übersetzt nach dem sowjetischen Auswahlband von 1987, da in der amerikanischen Ausgabe, Vol. III, 1969, der ganze Schluß (nach dem Satz »Was denn, Bruder, in Rußland lebt sich's langweilig?«) fehlt.

Erste Kritik M.s an der von aller Qualität sich lossagenden, auf Vermassung und Vermarktung zielenden Übersetzungspraxis der staatlichen sowjetischen Verlage, vgl. auch im vorliegenden Band »Pfusch vom Fließband« und »Von literarischen Übersetzungen« (1929). M. war in der zweiten Hälfte der 20er Jahre immer mehr auf den Broterwerb des Übersetzens angewiesen, Echos darauf finden sich auch in der autobiographischen »Vierten Prosa« (1929/1930) im Band Das Rauschen der Zeit, Ammann Verlag 1985.

S. 24 *Benoit* Pierre (1886-1962): populärer frz. Romancier.

S. 25 *Godunow* Boris (1551-1605): Zar in der auf den Tod Iwans des Schrecklichen (1584) folgenden »Zeit der Wirren«; durch die angeblich von ihm betriebene Ermordung des jüngsten Soh-

nes Iwans des Schrecklichen, Dmitrij, in seiner Machtausübung belastet, durch die Bojaren und den mit polnischer Hilfe auftretenden Pseudo-Dmitrij zu Fall gebracht. Vgl. Alexander Puschkins Drama »Boris Godunow« (1825) und Modest Mussorgskijs gleichnamige Oper (1874).
Die Reihe »Weltliteratur«: von Maxim Gorkij gegründetes Editionsprojekt, existierte von 1918 bis 1924.
Irinarch Wwedenskij (1813-1855): russ. Übersetzer englischer Romane, v. a. Dickens, Thackeray, J. F. Cooper.

S. 26 *Schukowskij* Wassilij (1783-1852): Dichter der russ. Vorromantik, die überragende Übersetzergestalt der russ. Literatur, Übersetzer der deutschen Balladendichtung, Schillers, Goethes, Uhlands u. a.
Stassjulewitsch Michail (1826-1911): liberaler russ. Historiker, 1865 Gründer der Zeitschrift »Der Bote Europas«.
Leskow Nikolaj (1831-1895): Romancier (»Die Klerisei«, 1872) und hervorragender Novellist, Meister der »ornamentalen« Prosa: »Lady Macbeth von Mzensk« (1866), »Der versiegelte Engel« (1872), »Der Linkshänder« (1881) u. a.

S. 27 *Balmont, Brjussow:* symbolistische Lyriker und Übersetzer, diverse Erwähnungen im Band Essays I.
Russische »Emails und Kameen«: Théophile Gautiers Gedichtband »Emaux et Camées« (1852/1872) hatte M.s Freund und Dichterkollege, der Akmeist Nikolaj Gumiljow 1914 ins Russische übertragen.
Wsewolod Iwanow, Pilnjak: Zeitgenöss. Prosaisten, vgl. den Text »Literarisches Moskau: Die Geburt der Fabel« (1922) im Band Essays I.

S. 28 *Tschitschikow-Fratze:* der betrügerische Aufkäufer von »Toten Seelen« in Gogols gleichnamigem Roman (1835/1842).

MICHOËLS

Zuerst in der Zeitung »Večernjaja Krasnaja Gazeta«, Leningrad 1926, 10. August – nur bis »auf einem Balkon in Gomel«, nach dem

Asteriskus folgen fragmentarisch erhaltene Entwürfe. Übersetzt nach der amerikanischen Ausgabe Vol. III, 1969, im sowjetischen Auswahlband von 1987 fehlt der Text.

Wichtiges Zeugnis für M.s Beziehung zum eigenen Judentum, vgl. dazu die NOTIZ zum Essay »Puschkin und Skrjabin« (1915) im Band Essays I.

S. 30 *Michoëls* Solomon (Pseudonym für S. Wowsi, 1890-1948): großer jüdischer Schauspieler, laut den Memoiren Schostakowitschs einer der bedeutendsten russ. Lear-Darsteller, Nachfolger von Alexander Granowskij als künstlerischer Leiter des Jüdischen Staatstheaters in Moskau, das 1946 gewaltsam geschlossen wurde; Stalin ließ Michoëls im Januar 1948 ermorden.

Jüdisches Staatstheater (GOSET): 1918 in Petrograd als Studiotheater entstanden, 1921 von Alexander Granowskij als Jüdisches Kammertheater reorganisiert und nach Moskau verlegt; Chagall betreute 1919-1922 Bühnenbild und Ausstattung; zahlreiche Inszenierungen jiddischer Stücke von Scholem Alejchem, Peretz, Goldfaden u. a.; ab 1925 unter dem Namen Jüdisches Staatstheater, 1946 im Zuge von Stalins Kampagne gegen jüdische Einrichtungen geschlossen.

Granowskij Alexander (Pseudonym f. Abraham Asartsch, 1890-1937): Gründer und Leiter des Jüdischen Staatstheaters bis 1929, s. o.

S. 31 *Dobroljubow* Nikolaj (1836-1861): politisch orientierter, sozialkritischer Literaturkritiker.

S. 33 *»Narkompros! Narkompros!«:* Abkürzung für »Volkskommissariat für Bildungswesen«.

»Die Hexe«: jiddisches Stück von Abraham Goldfaden (1840-1908).

»Nachts auf dem Alten Markt«: Stück von I. L. Peretz, 1907 entstanden, 1925 aufgeführt; die amerikanische Ausgabe, Vol. III, gibt den Titel fehlerhaft wieder – die handschriftlichen Entwürfe zu M.s Text über Michoëls sind schwer zu entziffern.

S. 34 *»Beresil«:* vgl. Notiz zu S. 17 und den diesem Kiewer Theater gewidmeten Text M.s (1926) im vorliegenden Band.
Les Kurbas: Notiz zu S. 17

KINDERLITERATUR

Zuerst in der Zeitschrift »Detskaja literatura« 1967, Nr. 6, Publikation von Nadeschda Mandelstam. Übersetzt nach der amerikanischen Ausgabe Vol. III, 1969.

Der Text ist zweifellos eine Satire auf die in der zweiten Hälfte der 20er Jahre von der Krupskaja, Lenins Witwe, angezettelte Propagandakampagne gegen »ideologisch unzuverlässige« und »schädliche« Märchen und Kinderbücher, die nicht direkt für den sozialistischen Aufbau vereinnahmt werden konnten. Hauptopfer waren die herrlichen Kinderbücher Kornej Tschukowskijs (1882-1969), dessen »Abenteuer von Krokodil Krokodilowitsch« 1928 sogar verboten wurden. Mandelstam äußert sich hier als Autor eigener Kinderbücher und verwahrt sich gegen ideologische Gängelung des Kindes wie des Kinderbuchautors. Insgesamt vier Kinderbücher erschienen von Mandelstam: »Der Primuskocher«, »Die beiden Trams« (1925), »Luftballons« und »Die Küche« (1926).

ICH SCHREIBE EIN SZENARIO

Zuerst in der Zeitschrift »Sovetskij ėkran« 1927, Nr. 25, 21. Juni. Übersetzt nach der amerikanischen Ausgabe Vol. II, 1971, 4. Anhang.

Mandelstams Parodie ähnelt gewissen Texten der russischen »Absurdisten« oder »Obėriuten« Daniil Charms (1906-1942) und Alexander Wwedenskij (1904-1941; beide im Gefängnis umgekommen); man denke aber auch an M.s parodistisches »Kino«-Gedicht (1913) im Band Der Stein, Ammann Verlag 1988, S. 105.

S. 37 *Schklowskij* Viktor (1893-1984): bedeutender Vertreter des russ. Formalismus, Literaturtheoretiker und Schriftsteller – »ZOO oder Briefe nicht über die Liebe«, »Sentimentale Reise« (1923), »Theorie der Prosa« (1925) u. a. Vgl. auch sein

Porträt in Mandelstams Text »Der Pelz« (1922) im Band DAS RAUSCHEN DER ZEIT, Ammann Verlag 1985, S. 129 f. – Schklowskij schrieb selber Filmszenarios (»Bett und Sofa«, 1927) und gab ein Lehrbuch für beginnende Szenaristen heraus: »Wie schreibt man Szenarios«, Moskau-Leningrad 1931. Im zweiten Band der Memoiren Nadeschda Mandelstams, deutsch unter dem Titel »Generation ohne Tränen« (1975), S. 271, findet sich die Schilderung, wie Schklowskij dem ständig von Geldnöten geplagten Mandelstam nahelegte, Szenarios zu schreiben, um sich so über Wasser zu halten: »Allen, zu denen Schklowskij ein gutes Verhältnis hatte, gab er genau denselben Rat, und er schlug vor, daß man Szenarios zusammen schreiben könne. Ein derartiger Vorschlag war bei ihm stets so etwas wie eine Liebes- oder Freundschaftserklärung« (Nadeschda Mandelstam). Das von Schklowskij gegebene Rezept erahnt man aus M.s Text (»Es ist ganz einfach, es braucht nur eine Kollision!«). – Zu Schklowskij, der 1937/38 noch als einziger dem verfemten Mandelstam Obdach gewährte, als ihn viele ehemalige Künstlerkollegen auf der Straße nicht einmal mehr zu grüßen wagten, vgl. auch das Kapitel »Die Schklowskijs« (»In Moskau gab es nur ein Haus, das den Verstoßenen offenstand«) im ersten Band der Memoiren Nadeschda Mandelstams, deutsch unter dem Titel »Das Jahrhundert der Wölfe« (1971).
Eisenstein Sergej (1898-1948): bedeutendster sowjet. Filmregisseur der 20er Jahre, »Panzerkreuzer Potemkin« (1925), »Oktober« (1927), »Iwan der Schreckliche« (1944/46) u. a.

JACHONTOW

Zuerst in »Ėkran Rabočej Gazety«, Moskau 1927, Nr. 31, 3. Juli. Übersetzt nach dem sowjetischen Auswahlband von 1987, da die Fassung der amerikanischen Ausgabe, Vol. III, 1969, kleine Irrtümer enthält (im 6. Abschnitt: »Erwartung des Raumes« statt »Erwartung einer Katastrophe«).

S. 40 *Jachontow* Wladimir (1899-1945): 1924-26 Schauspieler des Meyerhold-Theaters (Notiz zu S. 19), gründete 1927 sein

Einmanntheater »Sovremennik« (Zeitgenosse), das 1935 wegen »Formalismus« geschlossen wurde; spezialisiert auf literarische Montagen; nach 1935, bis zu seinem Selbstmord 1945, war Jachontow gezwungen, konventionellere Theaterarbeit zu leisten.
Meyerhold: Notiz zu S. 19
Stanislawskij Konstantin (1863-1938): bedeutender russ. Theaterregisseur, Inszenator der Stücke Tschechows, Mitbegründer des »Moskauer Künstlertheaters« (MChaT, 1898), vgl. M.s kritisches Porträt »Das Moskauer Künstlertheater und das Wort« (1923) im Band Essays I.
Wachtangow Jewgenij (1883-1922): neben Meyerhold (Notiz zu S. 19) und Tairow (Notiz zu S. 19, »Kammertheater«) der dritte bedeutende experimentierende Theaterregisseur der 20er Jahre, Vertreter eines »phantastischen Realismus«.
Onegin: Held von Alexander Puschkins Versroman »Jewgenij Onegin« (1823-1831), den Jachontow 1930 inszenierte.
Schneider Petrowitsch: in Gogols Novelle »Der Mantel« (1842).
Der Sonderling Jewgenij: gepeinigter »Held« in Alexander Puschkins Verserzählung »Der eherne Reiter« (1833), vgl. dazu M.s Gedicht »Petersburger Strophen« (1913) im Band Der Stein, Ammann Verlag 1988, S. 91, und dort auch Notiz auf S. 216 (Jewgenij als »Alter Ego« Mandelstams).

S. 41 *»Weiße Nächte«:* Roman von Dostojewskij (1848); bei ihm heißt die Heldin Nastenka, nicht Maschenka.
»Lenin«: Textmontage Jachontows von 1925.

S. 42 *Akakij Akakijewitsch:* die Hauptgestalt, der kleine Beamte in Gogols Novelle »Der Mantel« (1842).
»In schwarzen Zobel hüllte ich«: aus Puschkins Entwürfen zum »Jewgenij Onegin« (s. o.), »Jewgenijs Album« 9. Strophe.
Im Text klatscht die Galerie noch Beifall: vgl. die gleiche Szene samt wartenden Lakaien und frierenden Kutschern in M.s Gedicht »Walküren im Fluge« (1914) im Band Der Stein, Ammann Verlag 1988, S. 119.

VICTOR HUGO, »DAS JAHR DREIUNDNEUNZIG«

Zuerst als Vorwort zur russischen Übersetzung von Victor Hugos »Quatre-vingt-treize« durch M. A. Šišmareva im Staatsverlag GIZ, Moskau-Leningrad 1927. Übersetzt nach der Publikation in der Zeitschrift »Russian Literature« XV, 1984, 1, da der Text weder in der amerikanischen Ausgabe noch im sowjetischen Auswahlband von 1987 zu finden ist.

S. 44 *»Das Jahr Dreiundneunzig«:* »Quatre-vingt-treize«, historischer Roman von Victor Hugo, erschienen 1874.

S. 45 *Wie zu Rolands epischen Zeiten:* Mandelstam selber hat Fragmente des altfranzösischen Rolandsepos (La Chanson de Roland, 11. Jh.) ins Russische übertragen, vgl. seinen Text »Über das Epos des französischen Mittelalters« im Band Essays I, sowie entsprechende Notiz in jenem Band.

GEORGES DUHAMEL, »HERZENSGEOGRAPHIE EUROPAS«

Zuerst in der amerikanischen Mandelstam-Ausgabe, Vol. III, 1969. Übersetzt nach dieser Vorlage.

Es handelt sich hier um eine der zahlreichen »internen Rezensionen«, d. h. Lektoratsgutachten zuhanden der sowjetischen Verlage, die M. in der zweiten Hälfte der 20er Jahre und zu Beginn der 30er Jahre schreiben mußte, um sich finanziell über Wasser zu halten. Auch wenn die vorliegende »interne Rezension« vermutlich 1931 verfaßt wurde, steht sie hier nach dem Vorwort zu Victor Hugos Roman, um M.s »literarischen Broterwerb« in jenen Jahren zu dokumentieren; alle diese »internen Rezensionen« (russisch in der amerikanischen Ausgabe, Vol. III, 1969, und in der Zeitschrift »Russian Literature« XV, 1984, 1) über zumeist zweit- und drittrangige französische Autoren in den vorliegenden Essayband aufzunehmen, war schlechterdings unmöglich, sollte das Wesentliche nicht vom rein »Broterwerblichen« erdrückt werden. Die »interne Rezension« auf Duhamel wurde stellvertretend deshalb aufgenommen, weil sie zentrale Themen Mandelstams enthält: Europa, Ablehnung von Nationalismus und Chauvinismus usw.

S. 47 *Georges Duhamels »Herzensgeographie Europas«:* die »Géographie cordiale de l'Europe« (Paris 1931) ist ein Reisebuch und Nebenwerk des Unanimisten Georges Duhamel (1884-1966), der v. a. durch seine Romanzyklen »Vie et aventures des Salavin« (1920-1932) und »Chronique des Pasquier« (1933-1945) bekannt ist. Mandelstam übersetzte 1923 Duhamels »Ode à quelques hommes« ins Russische (Notiz zu S. 8) und aus Erwerbsgründen auch Duhamels »Briefe an einen Freund in Patagonien« (Staatsverlag GIZ, Moskau-Leningrad 1927). – Zu den Unanimisten vgl. auch M.s Text »Jules Romains« (1925) im vorliegenden Band und die entsprechenden NOTIZEN. Bei Jules Romains hatte M. gerade die Absenz von Nationalismus und Chauvinismus lobend hervorgehoben, Duhamels Tendenzen zu Chauvinismus lassen ihn deshalb sehr kritisch reagieren.

DER FÄCHER DER HERZOGIN

Zuerst in der Zeitung »Kievskij proletarij«, Kiew 1929, 25. Januar. Die Versionen in der amerikanischen Ausgabe, Vol. III, 1969, und im sowjetischen Auswahlband von 1987 weichen erheblich voneinander ab: ist die letztere Fassung ausführlicher und länger, enthält sie doch mindestens eine zensurbedingte Lücke, die Erwähnung Nikolaj Bucharins gegen den Schluß des Textes (Erläuterungen zum sowjetischen Auswahlband zu Beginn der NOTIZEN im Band Essays I). Der Herausgeber des vorliegenden Bandes hat versucht, aus beiden Fassungen eine dritte, »vollständige« zu rekonstruieren.

S. 50 *Marcel Proust erzählt, wie eine Herzogin:* Anspielung auf den ersten Teil von »À la recherche du temps perdu«, »Du côté de chez Swann« (1913; In Swanns Welt), und dort den mittleren Teil »Un amour de Swann«: Es handelt sich um die Abendgesellschaft bei Madame de Saint-Euvert, zu der auch die Princesse des Laumes erscheint (die erst später den Titel »Duchesse de Guermantes« annehmen wird).

S. 51 *Alexej Lipezkij* (1887-1942): einer der zahllosen »ideologisch zuverlässigen« Pseudo-Romanschreiber der Epoche.

S. 52 *Bunin* Iwan (1870-1953): hervorragender russ. Prosaist (»Das Dorf«, 1910; »Suchodol«, 1912; »Der Herr aus San Francisco«, 1916; »Mitjas Liebe«, 1925), emigrierte 1920 nach Paris, Nobelpreis 1933.

»Am Vorabend«, »Neuland«: Romane Iwan Turgenjews (1818-1883) von 1860 bzw. 1876.

S. 53 *Kawerin* Wenjamin (Pseudonym f. W. Silberg, 1902-1989): Prosaist in der Tradition des Abenteuer- und Schelmenromans (»Das Ende einer Bande«, 1925; »Unbekannter Meister«, 1931), Mitglied der »Serapionsbrüder von Petrograd«, einer 1921 gegründeten Gruppierung von Prosaisten, die für eine freie, von politischer Gängelung unabhängige Kunst eintraten; sein Schlüsselroman »Der Skandalmacher, oder Abende auf der Wassilij-Insel« stammt von 1928.

Sinaida Gippius (1869-1945): symbolistische Lyrikerin und Kritikerin; »Die Teufelspuppe« erschien 1911.

S. 54 *Wsewolod Iwanow* (1895-1963): Prosaist der Gruppe »Serapionsbrüder«, s. o. Notiz zu Kawerin.

S. 55 *Selwinskij* Ilja (1899-1968): Lyriker, Dramatiker, Vertreter des Konstruktivismus; Polujarow ist die Hauptgestalt des Versromans »Pelzhandel« (1927).

Kosma Prutkow (»1803-1863«): erfundener Beamter und Schriftsteller, literarische Mystifikation Alexej Tolstojs (1817-1875) und seiner Cousins, der Brüder Schemtschuschnikow; »Autor« parodistischer Gedichte, Aphorismen, Dramen.

Jurij Olescha (1899-1960): Prosaist und Dramatiker, Roman »Neid« (1927), Kinderbuch-Roman »Die drei Dicken« (1928).

S. 56 *»Wie man Kinderbücher nicht machen sollte«:* vgl. M.s satirischen Text »Kinderliteratur« (1927) im vorliegenden Band sowie Notiz dazu.

Katajew Walentin (1897-1986): Prosaist und Dramatiker, Autor des satirischen Romans »Die Hochstapler« (1926), eine Karikatur der Nep-Zeit; in seinem Erinnerungsbuch »Kraut des Vergessens« (1967) finden sich auch ein paar Fragmente über Mandelstam.

Ilf und Petrow (Pseudonyme f. Ilja Fajnsilberg, 1897-1937, und Jewgenij Katajew, 1903-1942): Autoren-Duo, Verfasser der satirischen Romane »Zwölf Stühle« (1928) und »Das goldene Kalb« (1931).

S. 57 *Bucharin* Nikolaj (1888-1938): führender Kopf der Oktoberrevolution und Theoretiker des Bolschewismus, Mitglied des ZK, dann des Politbüros der Partei (1924-1929), verlor nach 1929 an Stellung und Einfluß, wurde 1938 nach einem Schauprozeß während der »Säuberungen« erschossen, erst 1988 im Zuge der Glasnost rehabilitiert; noch 1987, im sowjetischen Auswahlband der kritischen Prosa Mandelstams, durfte sein Name nicht gedruckt werden. – Bucharin war der einzige Parteifunktionär, der Mandelstam wohlgesinnt war und sich für ihn einsetzte, 1928 das Erscheinen seiner letzten Bücher, 1930 seine Reise nach Armenien ermöglichte und 1934 nach M.s Verurteilung eine Abänderung der Verbannungsbedingungen erwirken konnte.

»DER FAGOTTIST«

Zuerst in der amerikanischen Ausgabe, Vol. II, 1971, 4. Anhang; eine eventuelle Veröffentlichung – als Vorankündigung eines Prosawerks – in einer Zeitschrift der 20er Jahre ist bisher nicht aufgefunden worden.

Es handelt sich hier um M.s Charakterisierung einer eigenen geplanten oder verlorengegangenen Erzählung, nach der Veröffentlichung der »Ägyptischen Briefmarke« (Verlag »Priboj«, Leningrad 1928).

S. 58 *Stolypin* Pjotr (1862-1911): russ. Staatsmann, Innenminister und Premierminister nach der Auflösung der Ersten Duma (1906), ging hart gegen terroristische Revolutionäre vor und leitete maßvolle Agrarreformen ein; am 14. September 1911 in der Kiewer Oper von einem Ex-Terroristen und Agenten der »Ochrana« (politische Polizei) ermordet.

»Die ägyptische Briefmarke«: M.s albtraumhafte Chronik der revolutionären Ereignisse zwischen Februar- und Oktoberrevolution 1917, Erzählung vom kleinen Manne Parnok, der als einziger versucht, eine aufgebrachte Menschenmenge von einem Lynchmord abzuhalten, vgl. im Band DAS RAUSCHEN DER ZEIT, Ammann Verlag 1985, S. 185-242.
Epochenansicht durch ein »Vogelauge«: vgl. im VII. Kapitel der »Ägyptischen Briefmarke«, S. 229: »Das blutunterlaufene Vogelauge sieht genauso die Welt auf seine Art«.
Die Suche nach einem verlorenen, unbekannten Schubert-Lied: vgl. das Auftauchen des Leiermanns aus Schuberts »Winterreise« im letzten Kapitel der »Vierten Prosa« (1929/30), ebenfalls im Band DAS RAUSCHEN DER ZEIT, S. 272.

DIE MILLIONENSCHWERE PUPPE

Zuerst in der Zeitschrift »Kino«, Kiew 1929, Nr. 6 (54). Übersetzt nach der amerikanischen Ausgabe Vol. III, 1969.

In M.s Typoskript stand der handschriftliche Titel: »Nieder mit der ›Millionenschweren Puppe‹!« Vgl. auch seine anderen kritischen Filmrezensionen im vorliegenden Band, »Tatarische Cowboys« (1926) und »Ein Maulheld« (1929), sowie den parodistischen Text »Ich schreibe ein Szenario« (1927). – Es ist für den Leser wie für den Herausgeber, der den Film nicht gesehen hat, schwierig zu beurteilen, wo genau M. den Inhalt des Films nacherzählt, höhnisch parodiert oder auch ganz einfach fabuliert; sicher ist nur die »Vielstimmigkeit« des Textes, seine perspektivischen Verschiebungen, die beißende Ironie.

S. 59 *»Ogonjok«:* von Kolzow und Sosulja 1922 gegründete Moskauer Wochenzeitschrift, in der 1923 auch M. publizierte, z. B. seine autobiographischen Texte »Die Menschewiken in Georgien«, »Ein kalter Sommer«, »Die Sucharewka« im Band DAS RAUSCHEN DER ZEIT, Ammann Verlag 1985, und den kritischen Text »Eine Armee von Dichtern« (1923) im Band Essays I.
Delteil Joseph (1894-1978): populärer frz. Schriftsteller, Autor einer »Jeanne d'Arc«.

»Aus einem seligen, unbekannten, fernen Land«: Zitat aus dem Gedicht »Die Schritte des Komturs« (1910/12) von Alexander Blok (1880-1921).
»Pathé und Co.«: die frz. Filmproduktion der »Pathé Frères« – Signet: der gallische Hahn – hielt im vorrevolutionären Rußland eine starke Position auf dem Stummfilmmarkt.

S. 60 *Sergej Komarow* (1891-1957): sowjet. Schauspieler und Filmregisseur.
Oleg Leonidow (1893-1951): Schriftsteller und Szenarist.
Rodtschenko Alexander (1891-1956): Mitglied des LEF (Linke Kunstfront), Konstruktivist, v. a. bekannt durch seine Photos und Photomontagen.
Iljinskij Igor (1901-?), *Fogel* Wladimir (1902-1929): Filmstars der Epoche.
»Bobok«: Erzählung von F. M. Dostojewskij aus dem Jahre 1873.

S. 61 *Gastew* Alexej (1882-1941): Dichter, Publizist, Vertreter des »Proletkult«, gründete 1920 das Moskauer Arbeits-Institut, wo er die Taylorschen Arbeitsrationalisierungen predigte; 1938 verhaftet, im Lager umgekommen.
Max Linder (Pseudonym f. Gabriel Leuvielle, 1883-1925): frz. Schauspieler und Stummfilmstar, den Chaplin als sein Vorbild anerkannte, drehte zwischen 1905 und 1925 ca. 300 Filme.
Glupyschkin: komische Gestalt des russ. Stummfilmkinos (eig. André Deed, frz. Schauspieler, 1884-1931?), inspiriert von Max Linder (s. o.); der Name leitet sich vom russ. Wort für »dumm« her (glupyj).

S. 62 *Semaschko* Nikolaj (1874-1949): erster Volkskommissar für Gesundheitswesen in der Sowjetunion.
Podwojskij Nikolaj (1880-1949): prominenter Bolschewik, einer der Anführer der Oktoberrevolution in Petrograd.

S. 63 *Bucharin:* Notiz zu S. 57
Swidrigajlow: Gestalt aus Dostojewskijs »Schuld und Sühne« (1866), negative Kontrastfigur zu Raskolnikow, die keine Läuterung erfährt und im Selbstmord endet.

Sostschenko Michail (1895-1958): Prosaist, in den 20er Jahren populärer Autor komisch-satirischer Kurzgeschichten um den »neuen« sowjetischen Menschen und seine allzu-menschlichen Schwächen; 1921 Mitglied der »Serapionsbrüder« (Notiz zu S. 53, »Kawerin«), 1946 neben Anna Achmatowa Hauptopfer von Schdanows Hetzkampagne; von M. sehr geschätzter Autor, vgl. seine »Vierte Prosa« im Band DAS RAUSCHEN DER ZEIT, Ammann Verlag 1985, S. 259 und 271: »Unterwegs würde ich das beste Buch von Sostschenko lesen und mich darüber freuen wie ein Tatar, der hundert Rubel gestohlen hat. [. . .] Ich jedoch fordere Denkmäler für Sostschenko in allen Städten und Provinzflecken der Sowjetunion [. . .].«

S. 64 *»Herzen-Haus«:* 1920 eingerichtetes Hauptquartier der offiziellen Schriftstellerorganisationen, am Moskauer Twerskoj-Boulevard Nr. 25, im Geburtshaus des politischen Schriftstellers und »westlerischen« Denkers Alexander Herzen (1812-1870); M. polemisiert wiederholt gegen das »unflätige Haus am Twerskoj-Boulevard« und die es bewohnende Schriftstellerkaste in der »Vierten Prosa« (1929/30), im Band DAS RAUSCHEN DER ZEIT.

EIN MAULHELD

Ein Abdruck in einer Zeitschrift der 20er Jahre ist bisher nicht aufgefunden worden; Publikation des Manuskripts durch J. Frejdin in der Zeitschrift »Russian Literature« V, 1977, Nr. 3. Übersetzt nach dem Ergänzungsband der amerikanischen Ausgabe, Vol. IV, 1981.

S. 65 *Schpikowskij* Nikolaj (1897-?): sowjet. Filmregisseur.
Kein Leichentuch für Tartarin: gemeint ist »Tartarin de Tarascon« (1872) von Alphonse Daudet, die Geschichte eines großsprecherischen provenzalischen Dorforiginals – eines der Werke, die Mandelstam selber, aus Erwerbsgründen, ins Russische übersetzte (Verlag »Priboj«, Leningrad 1927).

S. 67 *Leskow:* Notiz zu S. 26

S. 68 *Pudowkin* Wsewolod (1893-1953): sowjet. Filmregisseur, »Die Mutter« (1926, nach Gorkij), »Das Ende Sankt-Petersburgs« (1927), »Sturm über Asien« (1929), betont – gegen den avantgardistischen Eisenstein – Szenario und Erzählkino.
»Godunow«: Modest Mussorgskijs Oper »Boris Godunow« (1874), vgl. Notiz zu S. 25.

PFUSCH VOM FLIESSBAND

Zuerst in der Zeitung »Izvestija« 1929, 7. April, Nr. 3616. Übersetzt nach der amerikanischen Ausgabe Vol. II, 1971.

Im Zusammenhang mit M.s Kritik der Übersetzungspolitik der staatlichen sowjetischen Verlage, vgl. im vorliegenden Band »Jacques wurde geboren und starb« (1926) und »Von literarischen Übersetzungen« (1929) sowie NOTIZEN dazu. Mandelstam war in der zweiten Hälfte der 20er Jahre immer mehr auf den Broterwerb des Übersetzens angewiesen und spricht in diesem Text durchaus als Kenner der verfahrenen Situation.

S. 76 *Dann lasen erfahrene Rezensenten Dutzende und Hunderte von Büchern:* M. selber hat aus Erwerbsgründen eine ganze Reihe »interner Rezensionen« oder Lektoratsgutachten geschrieben, vgl. im vorliegenden Band »Georges Duhamel, Herzensgeographie Europas« und NOTIZ dazu.

S. 78 *Genauso katastrophal . . . ist der Zustand der Bearbeitungen:* M. wurde selber mit solchen Bearbeitungen beauftragt, in einem Fall mit fatalen Folgen: 1927 hatte er für den Verlag »Land und Fabrik« (Zemlja i Fabrika, Leningrad) die russ. Übersetzungen von Charles de Costers Eulenspiegel-Roman durch Gornfeld (1915) und Karjakin (1916) zu bearbeiten; als das Buch 1928 erschien, stand nur Mandelstam als Übersetzer auf dem Titelblatt, was Gornfeld veranlaßte, M. des geistigen Diebstahls zu bezichtigen; die Plagiatsvorwürfe arteten bald zu einer von höchsten Stellen geschürten Verleumdungskampagne gegen M. aus – zur »Eulenspiegel-Affäre« vgl. auch M.s »Vierte Prosa« (1929/30) im Band DAS RAUSCHEN DER

ZEIT, Ammann Verlag 1985, sowie Notizen dazu und den Abschnitt »Der Eintritt ins Inferno« in meinem Nachwort zu jenem Band.

VON LITERARISCHEN ÜBERSETZUNGEN

Zuerst in der Zeitschrift »Na literaturnom Postu«, Moskau 1929, Nr. 13, Juli. Übersetzt nach der amerikanischen Ausgabe Vol. II, 1971.

In engem Zusammenhang mit dem vorangehenden Text, »Pfusch vom Fließband« (1929), dessen Thesen und Polemik er wiederaufgreift.

S. 80 *Die nicht-adeligen Intellektuellen:* die »Rasnotschinzen«, der sogenannte »vierte Stand« der russ. Gesellschaft des 19. Jh., die aufstrebenden nicht-adeligen, mittellosen Intellektuellen, zu denen sich Mandelstam mehrfach bekannte, vgl. das Kapitel »In einem allzu herrschaftlichen Pelz« im Band DAS RAUSCHEN DER ZEIT, Ammann Verlag 1985, wo der Terminus mit »besitzlose Intellektuelle« übersetzt ist, sowie das Gedicht »Mitternacht in Moskau« (1931) im Band MITTERNACHT IN MOSKAU, Ammann Verlag 1986 (die »klugen Habenichtse«).
Pissarew Dmitrij (1840-1868): radikaler nihilistischer und utilitaristischer Kritiker, pries die Popularisierung der Naturwissenschaften und leugnete jede Bedeutung der Kunst.
Beilagen zu »Ackerland« und dem »Boten der fremdsprachigen Literatur: vgl. das erste Kapitel »Musik in Pawlowsk« im Band DAS RAUSCHEN DER ZEIT, wo M. die Bedeutung dieser Journale für seine Kindheit schildert.
Sablin Wladimir (1872-1916): angesehener Übersetzer deutscher und skandinavischer Literatur, Hauptmann, Maeterlinck, Ibsen u. a.; *Sojkin* und *Sytin* waren vielproduzierende Übersetzergestalten.
Die Reihe »Weltliteratur«: Notiz zu S. 25
ZEKUBU: Abkürzung für »Zentralkommission zur Verbesserung der Lebensbedingungen unserer Wissenschaftler«, gegründet 1921, deren Wohltaten auch M. für kurze Zeit teilhaftig wurde, vgl. Kap. 4 der »Vierten Prosa« (1929/30)

im Band DAS RAUSCHEN DER ZEIT, Ammann Verlag 1985, S. 255 f.

S. 81 *Auf Velin-Papier wurde ein Katalog aller Autoren der Weltliteratur gedruckt:* vgl. die ähnliche satirische Charakterisierung im Text »Jacques wurde geboren und starb« (1926): »Die Reihe ›Weltliteratur‹ war der Sucharew-Turm der hungernden Intellektuellen des Jahres 1919. Ich weiß nicht, soll ich deiner im guten gedenken oder dich verfluchen? Beinah auf Velin-Papier . . .« etc.

S. 83 *Brjussow:* Notiz zu S. 27

S. 84 *Assejew* Nikolaj (1889-1963): russ. Futurist der Gruppe »Zentrifuge«, nach der Revolution Agitationslyrik, Thematik des industriellen Aufbaus.

S. 86 *Mayne Reid* (1818-1883): in Rußland sehr populärer amerikanischer Autor von Abenteuergeschichten; M. selber war 1929/1930 an der sowjetischen Ausgabe als Übersetzer maßgeblich beteiligt.

S. 87 *Das Ideal dieser goldenen Mitte ist Duhamel:* vgl. Notiz zu S. 47 und M.s »interne Rezension« zu Duhamels »Herzensgeographie Europas« im vorliegenden Band.

S. 88 *»Mosselprom«:* Abkürzung für »Moskauer Vereinigung der Verarbeitungsbetriebe für Landwirtschaftsprodukte«.

S. 89 *Über die Rezension ausländischer Bücher in unserer Presse:* vgl. den Text »Der Fächer der Herzogin« (1929) im vorliegenden Band.

DAS EIGENE LYRISCHE THEMA (Fragment)

Zuerst in der Zeitschrift »Znamja«, Moskau 1957, Nr. 7, in A. Kowalenkows Artikel »Brief an einen alten Freund«. Übersetzt nach der amerikanischen Ausgabe Vol. III, 1969, S. 191, Titel: »Fragment aus einem verschollenen Artikel«. – In der Zeitschrift »Voprosy Literatury« 1981, Nr. 3, erschien unter dem Titel »Ein besonderes Genre« (Osobyj žanr) Mandelstams »interne Rezension«, ein Lektoratsgutachten von 1933 zu A. Kowalenkows Gedichtband »Grünes Ufer«. Gewisse Formulierungen des vorliegenden Fragments kehren in jenem Text wieder, wenn auch in leicht abgeschwächter Form; es könnte sich bei dem »Fragment« um ein Stück des Entwurfes zur »internen Rezension« handeln.

Ähnliche Äußerungen über sowjetische Nachwuchslyriker, wenn auch weniger polemisch, in dem Text »Eine Armee von Dichtern« (1923) im Band Essays I.

S. 90 *»Ogonjok«:* Notiz zu S. 59, »Rotes Ackerland« (Krasnaja Niva) und »Scheinwerfer« (Prožektor) sind ebenfalls auflagestarke Zeitschriften der 20er und 30er Jahre.
Rechtlichkeit: russisch »pravota«, wichtiges Konzept Mandelstams im Zusammenhang mit Poesie, schon in seinem frühesten Essay »Über den Gesprächspartner« (1913), im Band Essays I: »Denn Poesie ist das Bewußtsein ihrer Rechtlichkeit. [. . .] Das kostbare Bewußtsein dichterischer Rechtlichkeit [. . .]« etc.

RUND UM DIE NATURFORSCHER

Zuerst in der Zeitung »Za kommunističeskoe Prosveščenie«, Moskau 1932, 21. April, zu Darwins 50. Todestag, unter dem nicht von Mandelstam stammenden Titel »Zum Problem des wissenschaftlichen Stils bei Darwin (Aus dem Notizbuch eines Schriftstellers)«. Übersetzt nach der amerikanischen Ausgabe Vol. III, 1969, wo der Text unter dem Titel »Rund um die Naturforscher« steht, wohl um die Verbindung zu einem gleichnamigen Kapitel in M.s Prosawerk »Die Reise nach Armenien« (1931/32 entstanden, 1933 in der Zeitschrift »Zvezda« Nr. 5 erschienen), offenzulegen.

Mandelstams Interesse für Biologie und Evolutionstheorie zu Beginn der 30er Jahre verdankt sich zu einem guten Teil der Freundschaft zum Moskauer Zoologen Boris S. Kusin (1903-1973), den er 1930 in Armenien kennengelernt hatte und an den gewisse Teile des Prosawerks »Die Reise nach Armenien« gerichtet sind. Ebenfalls

Kusin gewidmet, der ein Liebhaber deutscher Musik und Dichtung war, ist M.s Gedicht »An die deutsche Sprache« (1932), im Band MITTERNACHT IN MOSKAU, Ammann Verlag 1986, S. 139. Ein weiteres Zeugnis für M.s Interesse an biologischen und evolutionstheoretischen Themen ist das Gedicht »Lamarck« (1932) im selben Band, S. 113. Das Kapitel »Rund um die Naturforscher« im Prosawerk »Die Reise nach Armenien« zeigt wiederholt eine für die damalige sowjetische Biologie typische neo-lamarckistische Sichtweise; Darwins »Gutmütigkeit« wird ironisiert, und er wird als »unfreiwilliger Humorist« bezeichnet. Hier nun, im vorliegenden Text, erfährt Darwin eine eingehende Würdigung – auch als Prosaist.

S. 93 *Charles Dickens' »Pickwick Papers«:* Dickens' zweiter Roman (1836/37), »Englands bedeutendster humoristischer Roman«. Vgl. auch M.s Gedicht »Dombey and Son« (1913) im Band DER STEIN, Ammann Verlag 1988, S. 113.

S. 94 *Linné* Carl von (1707-1778): schwedischer Naturforscher, schuf die binäre wissenschaftliche Bezeichnung von Pflanzen und Tieren durch Gattungsname und Art, Klassifikation der Lebewesen in »Systema Naturae« (1735). Vgl. M.s bilderreiche Charakterisierung Linnés im Kapitel »Rund um die Naturforscher« des Prosawerkes »Die Reise nach Armenien« (1931/32).

Lamarck Jean Baptiste de (1744-1829): frz. Biologe, Abstammungstheoretiker, vertrat die Idee einer evolutionistischen Stufenleiter der Lebewesen, die Veränderung eines Organs durch starken Gebrauch oder Nichtgebrauch in einer spezifischen Umwelt sowie die Vererbung erworbener Eigenschaften; wichtiger Einfluß auf Darwin. Vgl. M.s Gedicht »Lamarck« (1932) im Band MITTERNACHT IN MOSKAU sowie die poetischen Charakterisierungen Lamarcks im Prosawerk »Die Reise nach Armenien« (s. o.).

Darwins Reise auf der »Beagle«: Weltreise 1831-1836, festgehalten in »The Zoology of the Voyage of H.M.S. Beagle« (1839-1843).

»Der Schnellkäfer, auf den Rücken geworfen«: Zitat aus Darwins »Journal of Researches« (1839).

S. 95 *Pallas* Peter Simon (1741-1811): deutscher Naturforscher und Ethnograph, Mitglied der Petersburger Akademie der Wissenschaften, ab 1769 diverse Forschungsexpeditionen nach Sibirien; sein Reisebericht erschien zuerst deutsch, dann russisch in St. Petersburg (1773-1788). Vgl. M.s Charakterisierung von Pallas im Prosawerk »Die Reise nach Armenien«: »Wer Haydn, Gluck und Mozart nicht liebt – der wird bei Pallas rein gar nichts verstehen. Er hat die körperliche Rundlichkeit und Liebenswürdigkeit der deutschen Musik auf die russischen Ebenen übertragen. Mit den weißen Händen des Konzertmeisters sammelt er russische Pilze ein. Rohes Wildleder, fauliger Samt, doch bricht man's auf – steht drinnen tiefes Blau.«
Cuvier Georges (1769-1832): frz. Zoologe und Paläontologe, rekonstruierte nach Fossilfragmenten ausgestorbene Wirbeltiere; Vertreter des Katastrophismus, Begründer der Paläontologie.
Buffon Georges Louis (1707-1788): frz. Naturforscher, Verfasser einer 44-bändigen »Histoire Naturelle« (1749-1804).

S. 96 *»Die Entstehung der Arten«:* Charles Darwins (1809-1882) Hauptwerk von 1859: »On the Origin of Species by Means of Natural Selection or the Preservation of Favored Races in the Struggle for Life«.

DARWINS LITERARISCHER STIL (Notizbuch)

Zuerst in der Zeitschrift »Voprosy literatury«, Moskau 1968, Nr. 4, mit Auslassungen. Übersetzt nach dem ergänzten Text der amerikanischen Ausgabe Vol. III, 1969 (Zwischen Querstrichen: in Mandelstams Notizbuch von 1931/1932 gestrichene Stellen). – Diese Notizbuchteile stehen in engem Zusammenhang mit dem vorangehenden Text »Rund um die Naturforscher«.

S. 101 *Linné:* Notiz zu S. 94
Buffon: Notiz zu S. 95
Pallas: Notiz zu S. 95
Lamarck: Notiz zu S. 94

S. 102 *»Die Entstehung der Arten«:* Notiz zu S. 96
Die »Beagle«: Notiz zu S. 94

S. 104 *»Philosophie der Zoologie«:* Hauptwerk von Lamarck (»Philosophie zoologique«, 1809).

GESPRÄCH ÜBER DANTE

Zu Mandelstams Lebzeiten unveröffentlicht. Zuerst in der amerikanischen Ausgabe Vol. II, 1966 (Erste Auflage), darauf in Moskau, Verlag »Iskusstvo« 1967. Übersetzt nach der amerikanischen Ausgabe Vol. II, 1971 (Zweite Auflage, korrigiert und ergänzt).

Entstanden ist der Text im Sommer 1933, in Koktebel auf der Krim. Ein wichtiger Gesprächspartner war der in früheren Jahren von Mandelstam oft attackierte (vgl. diverse Erwähnungen im Band Essays I) Symbolist Andrej Belyj (1880-1934). Schon im Vorjahr, im Mai 1932, war Dante in Gedichten M.s aufgetaucht, vgl. »Sie wissen, wie die Läuferschar« und »Novellino« im Band MITTERNACHT IN MOSKAU, Ammann Verlag 1986, S. 121, 123 – Zeugnisse intensiver Lektüre italienischer Dichter (Petrarca, Ariosto, Tasso) auch vom Mai 1933, vgl. ebendort S. 145-155. – Es ist jedoch nicht ausgeschlossen, daß sich M. schon sehr viel früher mit Dante beschäftigt hat – wie gewisse Textstellen im Band Essays I nahelegen. Etwa in »Tschaadajew« (1914/15): »Auf ihn zeigte man wohl mit abergläubischer Ehrfurcht wie einst auf Dante: ›Der war dort, er hat gesehen – und ist zurückgekehrt‹«. Und in der Rezension auf Andrej Belyjs »Aufzeichnungen eines Sonderlings« (1923): »Bei Dante hat ein einziges seelisches Ereignis für ein ganzes Leben gereicht«. Und schließlich in »Auguste Barbier« (1923): »Die poetische Kraft der Bilder hatte Barbier unmittelbar bei Dante gelernt, dessen eifriger Verehrer er war, uns es sollte nicht vergessen werden, daß die ›Göttliche Komödie‹ das bedeutendste politische Pamphlet ihrer Zeit war«. – Dante Alighieris (1265-1321) Hauptwerk entstand zwischen 1307 und 1321.

S. 113 *»Così gridai colla faccia levata«:* »So rief ich mit erhobenem Gesicht«. In den folgenden NOTIZEN werden die Dante-Verse nach der in Blankversen gehaltenen, schlichten und präzisen

Übersetzung Hermann Gmelins zitiert (Klett-Cotta Verlag; Lizenzausgabe Reclam Verlag).
Das Prinzip der Identität: wichtiges Postulat des Akmeismus, gegen den russ. Symbolismus gerichtet, der in Analogien, in »Entsprechungen« dachte (»Correspondances« laut Baudelaires gleichnamigem Sonett, dem Schlüsseltext der Symbolisten). Vgl. M.s Manifest »Der Morgen des Akmeismus« (1913) im Band Essays I: »A = A: was für ein herrliches poetisches Thema! Der Symbolismus quälte sich und litt am Prinzip der Identität, der Akmeismus macht es sich zur Losung und schlägt es als Ersatz vor für das fragwürdige ›a realibus ad realiora‹. Die Fähigkeit zu staunen ist die Haupttugend des Dichters. Aber wie soll man denn nicht ins Staunen geraten über dieses fruchtbarste aller Prinzipien – das Prinzip der Identität«.
Mit einer überwältigenden Unabhängigkeit in einem neuen, außerräumlichen Aktionsfeld: wichtiges Anliegen von M.s poetologischen »Achtzeilern« von 1933/34, die generell im Zusammenhang mit dem »Gespräch über Dante« verstanden werden sollten, vgl. im Band MITTERNACHT IN MOSKAU, Ammann Verlag 1986, S. 166-187.

S. 114 *Das moderne Kino aber mit seiner filmischen Bandwurmmetamorphose:* zu M.s Opposition von Lyrik und Kino (gegenseitige Durchdringung, Verwandlung vs. mechanische Abfolge, Ablösung von Bildern) vgl. u. a. im vorliegenden Band den parodistischen Text »Ich schreibe ein Szenario« (1927).

S. 115 *Großartig ist der Vershunger der alten Italiener:* vgl. im vorliegenden Band das ausführlichere Fragment 3 der Entwürfe zum »Gespräch über Dante«, mit seiner wichtigen Einbeziehung Alexander Puschkins (S. 178).
Das innere Bild des Verses: wichtiges Konzept Mandelstams im Zusammenhang mit der Entstehung von Poesie, vgl. den Text »Das Wort und die Kultur« (1921) im Band Essays I, S. 87: »Das Gedicht ist lebendig durch das innere Bild, durch jenen klingenden Abguß der Form, der dem geschriebenen Gedicht vorausgeht. Noch kein einziges Wort ist da, doch das Gedicht klingt bereits. Es klingt das innere Bild, das vom Gehör des Dichters betastet wird.«

S. 116 *Die Infantilität der italienischen Phonetik, ihre wunderbare Kindlichkeit:* zu M.s Poetologie des Kindlichen vgl. das Kapitel »Über die Kinderei des Dichters« in meinem Buch: Ralph Dutli, OSSIP MANDELSTAM, Ammann Verlag 1985, S. 75-83.

»E consolando, usava l'idioma«: Übersetzung »Paradiso« XV, 121-126 –

»Die eine sah man an der Wiege wachen
Und Trostesworte sprechen in der Sprache,
Die erst erfreut die Väter und die Mütter.
Die andre, die man spinnen sah am Rocken,
Erzählte ihrem Hausgesind Geschichten
Von Rom, von Fiesole und den Trojanern.« (Gmelin)

Der Kreis einer Zeit ... für die ein Jahrtausend weniger ist als ein Wimpernschlag: Anspielung auf »Purgatorio« XI, 103-108 –

»Hast du mehr Ruhm, wenn du im Alter scheidest
Aus deinem Leib, als wenn du schon gestorben,
Bevor dem Kinderlallen du entwachsen,
Dereinst nach tausend Jahren? Kürzre Spanne
Ist dies zur Ewigkeit als Wimpernschlagen,
Verglichen mit dem Gang des letzten Himmels.«
(Gmelin)

Eine kindliche Lautsprache: M.s Terminus ist hier das russ. Wort »zaum'«, Anspielung auf die von den russ. Futuristen Welimir Chlebnikow und Alexej Krutschonych ab 1913 entworfene, von Bedeutungszwängen befreite »metalogische« oder »transmentale« Lautsprache der Poesie; M. präsentiert Dante damit als Futuristen und Avantgardisten.

S. 119 *Brunetto Latini* (um 1230-1294): Dantes Rhetoriklehrer, Autor des im französischen Exil entstandenen enzyklopädischen »Livre dou Tresor« – er ist auch der ungenannte Läufer in M.s Gedicht »Sie wissen, wie die Läuferschar« (1932/1935) im Band MITTERNACHT IN MOSKAU, Ammann Verlag 1986, S. 121: »Doch alle überholend – flink / Läuft jener von den Meistern, / Der Dantes Buch kraftvoll entspringt / Und streitend weitergeistert.«

»Averroìs, che il gran comento feo ...«: Averroës, der große Kommentator – der arabische Philosoph (1126-1198) schuf einen Aristoteles-Kommentar und gilt als der eigentliche

Vermittler der Philosophie des Aristoteles für das Mittelalter.
Cäsar . . . neben Demokrit: Anspielung auf »Inferno« IV, 123 und 136.
Zitate sind Zikaden: im Original steht der Singular (russ. »Citata est' cikada«), in der Übersetzung im Plural, um den Wortspiel- und Reimcharakter zu bewahren.

S. 120 *Beim Lesen von Dantes Gesängen gleichsam Kurzberichte vom Kriegsschauplatz:* vgl. die Metaphorik in M.s Essay »Notizen über Poesie« (1923) im Band Essays I, S. 179: »Beweis, daß poetische Batterien miteinander sprechen, indem sie sich das Feuer zuwerfen und sich von der Gleichgültigkeit der sie trennenden Zeit nicht im geringsten beirren lassen. In der Poesie ist immer Krieg.«
Der neblige Kern des homophonen dreiteiligen Orchesters der Zukunft: Orchester- und Dirigentenmetaphorik gegen den Schluß des Kap. VI im »Gespräch über Dante«, vgl. auch Notiz zu S. 152.

S. 121 *Sprechen ist hier so notwendig wie Fackeln in einer Höhle:* in der amerikanischen Ausgabe Vol. II, 1971, S. 369, nur in der Fußnote vermerkt als Variante für: »Starke Charaktere sind hier so notwendig wie Fackeln in einer Höhle«.

S. 122 *»Volgiti: che fai?«:* »Dreh dich um: was machst du?«
Farinata: Farinata degli Uberti, Ghibellinenführer, der Dantes Partei, die Guelfen, befehdete, doch eine Zerstörung von Florenz verhinderte; bei den Ketzern im 6. Kreis der Hölle.

S. 123 *Guido Cavalcanti* (1250-1300): Dichter des »süßen neuen Stils« (dolce stil novo), enger Freund Dantes.
»›E se‹, continuando al primo detto«: Übersetzung –
»›Und wenn‹, so fuhr er in der ersten Rede
Nun fort, sie diese Kunst noch lernen müssen,
So quält mich das viel mehr als dieses Bette.« (Gmelin)
Zwischenstromland der Rede und Gegenrede: Wortspiel, da sich im russ. Wort für »Zwischenstromland« (meždureč'e) auch »Zwischenrede« zu verbergen scheint; Sprache und Fluß sind hier vereint – russ. »reč'« heißt »Sprache, Rede«; »reka«, »rečka« heißt »Fluß, Flüßchen«.

Der Skandal . . . lange vor Dostojewskij: ein Echo auf Michail Bachtins Dostojewskij-Studie von 1929 (»Probleme der Poetik Dostojewskijs«, 1963 überarbeitet), Bachtins Theorie der »Polyphonie«, der Vielstimmigkeit des Prosatextes.

S. 124 *Dante ist ein Habenichts. Ein innerer Rasnotschinez:* Notiz zu S. 80 (»Die nicht-adeligen Intellektuellen«).

S. 125 *Der Kinder und alte Frauen ängstigende Schatten:* Anspielung auf Boccaccios »Leben Dantes«, die erste Biographie des Dichters, die russisch 1898 in Moskau erschien; Mandelstam verweist auf diese Episode auch im Essay »Tschaadajew« (1914/15) im Band Essays I: »Auf ihn zeigte man wohl mit abergläubischer Ehrfurcht wie einst auf Dante: ›Der war dort, er hat gesehen – und ist zurückgekehrt‹«. Laut Boccaccio glaubten manche Zeitgenossen an die Realität von Dantes Reise durch das Jenseits.
Rasnotschinez: s. o. Notiz zu S. 124

S. 126 *Sich Dantes Poem als eine lineare Erzählung oder nur als eine Stimme vorzustellen, ist völlig verfehlt:* wiederum Echo auf Bachtins Theorie der »Polyphonie« der Texte, s. o. Notiz zu S. 123 (»Der Skandal . . .«).
»Come avesse lo inferno in gran dispitto«: »Als wollte er die Hölle tief verachten«.
Die graublauen Schatten sind verflossen: Anfangszeile eines Gedichtes von Fjodor Tjutschew (1803-1873), »Dämmerung« von 1836 (russ. »Teni sizye smesilis'«).
Analogie zu Gesteinsschichten: vgl. auch im Kap. V des »Gesprächs über Dante«: »Noch niemand ist mit einem Geologenhammer an Dante herangegangen« etc. Zusammenhang von Poesie und Geologie auch im letzten Kapitel (XI), sowie in M.s »Achtzeilern« von 1933/34, v. a. Achtzeiler IX, im Band MITTERNACHT IN MOSKAU, Ammann Verlag 1986, S. 183.

S. 127 *Eine Katastrophe als den Ursprung der Formbildung:* vgl. auch das letzte Kapitel (XI) des »Gesprächs über Dante«: »daß alle geologischen Veränderungen und selbst die großen Schübe vollkommen in Elemente des Wetters zerlegbar sind« (S. 170). Das Konzept der Katastrophe im geschichtlichen und politischen Zusammenhang ist zentral in M.s Essay »Menschenweizen« (1922), wo ebenfalls die Parallele zur Geologie gesucht wird.

Daß etwas mit »Honig« beginnen kann, aber mit »Kupfer« abschließt: nur über die russischen Wörter verständliche Laut- und Sinngefüge – »Honig« (russ. »mëd«, gesprochen »mjod«), »Kupfer« (»med'«, gesprochen »mjed«), »Gebell« (russ. »laj«), »Eis« (russ. »lëd«, gesprochen »ljod«).

S. 128 *»Gli occhi lor, ch'eran pria pur dentro molli«:* Übersetzung »Inferno« XXXII, 46-48 –

»Troffs von den Augen, die im Innern weinten,
Hernieder auf die Lippen, und die Kälte
Macht' ihre Tränen hart und schloß sie wieder.«

(Gmelin)

So wird die Form ... aus der Konzeption, aus dem Inhalt hervorgepreßt: vgl. die Überlegungen zu Form und Inhalt und dem Wechselverhältnis von »Lampion« und »Kerze« gegen den Schluß von M.s Essay »Über die Natur des Wortes« (1922) im Band Essays I, S. 127.

Jede Formbildung in der Poesie setzt ... eines Formklanges voraus: vgl. den dem geschriebenen Gedicht vorausgehenden »klingenden Abguß der Form« im Essay »Das Wort und die Kultur« (1921), zitiert s. o. in Notiz zu S. 115 (»Das innere Bild des Verses«).

S. 129 *Literaturkritik müßte sich ... einer lebendigen Medizin nähern:* vgl. die Annäherung von Poetik und Biologie gegen den Schluß von M.s Essay »Über die Natur des Wortes« (1922) im Band Essays I, S. 127: »... von einer organischen Poetik träumen, einer Poetik biologischen, nicht normativen Charakters, die den Kanon aufheben würde im Namen der inneren Zusammengehörigkeit eines Organismus und alle Eigenschaften einer biologischen Wissenschaft hätte.«

S. 130 *Dieses in seiner Richtigkeit ungeheuerliche dreizehntausendflächige Gebilde:* die »Divina Commedia« umfaßt 14233 Verse.

S. 131 *»Già era in loco onde s'udia il rimbombo«:* Übersetzung –
»Wir waren dort, wo man das Rauschen hörte
Des Wassers, das zum nächsten Kreise stürzte,
So ähnlich klang es wie der Bienen Summen ...«
(Gmelin)

S. 133 *Der »geheimnisvolle« Dante der französischen Kupferstiche:* vgl. Gustave Dorés Dante-Illustrationen (1861).
»Der Schatten Dantes mit Adlerprofil«: Aus Alexander Bloks Gedicht »Ravenna« (Mai/Juni 1909).

S. 134 *Spengler, der Dante vorzügliche Seiten gewidmet hat:* in »Der Untergang des Abendlandes«, dessen erster Band 1923 auf russisch erschien; M. lehnte Spenglers »Untergangs«-Theorie ab, vgl. auch seinen Essay »Menschenweizen« (1922) im Band Essays I.

S. 135 *»Due branche avea pilose infin l'ascelle«:* Übersetzung –
»Die Pranken waren zottig bis zur Schulter
Und Brust und Rücken und die beiden Seiten
Mit Knoten und mit Schnörkeln überzogen.
Mehr Farben haben nie in Grund und Muster
Der Tücher Türke und Tatar gewoben
Und nie Arachne dem Geweb verliehen.« (Gmelin)

S. 136 *»Credette Cimabue nella pittura«:* Übersetzung »Purgatorio« XI, 94-96 –
»Es glaubte Cimabue, er sei der Meister
Der Malerei, und nun ist Giotto oben
Und hat den Ruhm des andern überschattet.« (Gmelin)

S. 140 *Bedeutend näher ist ihr Baudelaire. Noch näher Verlaine:* zur Bedeutung der »dante-nahen« französischen Dichter vgl. mein Buch: Ralph Dutli, Ossip Mandelstam, Ammann Verlag 1985, S. 98-106.
Daß Dante Alighieri in einer Blütezeit der Segelschiffahrt lebte: die Segel-Metapher ist zentral in M.s poetologischen »Achtzeilern« von 1933/34, vgl. im Band Mitternacht in Moskau, Ammann Verlag 1986, S. 167: »Mit Bögen von Segel-

regatten / Skizziert offne Formen im Wind / Der spielende Raum, halb im Schlaf schon: / Die Wiege nicht kennendes Kind.«

S. 141 *»Così gridai colla faccia levata«:* »So rief ich mit erhobenem Gesicht« – M. hat diesen Vers auch als Motto seinem »Gespräch über Dante« vorangestellt.

S. 143 *Von allen Kompositionen Dantes die am meisten »segelnde«:* zur Segel-Metapher s. o. Notiz zu S. 140.

S. 144 *Lomonossow* Michail (1711-1765): klassizistischer Odendichter, Natur- und Sprachwissenschaftler, »Russische Grammatik« von 1755; sein bekanntestes Gedicht ist der »Brief über den Nutzen des Glases« (1752).

S. 145 *»Noi veggiam, come quei ch'ha mala luce«:* Übersetzung »Inferno« X, 100-101 –

»Wir sehn wie der, der mit den schwachen Augen
Die Dinge sieht«, sprach er, »die von uns ferne« . . .

(Gmelin)

S. 146 *»E se già fosse, non saria per tempo«:* Übersetzung –

»Wenn es schon käme, wär es nicht zu zeitig.
O käm es doch, da es wird kommen müssen;
Es dünkt mich schwerer, wenn ich älter werde.«

(Gmelin)

Marina Zwetajewa . . . »Geschmeidigkeit des Russischen«: Anspielung auf das Gedicht »Über dem Blau der Haine um Moskau« (Nad sinevoju podmoskovnych rošč) im Zyklus »Gedichte über Moskau« (1916), die z. T. Mandelstam gewidmet sind.

S. 148 *Tjutschew* Fjodor (1803-1873): bedeutender russ. Lyriker, philosophische Nacht- und Naturlyrik, Einfluß Schellings, der deutschen Romantik.

S. 151 *»Col quale il fantolin corre alla mamma«:* Übersetzung »Purgatorio« XXX, 43-44 –

»Wandt ich zur Linken mich mit dem Vertrauen,
Mit dem das Kindlein hineilt zu der Mutter« (Gmelin)

Den Baß des Examinators und das zitternde Stimmchen des Baccalaureus: in »Paradiso« XXIV, 46, vergleicht sich Dante mit einem Baccalaureus.

S. 152 *Experiment mit der Kerze und den drei Spiegeln:* in »Paradiso« II, 97-105.

Dante ahnt den Schichtenaufbau der Netzhaut: »di gonna in gonna«: »von Hülle zu Hülle«, Anspielung auf »Paradiso« XXVI, 71-72.

In ein weit mächtigeres, koordinierendes Tun, nämlich ins Dirigieren: die Metapher des Dirigierens taucht bei M. schon viel früher auf, im Manifest »Der Morgen des Akmeismus« (1913) des Bandes Essays I: »Die logische Beziehung ist für uns nicht das Liedchen vom Zeisig, sondern eine Sinfonie mit Orgel und Chören, und zwar eine so schwierige und inspirierte, daß der Dirigent all seine Fähigkeiten konzentrieren muß, um die Interpreten unter Kontrolle zu halten.«

S. 154 *Kirpotin* Walerij (1898-?): sowjetischer Literaturwissenschaftler, 1932-1936 Leiter der Literaturkommission des ZK der KPdSU, und damit offizieller Kunstrichter.

S. 156 *»Breve pertugio dentro dalla muda«:* Übersetzung »Inferno« XXXIII, 22-27 –

»Es hat ein kleiner Spalt in jenem Turme,
Der nach mir nur der Hungerturm wird heißen
Und der noch viele andre wird verschließen,
Durch seine Öffnung mich erkennen lassen
Mehr Monde schon, als mir der Traum gekommen,
Der mir der Zukunft Schleier aufgerissen.« (Gmelin)

Das Trecento warf die Menschen mit erstaunlicher Unbekümmertheit in den Kerker: eine offensichtliche Anspielung M.s auf seine eigene Zeit, die Stalin-Epoche – M. las Dantes »Divina Commedia« auch als »politisches Pamphlet«, bereits 1923, im Text über Auguste Barbier (im Band Essays I), schreibt er: »und es sollte nicht vergessen werden, daß die ›Göttliche Komödie‹ das bedeutendste politische Pamphlet ihrer Zeit war«.

S. 157 *Dringt aus der fernen Zukunft seine vibrierende Stimme bis hierher:* vgl. die Thematik des »providentiellen Gesprächspartners«, des »Lesers in der Zukunft« in M.s frühem Essay »Über den Gesprächspartner« (1913) im Band Essays I.

S. 159 *»Non fece al corso suo sì grosso velo«:* Übersetzung –
»In ihrem Lauf ist nicht so dick bezogen
Zur Winterszeit in Österreich die Donau
Und nicht der Don dort unterm kalten Himmel,
Wie hier der See, so daß, wenn Tambernik
Darauf gefallen oder Pietrapana,
Er selbst am Rande nicht gesprungen wäre.« (Gmelin)

S. 160 *»In der Art der Heupferdkiefer«:* »la cigogna« ist eigentlich »der Storch«; Heupferd, Grashüpfer, Grille sind bei M. eng mit Lautäußerung und Poesie assoziiert – vgl. auch im Kap. II des »Gesprächs über Dante«: »Zitate sind Zikaden. Sie haben die Eigenheit, nicht mehr verstummen zu können. Klammern sich in die Luft und lassen sie nicht mehr los.«

S. 162 *Stadtliebe, Stadtleidenschaft, Haß auf die Stadt:* schon früh hat sich M. selber als urbaner Dichter definiert, bereits im Essay »François Villon« (1913), und im Gedicht »Batjuschkow« (1932), im Band MITTERNACHT IN MOSKAU, Ammann Verlag 1986, S. 129, heißt es: »Laß nun die staunenden Brauen sich sträuben, / Städter du, und allen Städtern ein Freund!« M.s Werk ist u. a. markiert durch die Liebe zu Petersburg und die Feindseligkeit Moskau gegenüber.
Das grandiose Experiment Foucaults: das Pendel-Experiment (1851) des frz. Physikers Léon Foucault (1819-1868) wird auch in der autobiographischen Prosa M.s erwähnt, im Kapitel »Musik in Pawlowsk«, im Band DAS RAUSCHEN DER ZEIT, Ammann Verlag 1985, S. 11: »das geheimnisvolle Experiment des Herrn Foucault – eine Metallkugel und ein riesiges Pendel, das sich um diese Kugel bewegt, und die das Schaustück umdrängenden würdevollen Herren mit Halsbinden und Spitzbärtchen.«

S. 163 *Einzig die Malerei, besonders die neuere französische:* ein ganzes

Kapitel, mit dem Titel »Die Franzosen«, widmet M. in seinem Prosawerk »Die Reise nach Armenien« (1931/32) den französischen Impressionisten; die hier erwähnten »in die Länge gedehnten Körper der Pferde« lassen an die Rennbahnbilder von Edgar Degas (1834-1917) denken.

S. 164 *Giordano Bruno* (1548-1600): der ital. Philosoph wurde als Häretiker in Rom verbrannt, vertrat in seinen Schriften die Unendlichkeit des Universums, die Mehrzahl der Welten, einen frühen Pantheismus.
Einwirkung des Wortes auf die Gesprächspartner, auf die Zuhörer und auf den Sprechenden selber: vgl. M.s frühen Essay »Über den Gesprächspartner« (1913) im Band Essays I.
Den plötzlichen Wunsch, sich zu äußern, mit einem Lichtzeichen zu signalisieren: Anspielung auf »Paradiso« XVIII; genauer ausgeführt im Fragment 29 der Entwürfe zum »Gespräch über Dante«.

S. 165 *»O voi, che siete due dentro ad un foco«:* Übersetzung –
»O ihr, die ihr zu zwein im gleichen Feuer,
Wenn ich im Leben es um euch verdiente,
Wenn ich's ein wenig oder sehr verdiente« (Gmelin)

S. 166 *»Tutti dicean: ›Benedictus qui venis!‹«:* Übersetzung –
»Und alles rief: ›Benedictus qui venis‹;
Und Blumen warfen sie nach allen Seiten,
›Manibus o date lilia plenis!‹« (Gmelin)
Übersetzung des letzteren lat. Zitates: »Spendet Lilien mit vollen Händen!«
Ihr unglücklichen »Incroyables« mit euren roten Westen: die frz. Romantiker der 1830er Jahre, v. a. Théophile Gautier, der eine solche Weste trug, um die Bürger zu schockieren.

S. 167 *Lange vor Rimbauds Farbenalphabet:* Anspielung auf Rimbauds Sonett »Voyelles« (Vokale, um 1872), das auch in M.s autobiographischer Prosa erwähnt wird, im Kapitel »Der Bücherschrank«, im Band DAS RAUSCHEN DER ZEIT, Ammann Verlag 1985, S. 28: »Die Farbe Puschkins? Jede Farbe ist zufällig – welche müßte man sich für ein Sprachengemurmel ausdenken? Ach, dieses idiotische Farbenalphabet Rimbauds!«

»Sopra candido vel cinta d'oliva«: Übersetzung –

»Im weißen Schleier mit Olivenzweigen
Dort eine Frau, in einem grünen Mantel
Und einem Kleide von der Flammen Farbe.« (Gmelin)

S. 168 *Webkunst ist das Tun, das ... der Qualität am nächsten steht:* ein Wortspiel, Verschränkung von Laut und Sinn – »Webkunst« (russ. »tkačestvo«) beinhaltet »Qualität« (russ. »kačestvo«). Vgl. auch die Weberei- und Teppich-Metapher im Kap. I des »Gesprächs über Dante«: »Poetische Sprache ist ein Teppichgewebe aus einer Vielzahl von Fäden [...] Sie ist ein aus Wasser gewebter, äußerst dauerhafter Teppich [...].«

»E come augelli surti di rivera«: Übersetzung –

»Und wie die Vögel von dem Strande steigend,
Gleichsam aus Freude über ihre Weide,
Bald runde, bald auch andre Streifen bilden,
So sangen in den Lichtern selige Wesen
Vorüberfliegend, und man sah sie formen
Ein D und I und L mit den Figuren.« (Gmelin)

S. 169 *Eine bunte toskanische »schiera«:* ital. für »Schar«, »Schwarm«, »Menge«.

Die Sehnsucht nach dem Schiffsheck, die Sehnsucht nach der Würmerspeise: wiederum ein Wortspiel, das das Prinzip der Reise (das Schiff) mit der Suche nach dem Sinn (vgl. etwas weiter oben: »vom Lockmittel des Sinns angelockt werden wie von einer herrlichen Speise«) verschränkt – Schiffsheck (russ. »korma«) und Speise oder »Futter« (russ. »korm«) werden über die lautliche Ähnlichkeit auch semantisch verknüpft. – Das Prinzip der Reise ist zentral im Kap. V des »Gesprächs über Dante« (»Das Prinzip der Reise liegt im System der Blutgefäße begründet«), im Zusammenhang mit der Rede Odysseus' in »Inferno« XXVI.

S. 170 *Die wunderbaren Seiten, die Novalis dem Bergmanns- und Steigerwesen widmet:* vgl. das 5. Kapitel des »Heinrich von Ofterdingen« (1799; eine russ. Übersetzung erschien 1914 in Moskau).

Der Stein ist das impressionistische Tagebuch des Wetters, angesammelt in Millionen unruhigster Jahre: M.s erster Gedichtband hieß »Der Stein« (russ. »Kamen'«, 1913, erweitert 1916) – der Stein bezeichnet dort »das Wort«, vgl. Nachwort im Band DER STEIN, Ammann Verlag 1988; M. trifft also bei der Beratung mit den »Steinchen des Schwarzen Meeres« im Sommer 1933 auf der Krim auch auf die Ursprünge seines eigenen Schaffens – das »kleine autobiographische Bekenntnis« dieser Passage hat einen doppelten Sinn.

S. 171 *Den Weg der Glossolalie der Fakten:* das Phänomen der Glossolalie hat M. schon früher fasziniert, vgl. in »Das Wort und die Kultur« (1921) im Band Essays I: »Was heute vor sich geht, ist ein Phänomen der Glossolalie. In heiliger Verzükkung sprechen die Dichter in den Sprachen aller Zeiten, aller Kulturen. [...] Das Verblüffende an der Glossolalie ist, daß der Sprechende die Sprache nicht kennt, in der er spricht. Er spricht eine völlig unbekannte Sprache. Und allen, auch ihm selber, scheint, er spreche griechisch oder chaldäisch.«
Ihr bester Wortführer ist Homer ... Ovid, Horaz und Lukan: Anspielung auf »Inferno« IV, 86-90; M. verspricht sich, setzt »Vergil« statt »Ovid« (vom Übersetzer korrigiert) – Vergil ist bereits ab »Inferno« II Dantes Begleiter für die Reise durch das Jenseits.
Der Kausalität gegenüber empfindet er Widerwillen: die Ablehnung von starrem Kausalitätsdenken und von Determinismus ist ein zentrales Anliegen in M.s »Achtzeilern« von 1933/34, vgl. Achtzeiler X im Band MITTERNACHT IN MOSKAU, Ammann Verlag 1986, S. 185: »In nadelverseuchten Pokalen / Trinken wir den Ursachen-Wahn, / Berühren die kleinsten der Größen, / Und ein leichter Tod haucht uns an.« Und im Essay »Über die Natur des Wortes« (1922) im Band Essays I, S. 111: »... des Problems der Kausalität, das so sklavisch dem Denken in der zeitlichen Aufeinanderfolge unterworfen ist und für lange Zeit den Geist der europäischen Logiker versklavt hat [...]. Eine Wissenschaft, die auf dem Prinzip der inneren Verbindung und nicht der Kausalität gründet, befreit uns von der öden Endlosigkeit der Evolutionstheorie, ganz zu schweigen von deren vulgären Mitläuferin – der Theorie des Fortschritts.«

»Faccian le bestie Fiesolane strame«: Übersetzung –
»Das Fiesolaner Raubvieh soll im eignen
Mist wühlen und die Pflanze nicht berühren,
Wenn eine wachsen kann auf ihrem Kote« (Gmelin)
Was die Dantesche Metapher sei: vgl. Fragment 25 der Entwürfe zum »Gespräch über Dante«, wo Dante als »der Descartes der Metapher« bezeichnet wird.

S. 172 *»Trasseci l'ombra del primo parente«:* Übersetzung –
»Er nahm den Schatten unsres ersten Vaters
Mit sich und Abel, seinen Sohn, und Noah,
Moses mit den Gesetzen und den frommen
Erzvater Abraham, David, den König,
Jakob mit seinem Vater und den Söhnen,
Mit Rahel auch, für die er soviel wirkte« (Gmelin)
Dann bekommt die Orgel auch noch die Fähigkeit, sich zu bewegen: die Orgel-Metapher wurde bereits in Kap. II vorbereitet: ». . . baute Alighieri im Raum der Sprache eine unendlich mächtige Orgel, genoß bereits alle nur denkbaren Register, ließ die Bälge sich blähen, dröhnte und girrte mit allen Orgelpfeifen.«

S. 174 *Wie der Eisvogel, der Batjuschkows Schiff hinterherfliegt:* Konstantin Batjuschkow (1787-1855) – russ. Klassiker, Elegiendichter, Bewunderer der italienischen Renaissance, Petrarcas, Ariostos und Tassos (»Der sterbende Tasso«, Elegie 1817), fiel 1821 in geistige Umnachtung; vgl. M.s Gedicht »Batjuschkow« (1932) im Band MITTERNACHT IN MOSKAU, Ammann Verlag 1986, S. 129; der »Eisvogel«, mit mythologischem Namen »Halkyone«, erscheint in Batjuschkows Gedicht »Der Schatten eines Freundes« (Ten' druga, 1814). *Der alte Marzucco . . . Pietro della Broccia:* Gestalten in »Purgatorio« VI, 18 bzw. 22 (Pierre de la Brosse).

ENTWÜRFE ZUM »GESPRÄCH ÜBER DANTE« (Notizbuch)

Zuerst – in Auszügen – in der amerikanischen Ausgabe Vol. II, 1966 (1. Auflage); in den Anmerkungen der Buchpublikation des »Gesprächs über Dante«, Moskau 1967; in der Zeitschrift »Voprosy Literatury« 1968, Nr. 4. Die zusammengetragene und ergänzte Fassung in der amerikanischen Ausgabe Vol. III, 1969, wirkt chaotisch, weshalb die »Entwürfe« nach dem sowjetischen Auswahlband von 1987 übersetzt wurden. Zwischen Querstrichen: in Mandelstams Notizbuch gestrichene Stellen.

S. 176 *Nacherzählung sogenannter »kultureller Formationen«:* zum Gegensatz von Nacherzählung (passives Verstehen) und Poesie (Ereignis, Ausbruch, ausführender Vollzug) vgl. Kap. I des »Gesprächs über Dante«.

S. 178 *Fragment 3:* ursprünglicher Anfang des »Gesprächs über Dante« und M.s wichtigstes Bekenntnis zu Puschkin, über den er sich sonst nur mit eigentümlicher Zurückhaltung äußert, vgl. meinen Artikel: Ralph Dutli, »Wunderbarer Stoff« – Ossip Mandelstam und Alexander Puschkin, in: Zeitschrift für Kulturaustausch (Stuttgart) 1987, Nr. 1, S. 161-171.
Ariost und Tasso: vgl. M.s Gedichte vom Mai 1933, »Ariosto« I & II, »Versuch sie nicht, die fremden Sprachen« und »Petrarcas Freundin, Freundin Ariostos, Tassos« im Band Mitternacht in Moskau, Ammann Verlag 1986, S. 145-155.
»Dà oggi a noi la cotidiana manna«: »Unser tägliches Manna (Himmelsbrot) gib uns heute«.
Il disio: Sehnsucht, Verlangen.

S. 179 *Das innere Bild des Verses:* Notiz zu S. 115
Batjuschkow: Notiz zu S. 174

S. 180 *Das Kind bei Dante ... Kindsein als philosophischer Begriff:* vgl. im Kap. I des »Gesprächs über Dante« die »Infantilität der italienischen Phonetik, ihre wunderbare Kindlichkeit, die Nähe zum Kleinkinderlallen, ein bestimmter uralter Dadaismus«. Zur Rolle des Kindlichen in M.s Poetik vgl. das Kapitel »Über die Kinderei des Dichters« in meinem Buch: Ralph Dutli, Ossip Mandelstam, Ammann Verlag 1985, S. 75-83.
»Col quale il fantolin corre alla mamma«: Notiz zu S. 151
Auf der Ellipse dynamischer Unsterblichkeit irgendwo hinlaufen

muß: vgl. Kap. II des »Gesprächs über Dante«, »In Dantes Verständnis ist der Lehrer jünger als der Schüler, denn er ›läuft schneller‹« (S. 118), die Episode mit Brunetto Latini und Notiz zu S. 119.

S. 181 *Das Orchester ist ein dreiteiliger Körper:* vgl. im Kap. II des »Gesprächs über Dante« – »Würden wir lernen, Dante zu hören, so würden wir das Reifen der Klarinette und der Posaune hören« bis »der neblige Kern des homophonen dreiteiligen Orchesters der Zukunft bildet« (S. 120).

S. 182 *Die Zeitformen des Verbs für den zehnten Gesang:* ausführlicher im Kap. II des »Gesprächs über Dante«, ab »Da sehen wir plötzlich, daß der Dialog im 10. Gesang des ›Inferno‹ magnetisiert ist von den Zeitformen des Verbs« (S. 121); dort auch die »Fechthieb-Konjugationstabelle«, die die »fechtende Konjugation« in Fragment 11 erhellt.
Die Figur des zehnten Gesanges ist die Figur des Gewitters: für den Zusammenhang von Poesie und Gewitter vgl. das Fragment »Das Gewitter als Urbild des Ereignisses« im Band Essays I, S. 138.

S. 183 *Was ich über die Vielzahl der Formen gesagt habe:* vgl. gegen den Schluß von Kap. II des »Gesprächs über Dante« – »Bei Dante gibt es nicht eine Form, sondern eine Vielzahl von Formen« etc., S. 128.

S. 184 *Der menschliche Gang oder Schritt (als das Grundprinzip aller Schritte):* vgl. den zweiten Abschnitt von Kap. II des »Gesprächs über Dante« – »Das ›Inferno‹ und ganz besonders das ›Purgatorio‹ preisen den menschlichen Gang, das Maß und den Rhythmus der Schritte, den Fuß und seine Form« etc.
B. N. Bugajew: bürgerlicher Name des symbolistischen Lyrikers, Prosaisten und Denkers Andrej Belyj (1880-1934), der im Sommer 1933 auf der Krim M.s wichtigster Gesprächspartner für das »Gespräch über Dante« war.

S. 185 *Blok* Alexander (1880-1921): vgl. den ihm gewidmeten Essay »Der Dachsbau« (1922) im Band Essays I; das Zitat stammt

aus seinem Gedicht »Ravenna« (Mai/Juni 1909); in Kap. IV des »Gesprächs über Dante« ist die Polemik etwas gemildert.
Die Fragen und Antworten dieses »Reiseberichtes mit Gesprächen«: dieses Fragment ging dem folgenden Abschnitt im Kap. V des »Gesprächs über Dante« voraus: »Während die ganze ›Divina Commedia‹, wie bereits gesagt, ein Frage- und Antwortbuch darstellt« etc., S. 141.

S. 186 *Die Kraft einer Kultur liegt im Nichtbegreifen des Todes:* dieses Fragment folgte im Kap. V auf den Satz »Der Stoffwechsel des Planeten vollzieht sich im Blut, und der Atlantik nimmt Odysseus in sich auf, verschlingt sein hölzernes Schiff« (S. 144 f.). – Zum »Nichtbegreifen des Todes« vgl. auch in »Über die Natur des Wortes« (1922) im Band Essays I, S. 119: »Wie schrecklich, daß der Mensch (der ewige Philologe) dafür ein Wort fand: ›der Tod‹. Kann man das etwa benennen? Hat es einen Namen?«
Wirkliche Geheimräte der katholischen Hierarchie sind die Apostel: vgl. den folgenden Abschnitt im Kap. VI des »Gesprächs über Dante«: »Eine Reihe von Gesängen des ›Paradiso‹ zeigt eine Examenshülle, die harte Einkapselung in ein Examen« etc., S. 151. Vgl. »Paradiso« XXIV-XXVI, wo Dante von Petrus, Jakobus und Johannes geprüft wird.
Den Anfang des 33. Gesanges bestreiten die Maulaffen von der Art Gargantuas: Graf Ugolino, der dem Erzbischof Ruggieri am Schädel nagt; gemeint ist der Riese Gargantua in François Rabelais' (1494-1553?) »Gargantua und Pantagruel«.
Apollon Grigorjew (1822-1864): Dichter, Kritiker und Übersetzer (Goethe, Schiller, Heine), beeinflußt von der Philosophie Schellings; seine Zigeunerromanzen wirkten stark auf Alexander Bloks Lyrik ein; das Zitat »das Ziel der Läuterung und Ziel der Selbsterschaffung« stammt aus seinem Gedicht »Der Komet« (Kometa).
Die überhaupt nichts bewegenden Wanderkünstler: die 1870 gegründete Malervereinigung der »Peredvižniki«, Realisten, die als Vorläufer des »Sozialistischen Realismus« gelten; M. verhöhnt deren Namen, in dem sich das Verb »bewegen« verbirgt, seine Polemik bezieht sich aber auf die »Nacherzähler« und »Beschreiber«, vgl. auch Notiz zu S. 176.

S. 187 *Offenbart sich die Materie nur über die Metapher:* vgl. im letzten Kapitel (XI) des »Gesprächs über Dante« den Abschnitt »Auf die direkte Frage, was die Dantesche Metapher sei« etc., S. 171.

S. 188 *Alle wissen, daß Dante das Wetter »hochachtete«:* vgl. das Bildgefüge von Poesie und Wetter im Kap. XI des »Gesprächs über Dante« (»daß der Stein gleichsam ein Tagebuch des Wetters ist, meteorologische Verdichtung«) und die Fragmente 12 und 13 über die »Figur des Gewitters«.

S. 189 *Empyreum:* vgl. »Paradiso« XXVIII, außerhalb des Raumes liegender Sitz der Seligen.
Die treibende Kraft dieser kristallinen Maschine: vgl. »Paradiso« XXVII, der 9. Himmel, Kristallhimmel oder Primum Mobile, von dem alle Bewegung ausgeht.
Wie ein einheitlicher vitalistischer Strom: M. steht hier noch immer unter dem Einfluß des frz. Philosophen Henri Bergson (1859-1941) und seines Hauptwerkes »L'Evolution créatrice« (1907); vgl. M.s Text »Über die Natur des Wortes« (1922) im Band Essays I und Notizen dazu.

S. 190 *Der Florentiner Klatsch:* vgl. im Kap. XI des »Gesprächs über Dante« die »lästigen Florentinerseelen, die es erstens nach Klatsch, zweitens nach Protektion und drittens wieder nach Klatsch verlangt«, aber auch: »Der Kommentar entspringt dem Straßenpalaver, dem Gerücht, der florentinischen Verleumdung mit ihren vielen Mündern« (S. 174).
Convivio: Dantes Kommentar zu einigen seiner philosophischen Canzonen, entstanden ca. 1304-1307.
»Veramente io vidi lo luogo«: Übersetzung – »Ich sah tatsächlich den Ort, an den Abhängen eines Hügels in der Toscana, der Falterona heißt, wo der geringste aller Bauern der Gegend beim Arbeiten mit der Hacke mehr als einen Santelene-Scheffel reinsten Silbers fand, der vielleicht mehr als tausend Jahre auf ihn gewartet hatte«.
». . . Giri fortuna la sua rota«: Übersetzung –
»Mag immerhin ihr Rad Fortuna drehen,
Wie's ihr beliebt, und seinen Karst der Bauer.« (Gmelin)

S. 191 *Pecorella . . . mandria: »Schäflein, Lämmchen« und »Herde«.*
Die Apologie einer möglichen Bedeutsamkeit des Habenichts: vgl. Kap. II des »Gesprächs über Dante«: »Dante ist ein Habenichts. Ein innerer Rasnotschinez, ein besitzloser Intellektueller von altem römischen Blut« (S. 124) und Notiz zu S. 80.
Savonarola Girolamo (1452-1498): religiös-sittlicher Prediger in Florenz, gegen weltliche Kunst und für ein strenges Kirchenregiment, Gegner der Medici.
»Quando per arte o per mercatanzia«: »Wenn es durch Kunst oder Handelsgeschick oder Dienstleistung verdient ist«.
Taub ist er für das zeitgenössische System der Wirtschaft: vgl. Kap. IV des »Gesprächs über Dante«: »Wucher betrieben selbst die vornehmsten Familien [. . .] und das brachte Dante ganz besonders auf« (S. 135).

S. 192 *»Sta come torre ferma che non crolla«:* Übersetzung –
»Steh wie ein fester Turm, dem nie die Krone
Erschüttert wird von allem Wehn der Winde.« (Gmelin)
Daß Turm und Fluß in keinerlei kausalem Zusammenhang stehen: zur Ablehnung der Kausalität (und etwas weiter oben: »gegen den Determinismus in der Poesie«) vgl. Notiz zu S. 171 (»Der Kausalität gegenüber . . .«).

S. 193 *In Koktebel:* Ort auf der Krim, wo das »Gespräch über Dante« im Sommer 1933 entstanden ist.
Woloschin Maximilian (1877-1932): symbolistischer Dichter (»Taubstumme Dämonen«, 1919; »Verse über den Terror«, 1923), lebte meist auf der Krim, in seinem Haus in Koktebel, das oft Refugium für Verfolgte wurde – während des russ. Bürgerkrieges 1918-1921 rettete er »Rote« vor den »Weißen«, und »Weiße« vor den »Roten«; als Mandelstam im Juli 1920 in Feodosia von den »Weißen« verhaftet wurde, setzte sich Woloschin für ihn ein, und M. konnte nach Batumi ausreisen – vgl. die Prosaskizzen »Die Rückkehr« und »Die Menschewiken in Georgien« (1923) im Band DAS RAUSCHEN DER ZEIT, Ammann Verlag 1985, dort auch, im Text »Der Hafenkommandant«, das Kurzporträt S. 108 f.: »Und als dann Woloschin auf den zerschrammten Straßendämmen Feodosias auftauchte, im Städteranzug: Wollstrümpfe, feine Ho-

sen und samtenes Jackett – da ergriff die Stadt wie eine antike Rührung, und die Händler kamen aus ihren Läden auf die Straße herausgelaufen.«

Prämiert mit dem Ausspruch des Zimmermanns: in der Poetik der Akmeisten genießt der Handwerker große Achtung, vgl. etwa in M.s Gedicht »Die Admiralität« (1913) im Band Der Stein, Ammann Verlag 1988, S. 101: »Die Schönheit – keine Halbgott-Laune, lehrt er, / Doch Räuber-Augenmaß des schlichten Zimmermanns.«

GOETHES JUGEND (Eine Rundfunk-Skizze)

Zuerst gedruckt in der amerikanischen Ausgabe Vol. III, 1969. Übersetzt nach dieser Vorlage. Eine Publikation in der Zeitschrift »Voprosy Literatury« 1968, Nr. 4, umfaßte nur wenige Fragmente.

Zu Beginn seiner Verbannungszeit in Woronesch hatte Mandelstam ein paar spärliche Arbeitsmöglichkeiten (1935/36), am Theater und im lokalen Rundfunk, doch als im Sommer 1936 die ersten Schauprozesse und »Säuberungen« beginnen und Moskau »mehr Wachsamkeit« befiehlt, verliert er jede Erwerbsmöglichkeit. – Außer der im Mai/Juni 1935 verfaßten Rundfunkarbeit »Goethes Jugend« schrieb M. auch einen Text über Glucks Oper »Orpheus und Eurydike«, der leider verloren ist. Bei allem Auftragscharakter und einer etwas beengenden rundfunkbedingten Pädagogik ist »Goethes Jugend« doch auch M.s verborgener letzter Ausflug in die eigene Jugendzeit, nach Westeuropa, nach Italien. M.s Hauptquellen für diesen Text waren Goethes »Dichtung und Wahrheit« und »Italienische Reise«.

S. 197 *Das Jagdrecht für Hirsche* etc.: die Episoden in Teil I entstammen in der Mehrzahl »Dichtung und Wahrheit/Erster Teil. Erstes Buch«.

S. 199 *Zweimal im Jahr wirds ihm zuviel:* mit diesem Vierzeiler ersetzt M. Goethes Beispiel: »Oberyssel: viel Morast/Macht das gute Land verhaßt.«

Im Zimmer des Knaben stand ein Musikpult: Schluß von »Dichtung und Wahrheit/Erster Teil. Erstes Buch«.

S. 200 *Die Schwester bekommt Musikunterricht:* »Dichtung und Wahrheit/Erster Teil. Viertes Buch«.

S. 201 *Der junge Bürger einer großen Stadt:* »Dichtung und Wahrheit/Erster Teil. Viertes Buch«.

S. 202 *Für jeden Vogel gibt es einen Köder:* Beginn von »Erster Teil. Fünftes Buch«: »Für alle Vögel gibt es Lockspeisen«. Dort auch die Gretchen-Episode.

S. 203 *Rat Schneider führt . . . das Verhör:* gegen den Schluß von »Erster Teil. Fünftes Buch«. M. kennt solche Verhöre aus eigener Erfahrung, seiner eigenen Zeit.
Straßburg: M. überspringt die Leipziger Zeit oder kontaminiert sie mit der Zeit in Straßburg, denn unter III folgen auch Leipziger Episoden.
Das erste, glanzvolle Beispiel gotischer Architektur: zu M.s eigenem Kult der gotischen Kathedrale vgl. die Texte »Der Morgen des Akmeismus« und »François Villon« (1913) im Band Essays I, sowie das Gedicht »Notre-Dame« (1912) im Band DER STEIN, Ammann Verlag 1988, S. 85.

S. 204 *Über die gebohnerten Böden einer Bildergalerie:* eine Dresdener Episode, in »Dichtung und Wahrheit/Zweiter Teil. Achtes Buch«.

S. 206 *Das Tal der Saar:* die Fahrt durch das Saarland und der Besuch beim Kohlephilosophen Stauf in »Dichtung und Wahrheit/Zweiter Teil. Zehntes Buch«.

S. 207 *Gottsched:* Besuch bei Gottsched in »Dichtung und Wahrheit/Zweiter Teil. Siebentes Buch«. Auch unter IV wiederum Leipziger Episoden, Behrischs Porträt und Parodien gegen den Schluß des »Siebenten Buches«.

S. 209 *»Ach, Behrisch, Behrisch«:* tatsächlich existiert ein Brief an Behrisch vom 20. November 1767, der von Goethes Eifersucht spricht, doch M. dramatisiert den Brief und übertreibt Goethes Verzweiflung. »Käthchen« = »Ännchen« Schönkopf.

S. 210 *Ein neues Theater gebaut worden:* Kurz nach Beginn von »Zweiter Teil. Achtes Buch«.

S. 211 *Basedow, Merck, Lavater, Herder:* diverse Charakterisierungen vgl. Namensregister zu »Dichtung und Wahrheit«.

S. 212 *»Wer sich der Einsamkeit ergibt«:* das Lied des Harfenspielers in »Wilhelm Meisters Lehrjahre«, Zweites Buch, Dreizehntes Kapitel.

S. 213 *Verzweiflung dessen, der nachts in Tränen auf seinem Bett sitzt:* Anspielung auf das Gedicht »Wer nie sein Brot mit Tränen aß« in »Wilhelm Meisters Lehrjahre«, Zweites Buch, Dreizehntes Kapitel; das Gedicht war auch in Rußland berühmt und wurde von großen Lyrikern ins Russische übertragen, etwa von Wassilij Schukowskij, Fjodor Tjutschew und – frei nachgedichtet – von Marina Zwetajewa.
Poesie oder Krieg: vgl. Notiz zu S. 120
Tra-ta-ta-ta: Hauptquelle von Teil V ist Goethes »Italienische Reise«.

S. 214 *Der kleine Wildling mit der Harfe ist Mignon:* die Begegnung ist geschildert im Eintrag »Mittenwald, den 7. September, abends« in »Italienische Reise/Erster Teil, Karlsbad bis auf den Brenner 1786«, doch erst in Goethes »Wilhelm Meister« wird die Figur zu »Mignon«.

S. 215 *Im Amphitheater von Verona:* vgl. den Eintrag »Verona, den 16. September« in »Italienische Reise/Erster Teil, Verona bis Venedig«; Passage über die antiken Gräber – ebendort.

S. 216 *In einem kleinen Theater Venedigs:* vgl. den Eintrag »Den 5. Oktober, nachts« in »Italienische Reise/Erster Teil, Venedig 1786«.
Hören Sie hin auf die Schritte des Ausländers: die Episode der singenden Schiffer – vgl. ebendort, im Eintrag »Den 6. Oktober«.

S. 217 *Der wahnsinnige Tasso:* vgl. Notiz S. 178 (»Ariost und Tasso«),

M.s eigene Beschäftigung mit diesem italienischen Dichter; die geschilderte Episode stammt aus Tassos »Das befreite Jerusalem« (La Gerusalemme liberata, 1580). – Die Evokation Tassos durch M. in der Woronescher Verbannung hat zweifellos eine autobiographische Dimension: als er im Juli 1935 sein im Mai 1933 geschriebenes »Ariosto«-Gedicht wieder aufnahm, mischte sich auch eine Anspielung auf Tasso ein, vgl. »Ariosto II« im Band MITTERNACHT IN MOSKAU, Ammann Verlag 1986, S. 151: »Du Stadt der Eidechsen, und seelenloses Land! / Vom Richter trugst du Söhne, und aus Hexenbetten, / Ferrara, hartes Herz! Und legtest sie in Ketten – / Doch rot stieg auf im Ort die Sonne des Verstands!«

AUS DEN ENTWÜRFEN ZU «GOETHES JUGEND«

Zuerst im Ergänzungsband der amerikanischen Ausgabe, Vol. IV, 1981. Übersetzt nach dieser Vorlage.

S. 219 *»Wen du nicht verlässest, Genius«:* erste Strophe von »Wandrers Sturmlied« (1772) in Goethes »Hymnen«.
»Knabe sprach: ich breche dich«: zweite und dritte Strophe von Goethes »Heidenröslein« (1771, »Sah ein Knab ein Röslein stehn«); M. zitiert die Übertragung von D. Ussow.

S. 220 *Emilie tanzte mit ihm ein Menuett:* die Episode mit den Töchtern des Tanzmeisters fällt in die Straßburger Zeit, vgl. »Dichtung und Wahrheit / Zweiter Teil. Neuntes Buch« (Schluß dieses Buches).

S. 221 *Der »Kohlephilosoph« Stauf:* Notiz zu S. 206 (»Das Tal der Saar«).
»Und Mozart auf dem Wasser, Schubert in Vogelstimmen«: Selbstzitat M.s, »Achtzeiler« V (Januar 1934), im Band MITTERNACHT IN MOSKAU, Ammann Verlag 1986, S. 175, wo allerdings »Mozart« und »Schubert« vertauscht sind.

S. 222 *»Neues freut mich nicht, und ausgestattet«:* Anfang der letzten Replik des Prometheus in Goethes Drama »Pandora« (1808).

Zuerst in der Zeitschrift »Vestnik russkogo christianskogo dviženija«, Paris 1976, Nr. 118, ohne die vier letzten, von M. gestrichenen Absätze; mit diesen Absätzen in der Zeitschrift »Russian Literature« V, 1977, 2. Übersetzt nach dem Ergänzungsband der amerikanischen Ausgabe, Vol. IV, 1981.

Einziges Zeugnis von M.s kurzer Tätigkeit als literarischer Berater am Woronescher Stadttheater, zu Beginn seiner Verbannungszeit (1935/36, vgl. auch Notiz zu »Goethes Jugend«). – Die sehr kritischen Aussagen über Tschechows Stücke sind nicht M.s einziges Urteil. Die Aussagen im Theaterporträt »Das Moskauer Künstlertheater und das Wort« (1923), im Band Essays I, sind wert-neutral (M. nimmt immerhin Tschechow vor dem »ungläubigen Thomas« des Durchschnittsintellektuellen in Schutz), doch ein Text aus der Zeit seiner kurzen Tätigkeit bei der Zeitung »Moskauer Komsomolze« im Jahr 1929 spricht eine deutlichere Sprache. Es handelt sich um den von Pavel Nerler in der Zeitschrift »Literaturnaja učeba« 1982, Nr. 4, publizierten »Brief an den Genossen Kotschin« (zuerst in der Zeitung »Moskovskij Komsomolec«, Nr. 28, 3. Oktober 1929), wo es heißt:

»Ich lehne mich auf gegen eine solche zoologische Darstellung der Bauern. Das ist nicht unser Zugang zu diesem Thema. Wir kannten ja die Furcht vor dem Muschik etwa bei Bunin, doch für uns weit wertvoller und interessanter ist *Tschechows* Zugang zum Landvolk.

Tschechow schildert gleichermaßen furchtlos, ruhig und sorgfältig den Arzt, den Ingenieur und die *Persönlichkeit* des Bauern.«

S. 223 *Dantes »Komödie« mit ... ihrer Sphärenastronomie:* vgl. Fragmente 30 und 31 der Entwürfe zum »Gespräch über Dante«, S. 189.

S. 224 *Goldoni ... »Personaggi«: Fabrizio:* es handelt sich um Carlo Goldonis (1707-1793) Stück »Die Verliebten« (Gl'Innamorati).

Aiakos ... aus Ameisen Menschen gemacht: als Hera, nachdem Zeus sie mit der Nymphe Ägina betrogen hatte, mit einer Pest die Insel Ägina verwüstete, bat der einzige Überlebende,

Aiakos, der Sohn der Ägina, den Göttervater Zeus, aus Ameisen Menschen zu machen; vielleicht denkt M. wiederum an Dantes »Divina Commedia«, »Inferno« XXIX, 58-64.
Alexej Tolstoj (1817-1875): Lyriker, Romanschriftsteller (»Fürst Serebrjanyj«, 1863) und Dramatiker, »Der Tod Iwans des Schrecklichen« (1865), »Zar Fjodor Ioannowitsch« (1868).
Mstislawskij: Gestalt in »Zar Fjodor Ioannowitsch«.

ÜBER DAS TRAGISCHE

Zuerst in der Zeitschrift »Voprosy Literatury« 1968, Nr. 4. Übersetzt nach der amerikanischen Ausgabe Vol. III, 1969 (»Zapisi 1935-1936 godov«, S. 192).

S. 226 *»Alltags- und Milieustudie«:* russ. »byt« – M. polemisiert gegen die »Alltagsrealisten« im Text »Literarisches Moskau: Die Geburt der Fabel« (1922) im Band Essays I.

ÜBER DIE AUFMERKSAMKEIT

Zuerst in der Zeitschrift »Voprosy Literatury« 1968, Nr. 4. Übersetzt nach der amerikanischen Ausgabe Vol. III, 1969 (»Zapisi 1935-1936 godov«, S. 192).

S. 227 *Aufmerksamkeit:* »gespannte Aufmerksamkeit« (russ. »nastorožennost'«) ist ein Grundzug der Poesie in Fragment 1 der Entwürfe zum »Gespräch über Dante«, S. 177; vgl. auch die Charakterisierung der Poesie (Pasternaks) am Schluß der »Notizen über Poesie« (1923) im Band Essays I, S. 184: »Die Arme schwenkend, murmelnd, trottet so die Poesie daher, torkelnd, mit schwindligem Kopf, selig von Sinnen und doch als einzige nüchtern, als einzige von allem auf der Welt: hellwach.«

R. D.

NACHWORT

DAS IMMERWÄHRENDE GESPRÄCH

. . . daß der Titel eines *Lesers* nicht weniger achtbar ist als der Titel des Dichters.

Eine Armee von Dichtern, 1923

Unsere Klassiker sind ein Pulverkeller, der noch nicht explodiert ist.

Jachontow, 1927

Ob es ein Zufall ist, daß Mandelstams erster veröffentlichter Essay von 1913 *Über den Gesprächspartner*, sein letzter großer Essay von 1933 *Gespräch über Dante* heißt? Mandelstams ganzes Werk ist eine Suche nach dem Gesprächspartner, sei es der Freund und Vorläufer in der Vergangenheit (Ovid, Dante, Villon u. a.), sei es sein *Leser in der Zukunft*, der *providentielle Gesprächspartner*, der die *Flaschenpost* entsiegeln wird.

Ein frappanter Unterschied zwischen dem russischen Symbolismus und dem Akmeismus, zu dem sich Mandelstam zeitlebens bekannte, betrifft die Haltung dem Leser gegenüber. Der russische Symbolismus war zu sehr mit dem Wesen des Dichters beschäftigt (der Dichter als Priester, Magier, Prophet), als daß er dem Empfänger seiner dichterischen Botschaft besondere Aufmerksamkeit hätte schenken können.

Wenn in Mandelstams erstem Essay von 1913 die an sich simple Frage gestellt wurde: *Mit wem spricht denn der Dichter?*, mußte das wie eine Profanierung wirken. Da waren neue, jüngere Dichter in den heiligen Bereich des dichterischen Wortes eingedrungen und hatten auch einen neuen Akteur mitgebracht: den Leser. Der Symbolismus, der sich um 1910 in seinen religiösen und okkultistischen Spekulationen allmählich selber zur Erschöpfung gebracht hatte, wandte sich 1912 erschrocken ab von den neuen dichterischen Gruppierungen, den lautstark sich gebärdenden Futuristen um Welimir Chlebnikow und Alexej Krutschonych – und den vorerst seltsam karg und klassisch sich gebenden Akmeisten.*

Es gibt keine Lyrik ohne Dialog: Mandelstams Essay nimmt die Öffnung des dichterischen Textes auf die Zukunft vor, spricht vom *heimlichen Adressaten*, vom *providentiellen Gesprächspartner* in der Zukunft und dem Flaschenpost-Wesen der poetischen Botschaft. *Der Brief in der Flasche ist an denjenigen adressiert, der sie findet. Ich habe sie gefunden. Dies bedeutet, daß ich auch der heimliche Adressat bin.*

Mandelstam war bewußt Dichter und Adressat, Flaschenpost-Autor und Flaschenpost-Finder, das heißt Leser. Der Respekt vor dem Leser ist eine Konstante seiner vorliegenden Essays. Es besteht nun aber für Mandelstams Leser keine Veranlassung, sich vorschnell geschmeichelt zu fühlen. Die Rolle des *heimlichen Adressaten* ist keine leichte und anspruchslose. Mandelstam wertet gewiß die Stellung des Lesers auf, doch betont er immer wieder, wie schwer diese Rolle sei. Im kritischen Text *Eine Armee von Dichtern* (1923) wird der Leser dem Autor gleichberechtigt gegenübergesetzt, der Titel eines *Lesers* wird geschaffen, der nicht weniger achtbar sein soll als der des Dichters. Im selben Atemzug wird aber auch gesagt, daß das Lesen von Gedichten *eine große und schwierige Kunst* sei. Der Leser sieht sich aufgewertet und gleichzeitig gefordert. Und in jenem Text, durch den Mandelstam geradezu zum Pionier der erst Jahrzehnte später zu Ehren gekommenen »Rezeptionsästhetik« wird, im Essay *Ein Ausfall* (1924), heißt es, die poetische Schrift stelle in bedeuten-

* Zum Akmeismus vgl. auch mein Nachwort zu: Ossip Mandelstam, Der Stein, Frühe Gedichte 1908-1915, Ammann Verlag 1988

dem Maße eine *weiße Lücke* vor, *klaffende Absenz einer Vielzahl von Zeichen und Hinweisen, die hinzuzudenken sind und die allein den Text verständlich und schlüssig machen.* Der Leser setze sie von sich aus. Auch Mandelstams Essays wünschen sich diesen geduldigen und mitdenkenden, also: streitbaren Leser.

Denn Poesie ist das Bewußtsein ihrer Rechtlichkeit

In der Tat: wer meint, dieses Werk pflege den großzügigen und abgeklärten Gesprächston erhabener Geister, verkennt das Temperament dieser Dichtung. Mandelstam liebt den Streit, seine Lust zu Polemik und Spott ist ebenso charakteristisch für sein Werk wie die freundschaftliche Aufforderung zum Gespräch. Nun spürt man gewiß in Mandelstams Essay-Polemik durchaus einen Hauch jener Epoche (der »avantgardistischen« zehner und zwanziger Jahre in Rußland), die von jeder Beschaulichkeit und Abgeklärtheit weit entfernt war und eine eigene, nicht zu verkennende Kultur der Polemik pflegte. Und Mandelstam selber? Gegen den Schluß seines zentralen Essays *Über die Natur des Wortes* (1922) stößt man auf den orakelhaften Satz, der einem so manches Rätsel plötzlich lösen will. Es heißt dort, die *zerbrechliche Barke des menschlichen Wortes* werde *ins offene Meer der Zukunft* getragen, *wo es kein mitfühlendes Verständnis geben wird, wo ein trostloser Kommentar den frischen Wind der Feindschaft und das Mitgefühl der Zeitgenossen abgelöst haben wird.* Offenbar war der »frische Wind der Feindschaft« diesem Dichter ebenso wertvoll wie »Mitgefühl«. Soviel zu *seiner* Kultur der Polemik.

Bei aller Öffnung der Texte hin zum Leser in der Zukunft, zum providentiellen Gesprächspartner, dem Finder der Flaschenpost, ist Mandelstam doch auch ein tief in seiner Epoche wurzelnder Dichter, eine markante Figur im Disput der literarischen Gruppierungen jener Zeit.

Dem jenseitsbezogenen, mystisch raunenden Symbolismus und dem technik- und innovationsbesessenen, dem kulturrevolutionären Gestus verpflichteten Futurismus hält er seine Positionen entgegen, die Werte des Akmeismus: Konkretheit, klassische Präzision, Diesseitigkeit, Bejahung der Kultur als eines lebendigen Gedächtnisses.

In der Überwindung des Symbolismus hatten es die Akmeisten schwer, sich neben dem auffällig und lautstark auftretenden Futurismus (der in seinem Instrumentarium zudem über die bildende Kunst verfügte und dort die eigentliche Kunst der Moderne schuf) überhaupt Gehör zu verschaffen. Und doch ist bereits in die ersten Essays Mandelstams eine Bestimmtheit und Entschlossenheit eingeschrieben, eine Überzeugung, *im Recht zu sein* – die vielleicht auf jene *moralische Kraft* des Akmeismus vorausweist, von der Mandelstam im Essay *Über die Natur des Wortes* (1922) spricht und die die bedeutendsten Akmeisten – Anna Achmatowa, Ossip Mandelstam (der dritte im Bunde, Nikolaj Gumiljow, wurde bereits 1921 erschossen) – noch in ihrer Haltung der Macht, dem totalitären Stalinismus gegenüber auszeichnen wird. Mandelstams erste Essays von 1913, *Über den Gesprächspartner*, *Der Morgen des Akmeismus* und *François Villon*, sind bedeutsam untereinander verknüpft durch das in ihnen vorgetragene Konzept der eigenen *Rechtlichkeit* (russisch: pravota). *Denn Poesie ist das Bewußtsein ihrer Rechtlichkeit*: im Essay *Über den Gesprächspartner* erscheint der Terminus fast magisch beschwörend dreimal. Im Manifest *Der Morgen des Akmeismus* heißt es: *Das Bewußtsein der eigenen Rechtlichkeit ist uns wertvoller als alles andere in der Poesie*. Und noch im Essay über François Villon – der zu einem guten Teil auch Selbstporträt des jungen Mandelstam ist – spricht er von Villons unerschütterlicher Überzeugung der *Rechtlichkeit seines Prozesses*.

Doch Rechtlichkeit meint nicht einfach Rechthaberei, und man sollte sich von der wechselseitigen Polemik der literarischen Gruppierungen jener Epoche, von der Tendenz zu scharfer Abgrenzung und Ausgrenzung nicht narren lassen. Der Widerspruch, das Paradox ist eine Figur der Epoche.

Im Essay *Ein Ausfall* von 1924, bereits jenseits der Manifeste und Polemiken, wird Mandelstam ohnehin bekennen, daß die ganze moderne russische Poesie *aus dem Schoß des Symbolismus hervorgegangen* sei. Seine eigene Essay-Kunst ist eine Erbin der symbolistischen, der Essays Alexander Bloks, Wjatscheslaw Iwanows, Innokentij Annenskijs und Andrej Belyjs. Und diesem letzteren, Andrej Belyj, den er wie keinen zweiten in seinen polemischen Texten mit Hohn überhäuft hat, wird er 1934, bei dessen Tod, ein großartiges Requiem* widmen, voller kühner, eigentümlicher Bilder und von einem ganz eigenen Ton.

Im übrigen wäre es irrig anzunehmen, Mandelstam habe in seinen Essays nur jene Dichter und Werke mit Verständnis und Lob bedacht, die ihm besonders ähnlich waren und seiner Poetik nahestanden. Er war in geradezu verblüffendem Maße fähig, ihm diametral entgegengesetzte Werke in ihrer Bedeutung zu erkennen und mit höchstem Lob auszustatten. Die schönsten Beispiele hierfür sind die Aussagen über den wichtigsten Futuristen, den Sprachexperimentator und Visionär Welimir Chlebnikow (1885-1922), und den ebenfalls vom Futurismus, von der Gruppe *Zentrifuge* herkommenden Boris Pasternak (1890-1960) und seinen Gedichtband *Meine Schwester das Leben*. Was Mandelstam über sie schreibt, etwa in den Essays *Notizen über Poesie* und *Sturm und Drang* (1923), wird für immer zum Treffendsten und Bedeutendsten gehören, was je über diese ihm so unähnlichen Dichter gesagt werden kann.

Im Disput um Abgrenzungen und Zugehörigkeiten

* Ossip Mandelstam, MITTERNACHT IN MOSKAU, Die Moskauer Hefte: Gedichte 1930-1934, Ammann Verlag 1986, S. 199-213

darf nicht vergessen werden, daß ein Dichter von Format ohnehin dazu neigt, dazu neigen muß, den engen Rahmen von Manifestwortlaut und Schuldoktrin zu sprengen. Mandelstam mag der am stärksten futuristische der Akmeisten sein und der am meisten symbolistische – und damit haben die Gruppierungen und Ismen jener Zeit bereits genug Aufmerksamkeit auf sich versammelt.

Sakralisierung und Verweltlichung

In seine Essays eingeschrieben findet sich nicht zuletzt Mandelstams geistige Biographie, hier eröffnen sich die gedanklichen Hintergründe seiner Weltsicht und Poetik. Seine autobiographische Prosa des Buches *Das Rauschen der Zeit* hatte in den Kapiteln *Das Erfurter Programm* und *Familie Sinani* bereits die jugendliche Begeisterung für den Marxismus und schließlich für die sozial-revolutionäre Partei vorgeführt und die Suche nach Einheit und Überschaubarkeit, den Durst nach dem *starken und harmonisch-strengen Weltgefühl* ahnen lassen.* Die Essays zeigen die Entwicklung seiner Spiritualität mit ihren überraschenden Wendungen.

1914 begibt sich Mandelstam unter dem Einfluß des vom römischen Katholizismus faszinierten russischen Philosophen Tschaadajew (1794-1856) in seine »katholische Phase«, die eine nicht zu unterschätzende Etappe sein wird auf dem Weg zu einer poetischen Synthese sämtlicher europäisch-abendländischer Kultur- und Glaubenselemente (Hellas, Rom, Judentum und Christentum). Im *Tschaadajew*-Essay von 1914/15 nicht weniger wichtig als

* Ossip Mandelstam, DAS RAUSCHEN DER ZEIT, Gesammelte »autobiographische« Prosa der 20er Jahre, Ammann Verlag 1985 (dort auch, für biographische Daten: »Chronologie zu Ossip Mandelstams Leben und Werk«, S. 299-309)

die Suche nach Einheit (*Im Westen gibt es die Einheit!*) und der *Verschmelzung des moralischen und des geistigen Prinzips* ist jedoch der Gedanke der Rückkehr nach Rußland. Mandelstam hat seine Westeuropareisen, die Aufenthalte in Paris, Italien, Heidelberg bereits hinter sich und kehrt in diesem Essay mit Tschaadajew geistig vereint nach Rußland zurück. *Tschaadajew war der erste Russe, der wahrhaftig, mit seinen Ideen, im Westen geweilt und den Rückweg gefunden hat.* Für Mandelstam ein Schritt hin zu *innerer Freiheit*, aber auch – ein folgenschwerer Entschluß.

Der leider nur in Fragmenten erhaltene Essay *Puschkin und Skrjabin* (1915) ist eine Apologie der Freiheit der christlichen Kunst, einer *lichtvollen inneren Freiheit.* Zentral ist die Deutung des Todes eines Künstlers als dessen *letzter schöpferischer Akt*, und man kann diese Sätze nicht lesen, ohne sie auf Mandelstams eigenes Ende zu beziehen, ohne ihre prophetische Qualität zu erkennen und in ihnen eine frühe, erstaunlich frühe Überwindung des Todes zu sehen.*

Mit solchen geistigen Vorräten versehen, begegnet Mandelstam der Revolution. Für das Verständnis der Entwicklung seiner Spiritualität unentbehrlich sind die beiden Essays *Das Wort und die Kultur* (1921) und *Über die Natur des Wortes* (1922). Der erstere vollzieht – vor dem Hintergrund des Hungers der Revolutions- und Bürgerkriegszeit – eine Sakralisierung des Alltags und der Kultur, eine Sakralisierung von Brot und Wort.** Um das apokalyptische Pathos dieses Essays und die Verkündersprache zu verstehen, die hier gesprochen wird, muß man sich die geschichtlichen Hintergründe dieser Generation der höchsten Heilserwartungen vergegenwärtigen, die

* Zum Todesthema vgl. Ossip Mandelstam, IM LUFTGRAB, Ein Lesebuch, Mit Beiträgen von Paul Celan, Pier Paolo Pasolini, Philippe Jaccottet und Joseph Brodsky, Ammann Verlag 1988

** Vgl. das Kapitel »Geteilter Hunger« meines Buches: Ralph Dutli, EIN FEST MIT MANDELSTAM, Über Kaviar, Brot und Poesie, Ein Essay zum 100. Geburtstag, Ammann Verlag 1991 gewaltigen Umwälzungen und Katastrophen, die auf ein und dieselbe Lebenszeit fielen: der russisch-japanische Krieg und die Revolution von 1905, der Erste Weltkrieg, die beiden Revolutionen des Jahres 1917, der Hunger, der Bürgerkrieg – und Stalins Totalitarismus, der dieser Generation noch bevorstand. Mandelstam bemüht sich in diesem Essay, seine Poetik mit den Forderungen der revolutionären Epoche zu orchestrieren, was dem Text eine paradoxale und schillernde Färbung verleiht: *Die klassische Poesie ist die Poesie der Revolution.* Skizziert wird ein eigentümlicher zukunftsbezogener Klassizismus, der bei allem revolutionären Gestus die Vergangenheit nicht verleugnet und das Zyklische der menschlichen Erfahrung anerkennt. Nachdem er schon 1916 die Fortschrittsgläubigkeit und den Fortschrittskult verworfen hatte (auch in Kunstdingen – *Was für ein Unsinn: der Fortschritt in der Kunst!*) und auch weiterhin in seinen Essays verwerfen wird, formuliert Mandelstam ein zyklisches Geschichtsbild und den Moment der Erkenntnis des Zyklischen als die *tiefe Freude der Wiederholung.*

Im selben Text vollzieht sich auch die schroffe und radikale Einteilung der Zeitgenossen in *Freunde* und *Feinde des Wortes*, die für Mandelstams Haltung der politischen Macht gegenüber prägend sein wird.

Der zweite Essay, *Über die Natur des Wortes* (1922), ist der Mandelstamsche Versuch, im Wirbelwind der Ereignisse die Einheit wiederzufinden, die Ganzheit, die Kontinuität. Eine Behaustheit auch: Behaustheit in der Sprache. Geistige Instanz ist hier nicht mehr Tschaadajew, sondern der französisch-jüdische Philosoph Henri Bergson (1859-1941), dessen Hauptwerk *L'Evolution créatrice* Mandelstam in seinem Koffer mit sich nahm, als er 1908 nach seiner Zeit in Paris den Rückweg nach Petersburg antrat. Bergsons Suche nach der *inneren Verbindung der Phänomene* wird zu Mandelstams eigener. Tschaadajew hatte in seiner Kritik an Rußlands Kultur- und Geschichtslosigkeit eine Gegebenheit aus den Augen gelassen, die für Mandelstam nun zum zentralen Wert wird: die russische Sprache. *Eine so hochgradig gestaltete, so stark organische Sprache ist nicht nur eine Tür zur Geschichte, sie ist die Geschichte selber.* Mandelstams Suche nach der Kontinuität läßt ihn die russische Sprache mit den *Lebenskräften der hellenischen Kultur* vereinen: *Die russische Sprache ist eine hellenistische Sprache.* Der Mandelstamsche Entwurf eines inneren, häuslichen, wärmenden Hellenismus, einer alles durchdringenden Philologie, hat das apokalyptische Pathos der Epoche hinter sich gelassen und liefert uns eine der schönsten Annäherungen an das Wesen der Kultur, die nichts anderes sein soll als das warme, zweckvolle Gerät, mit dem der Mensch sich umgibt: *Hellenismus ist ein Tontopf, eine Ofengabel, ein Krug mit Milch, häusliches Gerät, Geschirr, alles, was den menschlichen Körper umgibt. Hellenismus ist die Wärme eines Herdes, die als etwas Heiliges empfunden wird, jegliches Besitztum, das den Menschen an der Außenwelt teilhaben läßt, jegliche Kleidung, die über jemandes Schultern gelegt wird [. . .]. Hellenismus ist das bewußte Sich-Umgeben des Menschen mit Gerät anstatt mit bedeutungslosen Gegenständen, die Verwandlung solcher Gegenstände in Gerät, die Vermenschlichung der umliegenden Welt, deren Durchdringung mit feinster teleologischer Wärme.*

Mandelstams Neubestimmung seines Akmeismus schafft die Einbeziehung des Sakralen in den Alltag und eine Verweltlichung des Sakralen: gegenseitige Durchdringung im Namen einer *häuslichen* Philologie, einer *inneren* Kultur. Im Namen des *Wortes.*

Schon ein Jahr später, 1923 in *Notizen über Poesie*, und unter dem Eindruck der Poesie Pasternaks (*Meine Schwester das Leben*) und der Neubeschäftigung mit Chlebnikows russischem Sprachlaboratorium, postuliert Mandelstam eine noch weitergehende Verweltlichung der poetischen Sprache und eine Abkehr vom *mönchischen Byzanz*, von der Schriftkultur der Intellektuellen – hin zum weltlichen, schriftlosen Idiom, zum weltlichen Russisch, zur Mündlichkeit. *Es ist nicht wahr, daß in der russischen Sprache das Latein schläft, es ist nicht wahr, daß Hellas in ihr schläft. [. . .] In der russischen Sprache schläft sie selbst und nur sie allein.* Das Beharren auf der Eigenständigkeit des Russischen ist jedoch nicht ein Widerruf des Hellenismus von 1922, sondern Antithese einer inneren, dieses Werk durchziehenden Dialektik.

Sakralisierung und Verweltlichung der Sprache und der Poesie: zwei Pole des Mandelstamschen Denkens, die seinem essayistischen Œuvre die Spannung verleihen. Dem grausam entschlossenen Staat, dem zynischen Umgang mit dem Wort (und der Wahrheit) auf seiten der Macht setzt er *das Wort* in seiner sakralen Aura entgegen, der Priesterkaste der Literatur und dem Snobismus der Intellektuellen aber – im Essay *Ein Ausfall* von 1924 – das *gesunde philologische Gespür* des Volkes.

Der Anti-Buddhist

Dieses entschiedene Bekenntnis zum Wort mußte zu Konflikten führen, und fast zwangsläufig ergeben sich aus den weltanschaulichen und philologischen Prämissen politische Konsequenzen. Mandelstams Mißtrauen gegen *formlose Paradiese* (im *Tschaadajew*-Essay) und vorschnelle Tröstungen haben ihre eigene Geschichte.

Bereits im Essay *Puschkin und Skrjabin* (1915) schreibt er: *Die Zeit kann rückwärts gehen: Der ganze Verlauf der neuesten Geschichte, die sich mit erschreckender Gewalt vom Christentum zum Buddhismus und zur Theosophie abgewandt hat, legt davon Zeugnis ab . . .*

Mandelstams Ausfälle gegen Buddhismus und Theosophie – vor allem in den Essays *Über die Natur des Wortes* und *Das 19. Jahrhundert* (1922) – richteten sich gegen die in Rußlands Intellektuellenkreisen sehr begehrten östlichen

Heilslehren, die durch die nationalen Katastrophen des russisch-japanischen Krieges und der blutigen Niederschlagung der Revolution von 1905 ebenso mächtigen Auftrieb erhielten wie durch die geschichtsphilosophischen Spekulationen Wladimir Solowjows und seines *Ex oriente lux*.

Das Licht kam für Mandelstam unzweifelhaft aus dem Westen, genauer: aus dem Mittelmeerraum, aus der hellenistisch-jüdisch-christlichen Kulturtradition, die er durch jene »okkulten«, »daseinsfeindlichen«, »jenseitsbezogenen« Lehren und den Verrat der ihnen verfallenen russischen Intellektuellen bedroht sah. Die heftige Polemik gegen Andrej Belyj in Mandelstams Essays erklärt sich zu einem guten Teil gerade dadurch, daß Belyj ein besonders prominenter Anhänger der Theosophie war.

Angeregt zur Verwendung des Terminus *Buddhismus* wurde Mandelstam durch den nach Tschaadajew wichtigsten »Westler« des 19. Jahrhunderts, den nach Westeuropa exilierten antizaristischen politischen Denker und Schriftsteller Alexander Herzen und seinen Essay *Buddhismus in der Wissenschaft* (1843). Die Preisung der Tat, des Tätigseins bei Mandelstam verdankt sich vielleicht der gleichen Quelle.

Mandelstam verwendet *Buddhismus* und *Theosophie* als fast gleichbedeutende negative Etiketten. In beiden sieht er eine Weltabkehr, eine Abkehr vom Leben und vom Tätigsein, die Ablehnung einer individuellen Existenz und eine Lehre vom Nicht-Sein und Nicht-Ich, welcher er zeit seines Lebens seine vitalistische, daseinsbejahende, auf Ethik und Würde des Individuums beruhende jüdisch-christliche Weltsicht entgegenhielt. Schon sehr früh, im Manifest *Der Morgen des Akmeismus* (1913) heißt es: *Liebt die Existenz des Dinges mehr als das Ding an sich, und euer eigenes Dasein mehr als euch selbst – das ist das höchste Gebot des Akmeismus.*

Was Mandelstam zutiefst befürchtete, war eine Abkehr

von der Ethik. Wenn plötzlich angenommen wird (so seine Optik), der Mensch habe mehrere Leben, so sinkt in diesem Jahrhundert auch der Preis des Menschenlebens. In seinem Essay *Humanismus und Gegenwart* von 1923 warnt er vor einer Gesellschaftsordnung im Geiste Babylons und Assyriens, dieser den einzelnen Menschen *zermalmenden* asiatischen Kulturen, und prophezeit in beklemmender Weise das Gesicht des Stalinismus. Noch 1932/1933 wird er in seinem Prosawerk *Die Reise nach Armenien* verschlüsselt Stalin als den *Assyrer* bezeichnen. Aus der Warnung vor den *formlosen Paradiesen*, dem Nirwana der östlichen Heilslehren, war ganz organisch die politische Kritik am Koloß des Stalinschen Totalitarismus erwachsen.

Noch vor *Humanismus und Gegenwart*, im Essay *Das 19. Jahrhundert* (1922), hatte Mandelstam nach Ausfällen gegen Erkenntnisträgheit, Buddhismus und Theosophie (die er hier eine *bourgeoise Fortschrittsreligion* nennt) zu einem Bewußtsein aufgerufen, daß in den Adern unseres Jahrhunderts das *schwere Blut fernster monumentaler Kulturen* fließe, und vorgeschlagen, das 20. Jahrhundert mit aller Entschiedenheit zu *europäisieren* und zu *humanisieren.* Statt auf den vagen Trost eines Nirwana beruft er sich auf das Erbe der europäischen Aufklärung. *Jetzt ist keine Zeit, den Rationalismus zu fürchten. [. . .] In solchen Zeiten ist die Vernunft der Enzyklopädisten das heilige Feuer des Prometheus.*

Mandelstam ist Europäer in all seinen vorliegenden Essays. Keinen Augenblick lang habe Oswald Spenglers Theorie vom *Untergang des Abendlandes* Mandelstam zu betören vermocht, hält Nadeschda Mandelstam in ihren Memoiren fest. Europa ist für diesen Russen ein der Erneuerung fähiger Organismus, nicht das Überkommene und Veraltete, sondern – Aufgabe, notwendiges Ziel einer modernen Gesellschaft, wie er es im Essay *Menschenweizen* von 1922 formuliert: *Jede Nationalidee ist im heutigen Europa zur Nichtigkeit verurteilt, solange sich dieses Europa nicht als ein*

Ganzes gefunden hat und sich als eine moralische Persönlichkeit begreift.

Bewegung vor allen Dingen

Dem buddhistischen Rückzug aus dem Werden, dem Streben nach Statik und Bewegungslosigkeit ist die ganze Mandelstamsche Poetik, ihre Konzeption des dichterischen Bildes, ihr Kult der Dynamik entgegengesetzt: *Du mouvement avant toute chose!* (Bewegung vor allen Dingen) – die 1913 von Mandelstam für die Poetik François Villons geprägte Formel ist seine eigene dichterische Losung, reflektiert vom Villon-Essay bis zum *Gespräch über Dante*, vom ersten bis zum letzten kritischen Text.

Mandelstams Kulturverständnis dem kulturrevolutionären Furor der Futuristen gegenüberzustellen und die akmeistische Gedächtniskultur als »konservativ« oder »konservatorisch« zu bezeichnen, heißt Mandelstams Kult der Dynamik verkennen. Hier ist kein Hüten starrer Monumente gefordert, sondern schöpferische Anverwandlung, Umgestaltung, Neu-Erschaffung des Fremden im eigenen Werk. Im Essay *Literarisches Moskau* (1922) hält er fest: *Erfindung und Erinnerung gehen in der Poesie Hand in Hand: Erinnern heißt auch erfinden, der Erinnernde ist noch einmal der Erfinder. [. . .] Poesie atmet durch Mund und Nase, durch Erinnerung und Erfindung. Man müßte schon ein Fakir sein, um sich von einer dieser Atmungen loszusagen.*

Kultur definiert Mandelstam als einen dynamischen Vorgang fern aller musealen Summierung, als einen Umwandlungsprozeß, zukunftsreich und aller Statik fremd. *Der Wein altert: darin liegt seine Zukunft, die Kultur gärt: darin liegt ihre Jugend* (in seinem Essay *Ein paar Worte über die georgische Kunst* von 1922).

Fulminanter Höhepunkt von Mandelstams essayistischem Schaffen ist sein im Sommer 1933 auf der Krim entstandenes *Gespräch über Dante*, gewiß einer der originellsten Versuche über den italienischen Dichter wie über das dynamische Wesen der Poesie überhaupt, dem sich Mandelstam in immer neuen und immer kühneren Metaphern annähert.

Als die sowjetische Literatur durch den Parteierlaß vom 23. April 1932 ohne viel Federlesens gleichgeschaltet und bereits für den groben Raster des »Sozialistischen Realismus« zurechtgemacht wurde, lernte Mandelstam gerade verbissen und begeistert Italienisch, schöpfte sein Wissen um die Kraft und dynamische Fülle der Bilder aus den Werken der alten Italiener, aus den Werken Dantes, Ariostos und Tassos. In Fragment 3 der Entwürfe zum *Gespräch über Dante* spricht er von ihrer *Sprengkraft*, und das scheint anzuknüpfen an den lakonischen Satz in der *Jachontow*-Skizze von 1927: *Unsere Klassiker sind ein Pulverkeller, der noch nicht explodiert ist.* Und Mandelstam hantiert tatsächlich mit poetischem Dynamit.

Während die sowjetische Literatur in die Erstarrung und Dekretierung gestoßen wird, schafft Mandelstam einen Text über Bewegung, über das Unterwegssein, über Gehen und Denken. *Bei Dante sind Philosophie und Poesie immer im Gehen begriffen, immer auf den Beinen. Selbst das Innehalten ist eine Spielart konzentrierter Bewegung* (Kap. II). *Poetische Sprache erschafft ihre Instrumente im Gehen, und im Gehen vernichtet sie sie auch* (Kap. IX). Der Text selber ist in Bewegung geraten, und sind nicht wir es, die diesen Fluß hier zu überqueren haben? *Man muß springend einen Fluß in seiner ganzen Breite überqueren, der voll ist von beweglichen und in verschiedene Richtungen strebenden chinesischen Dschunken – so entsteht der Sinn poetischer Sprache* (Kap. I).

Schon 1923 hatte Mandelstam im Essay über Auguste Barbier angemerkt, es dürfe nicht vergessen werden, daß die *»Divina Commedia«* das *bedeutendste politische Pamphlet ihrer Zeit* gewesen sei. In seinen eigenen zornigen Ausbruch – die *Vierte Prosa* von 1929/1930 – hatte er den

Anfangsvers von Dantes *Inferno* eingefügt und damit seinen Eintritt ins Inferno der dreißiger Jahre unter Stalin markiert: *Und alles war schrecklich, wie im Traum des Kleinkindes.* NEL MEZZO DEL CAMMIN DI NOSTRA VITA – *in der Mitte des Lebensweges wurde ich im sowjetischen Waldesdickicht von Räubern angehalten, die sich als meine Richter bezeichneten.**

Mandelstams *Gespräch über Dante*, das doch anscheinend so offenkundig von Poesie spricht und nur von Poesie, ist insofern auch politisches Pamphlet, als es gegen alles Erstarrte, gegen alles Dekretierte antritt. Es ist ein Plädoyer für Bewegung, gegen den fixierten Text und für den schöpferischen Ausbruch, gegen passiv-ehrfürchtiges Verharren vor dem klassischen Dynamit und für die ausführende Lektüre, den verstehenden *Vollzug* – für das Handeln des Lesers. Ob das so ungefährlich ist? Jedenfalls blieb das *Gespräch über Dante* zu Mandelstams Lebzeiten unveröffentlicht. Nicht einmal ein Jahr nach seiner Entstehung, am 13. Mai 1934, wurde Mandelstam verhaftet und in die Verbannung geschickt – aus der Stadt vertrieben, wie Dante damals aus Florenz.

Den Grund dafür nur im *Epigramm gegen Stalin*** zu suchen, hieße die Sprengkraft des Mandelstamschen Dynamits verkennen. Joseph Brodsky hat festgehalten, Mandelstams Schicksal spiegle in furchtbarer Weise das Ausmaß seiner *geistigen Autonomie*.*** Schon das erste Kapitel des *Gesprächs über Dante* spricht von der *überwältigenden Unabhängigkeit* der poetischen Sprache. Sie ist das zentrale Thema nicht nur dieses Essays. Mandelstam hat sich stets gegen Gängelungsversuche, Vereinnahmung und Bevormundung von seiten der Macht verwahrt. Im Essay *Ein Ausfall* von 1924: *Die arme Poesie weicht jäh zurück vor der Vielzahl der auf sie gerichteten Revolvermündun-*

* DAS RAUSCHEN DER ZEIT, Ammann Verlag 1985, S. 267

** MITTERNACHT IN MOSKAU, Ammann Verlag 1986, S. 165

*** IM LUFTGRAB, Ammann Verlag 1988, S. 120

gen strikter Forderungen. Wie muß Poesie sein? Vielleicht muß sie überhaupt nicht, vielleicht ist sie niemandem etwas schuldig und ihre Gläubiger sind alle falsch!

Bewegung vor allen Dingen. Wie das *Gespräch über Dante* eine Einladung zu einem Gang entlang dem Ufer des Schwarzen Meeres ist, zu einem Gespräch über Dante und mit Dante, so ist Mandelstams ganzes essayistisches Œuvre, dieses Werk in Bewegung, im Gehen, eine Aufforderung an den Leser, ein Stück weit mit ihm zu gehen, einzutreten in ein immerwährendes Gespräch. Der Leser mag streiten mit diesem Werk, sich auflehnen und irritiert sein. Wie soll er nicht irritiert sein, wenn er in den vorliegenden beiden Essaybänden ein verständnisvolles Interview mit Ho Chi Minh und eine Rundfunk-Skizze über den jungen Goethe liest, eine Apologie der Freiheit der christlichen Kunst und ein Stimmungsbild des nächtlichen Moskau in der Nacht von Lenins Aufbahrung, eine Parodie auf das Schreiben von Filmszenarios und einen Blick ins Laboratorium eines italienischen Dichters des 13. Jahrhunderts. Ein vielstimmiges Gespräch, über Raum und Zeit hinweg. Vielstimmigkeit herrscht hier, und diese Prosa kann nichts genauer charakterisieren als jene Passage in Mandelstams ungezähmter Kritik an Andrej Belyjs *Aufzeichnungen eines Sonderlings* von 1923: *Prosa ist asymmetrisch, ihre Bewegungen – die Bewegungen der Wortmasse – sind die Bewegungen einer Herde, komplex und eigenrhythmisch in ihrer Regellosigkeit. Wirkliche Prosa ist Dissonanz, Uneinigkeit, Vielstimmigkeit, Kontrapunkt.*

Ralph Dutli

NAMENREGISTER

Die Ziffern I und II beziehen sich auf die beiden Bände ÜBER DEN GESPRÄCHSPARTNER, Gesammelte Essays I: 1913-1924, bzw. GESPRÄCH ÜBER DANTE, Gesammelte Essays II: 1925-1935, Ammann Verlag 1991. Kursiv gesetzte Ziffern betreffen den jeweiligen Kommentarteil, Notizen und Nachwort.

INHALT

IV (1935)